Janwillem van de Wetering, geboren 1931 in Rotterdam, reiste fünfzehn Jahre lang durch die Welt und verbrachte davon achtzehn Monate in einem buddhistischen Kloster in Japan. Anschließend verdiente er sein Geld als Kaufmann. Zum Kriminalschriftsteller wurde er eher zufällig. Durch die Lektüre von Simenon wollte er sein Französisch auffrischen und beschloß, es besser zu machen als der Altmeister. Mit seinen Romanen um de Gier, Grijpstra und den Commissaris eroberte er die Leser in aller Welt. Er lebt jetzt mit seiner Familie in Maine/USA.

JANWILLEM
VAN DE WETERING

Der Tote am Deich

Roman

Deutsch von
Hubert Deymann

Rowohlt Taschenbuch Verlag

Neuausgabe Juni 2001
Veröffentlicht im Rowohlt Taschenbuch Verlag GmbH,
Reinbek bei Hamburg, Mai 1978

Die Originalausgabe erschien 1976 unter dem Titel
«The Corpse on the Dike» bei Houghton Mifflin Company, Boston

Umschlaggestaltung any.way, Barbara Hanke / Cordula Schmidt
Foto: Slide File / Premium

Gesamtherstellung Clausen & Bosse, Leck
Printed in Germany
ISBN 3 499 23007 0

Der Tote am Deich

1

Der Spätsommerabend war warm und drückend. Dunkle Wolken hatten sich zusammengeballt, bis sie den Himmel bedeckten, und das trübe Licht schien die Szene um die beiden einsamen Angler in ihrem kleinen Boot auf dem Fluß zu verzerren. Eine Weile vorher hatte eine leichte Brise geweht, aber jetzt war das Wasser um das flache Boot herum kaum noch gekräuselt. Die Fische verhielten sich still wie ihre Umwelt, denn Brigadier de Giers Schwimmer, der einsam und trotzig stand und weiß vor dem dunklen Grau des Wassers schimmerte, sah aus, als stecke er in Leim.

«Wenn dies Angeln sein soll», sagte de Gier, «dann ist es noch langweiliger, als ich dachte.»

Adjudant Grijpstra wandte den schweren Kopf und schob die Lippen vor.

«Dies *ist* doch Angeln, oder?» fragte de Gier.

Grijpstra nickte.

«Und es *gibt* Fische hier?»

Grijpstra nickte noch einmal.

De Gier betrachtete seinen Schwimmer. Er stand nicht mehr an derselben Stelle. Er hatte sich bewegt. Aber um wieviel hatte er sich bewegt? Um drei Zentimeter? Oder um eineinhalb Zentimeter? Er kniff ein Auge zu. Der Schwimmer hatte mit dem Stamm einer alten Kastanie an Land eine Linie gebildet, aber jetzt nicht mehr, also hatte er sich bewegt. Es war etwas geschehen. Zum erstenmal seit mehr als einer Stunde war etwas geschehen. Sein Schwimmer hatte sich bewegt.

Aber es war ihm ziemlich einerlei. De Gier war nicht sehr motiviert, obwohl er sich in zehnjähriger Ermittlungstätigkeit bei der Amsterdamer Stadtpolizei den Ruf erworben hatte, ein tüchtiger und tatkräftiger Mann zu sein. Ehe er an diesem Abend in das Boot gestiegen war, hatte er sich ausgerechnet, daß sie nicht länger als zwei Stunden auf dem Wasser zubringen würden. Um zu diesem Schluß zu kommen, hatte es der Logik bedurft. Sie waren zu einem bestimmten Zweck hier: um einen entflohenen Sträfling zu fangen. Die Tatsachen, die man ihm gegeben hatte, waren einfach genug. Der Strafgefangene oder vielmehr Ex-Strafgefangene befand sich angeblich in einem der zwölf kleinen, baufälligen Häuser, die sich wacklig an den Deich lehnten, vor dem ihr Boot jetzt lag. Wenn sie die Häuser sehen konnten, dann konnten auch sie von deren Bewohnern, einschließlich dem Ex-Gefangenen, gesehen werden. Wer auch immer sie durch die Fenster der kleinen Häuser beobachtete, würde sie für Angler halten. Aber Angler fischen bei Tageslicht. In einer Stunde würde es dunkel sein. Es wäre seltsam, wenn Angler versuchten, im Dunkeln zu fischen, und der Ex-Sträfling würde mißtrauisch werden. Also, schloß de Gier, wenn dort drüben nichts passiert, werden Grijpstra und ich zurückrudern. Wir werden das Boot festmachen und nach Hause gehen – Grijpstra in sein kleines Haus an der Lijnbaansgracht in der Amsterdamer Altstadt, um fernzusehen, und ich in die kleine Wohnung am Stadtrand, um die Blumenkästen auf dem Balkon zu begießen und Olivier zu füttern, den Siamkater, der sich auf dem Fußboden wälzen würde, sobald er den Schlüssel im Türschloß hörte, in der Erwartung, daß ich ihn aufhebe und mich mit ihm beschäftige. De Gier freute sich auf das Nachhausekommen. Er mochte seine Blumenkästen; die neugepflanzten dunkelorangenen Astern machten sich neuerdings gut. Er mochte seinen Kater Olivier – obwohl das arme, neurotische Tier irgendwie unmöglich war – und hielt nichts vom Angeln.

Was ist, wenn ich einen fange? fragte er sich. Er sah sich, wie er versuchte, einem schleimigen, zappelnden Fisch den Angelhaken aus dem Maul zu ziehen, und schauderte. Er wollte keinem Fisch weh tun. Er hätte nicht zulassen sollen, daß Grijpstra an seinem Haken einen Köder befestigte. Vielleicht näherte sich eben jetzt dem Köder ein Fisch, das dumme Maul weit geöffnet, bereit, den scharfen, grausamen Stahl zu verschlingen. Ein Fisch sollte in funkelnd klarem, kühlem Wasser vor der Küste einer tropischen Insel mit einem Netz gefangen werden. Palmen. Nußbraune Mädchen, die in einem kurzen Lendenschurz aus Bananenblättern tanzen. Paradiesvögel, die über dem Unterholz flattern. De Gier lächelte vor sich hin.

Grijpstra lächelte ebenfalls. Seine Gedanken waren zunächst in eine ähnliche Richtung wie die von de Gier gegangen, aber Grijpstra hatte sich in den Traum versetzt, tatsächlich einen Fisch zu fangen, einen großen Fisch, einen Hecht, einen Mordskerl von einem Hecht. Er wußte, es gab Hechte im Fluß; er hatte über der Theke einer Kneipe am Deich einen großen gesehen, der präpariert worden war. Man hatte ihm gesagt, das Präparat sei erst ein Jahr alt. Warum sollte er jetzt keinen Hecht fangen? Warum nicht zuerst den Hecht fangen, dann den Ex-Sträfling, und den Fisch den anderen Kriminalbeamten zeigen? Warum soll es schlimm sein, wenn man Erfolg hat? Er stellte sich das neidisch erstaunte Lächeln auf dem Gesicht von Adjudant Geurts vor. Geurts war selbst ein leidenschaftlicher Angler. Grijpstra genoß es immer, Adjudant Geurts zu ärgern.

«Es wird allmählich dunkel», flüsterte de Gier. «Die Kollegen werden sich dort drüben beeilen müssen, sonst ist es aus für heute.»

Grijpstra brummte. Er hatte es sich plötzlich anders überlegt. Er wollte den Ex-Sträfling nicht mehr fangen. Ihm gefiel es auf dem Wasser. Warum mußten sie den unglücklichen Mann belästigen. Aber der Mann mußte selbstverständlich gefangen werden. Der Mann war aus der Strafanstalt entkommen und hatte aus freiem Willen – einem Willen, der von den Behörden ausgesetzt worden war und nicht frei sein sollte – eine Haft von drei Jahren unterbrochen, die ein älterer und wohlmeinender Richter nach reiflicher Überlegung verhängt hatte, weil eine Kombination von Vorschriften verletzt worden war – Vorschriften, die der Staat erlassen hatte, um die Bürger vor sich selbst zu schützen. Der Mann hätte in seiner grauen Betonzelle in Gesellschaft einer grauen Metallpritsche sowie eines Tisches und Stuhls aus grauem Metall bleiben sollen. Der Mann hätte geduldig sein sollen. Aber das war er nicht gewesen. Er hatte sich einen Plan ausgedacht, während er in dem gefilterten Licht seiner Zelle lebte, wo ihn die Sonne nur durch undurchsichtige, dicke, verstärkte Glasscheiben erreichen konnte. Und er hatte seinen Plan ausgeführt.

Er hatte mit einem scharfen Nagel in der Nase gestochert und sich diesen so schmerzhaft eingebohrt, wie sich de Giers Angelhaken jetzt jeden Augenblick in die weiche, kalte Haut an der Innenseite eines Fischmauls bohren könnte. Der Nagelstich ließ das Blut fließen, das der Gefangene mit den zur Schale geformten Händen auffing, etwas davon auf sein Hemd schmierte, sowie den Rest aufschlürfte und im Mund behielt. Ehe er den Mund füllte, hatte er an die Tür geklopft und nach dem Auge gerufen, nach dem häßlichen Auge, das ihn stündlich durch einen schmalen Schlitz kontrollierte. Das Auge kam und fand auf dem Fußboden den Sträfling, dem das Blut am Kinn heruntertropfte. Das Auge machte eine Meldung und kam mit anderen Augen zurück, die den Gefangenen in eine Ambulanz brachten.

Der Sträfling hatte einen Freund im Krankenhaus und entkam am selben Tag.

Das war jetzt drei Monate her. Die Behörden hatten sich nicht sehr aufgeregt. Die Polizei war benachrichtigt worden. Man hatte Adjudant Grijpstra ins Büro des Commissaris gerufen und ihm die Akte über den Gefangenen gezeigt.

«Ein kleiner Fisch», sagte der Commissaris, «ein ganz kleiner. Nicht einmal gefährlich. Du kennst ihn doch, nicht wahr? Hast du nicht mit de Gier den Fall bearbeitet?»

«Ja, Mijnheer», sagte Grijpstra und las weiter in der Akte.

«Fangt ihn irgendwann», sagte der Commissaris, «aber laßt euch dabei nicht von eurer Arbeit ablenken. Es hat keinen Zweck, nach ihm zu suchen. Er wird bei einer dieser Adressen auftauchen. Informiert die Spitzel darüber; setzt eine kleine Belohnung für Hinweise aus. Warum hat er drei Jahre bekommen? Er ist nur ein Einbrecher, oder?»

«Ja, Mijnheer», sagte Grijpstra, «aber er bricht weiter ein, das ist sein Fehler. Er ist ein schlimmer Einbrecher. Und ein glückloser.»

Der Commissaris seufzte. «Erzähl mal. Ich habe keine Lust, die ganze Akte zu lesen; sie ist zu dick.»

Grijpstra schaute auf und sah, daß der Commissaris nur einen maschinebeschriebenen Bogen gelesen hatte, dem ein Foto beigefügt war. Das Foto zeigte das Gesicht eines bärtigen Mannes, ein ziemlich angenehmes Gesicht, ein Gesicht mit Sinn für Humor.

Der Commissaris gab Grijpstra den Bogen. Die Angestellten im Präsidium hatten drei Amsterdamer Adressen angegeben und ausgeführt, daß die erste die der ältlichen Schwester des Verbrechers und die anderen die von zwei Freunden waren.

«Er ist ruhig mitgekommen, als wir ihn damals festgenommen haben», sagte Grijpstra. «Er war in ein Geschäft eingebrochen, aber der Besitzer kam an dem Abend zufällig vorbei und hat ihn erwischt. Es gab einen Kampf, und der Besitzer fiel hin und verletzte sich am Kopf. Dadurch wurde die Anklage geändert. Der Staatsanwalt war schlechter Laune. Der Verteidiger war nicht sehr klug. Drei Jahre.»

Der Commissaris schüttelte den Kopf.

«Nun, er wird wieder ruhig mitkommen. Reg ihn nicht auf. Sprich mit ihm. Das kannst du gut, Grijpstra. Und übereile nichts. Manchmal müssen wir uns beeilen, und manchmal müssen wir abwarten. Diesmal werden wir abwarten.»

Grijpstra seufzte. «Er hat zwei Jahre im Gefängnis gesessen, Mijnheer. Wir wollen hoffen, daß er nicht gewalttätig geworden ist.»

«Ja», sagte der Commissaris. «Das Gefängnis!»

«Es bessert sie kaum», sagte Grijpstra.

Der Commissaris stimmte dem zu, aber er verfolgte das Thema nicht weiter. Der Commissaris war ein alter Mann, der Pensionierung nahe. Er hatte selbst schon im Gefängnis gesessen, während des Krieges, als die Gestapo wissen wollte, wie die niederländische Widerstandsbewegung arbeitete. Der Commissaris war damals ein höherer Offizier in der Widerstandsbewegung und nicht willens, mit den deutschen Ermittlungsbeamten zusammenzuarbeiten. Man hatte den Commissaris im selben Gefängnis untergebracht, aus dem der schlimme Einbrecher jetzt geflohen war, aber die Zeiten waren anders gewesen. Ein bißchen Blut, das einem Gefangenen vom Kinn heruntertropft, hätte die Deutschen in jenen Tagen nicht sehr beeindruckt. Der Commissaris erinnerte sich, daß er ein Stück Brot gegessen hatte, das einem Mitgefangenen – geblendet vom Blut, das ihm aus einer Schnittwunde über der Braue, beigebracht vom Ehering eines verhörenden deutschen Polizeibeamten, in die Augen lief – versehentlich in den Scheißeimer gefallen war. Der Commissaris hatte das Brot herausgenommen, abgewischt und gegessen. Es war ein böses Gefängnis gewesen. Es war, trotz veränderter Umstände, noch immer ein böses Gefängnis. Aber der Staat braucht Gefängnisse. Der Commissaris brummte und rieb sich das rechte Bein, das ihn an diesem Tag mehr schmerzte als das linke. Der rheumatische Schmerz ließ etwas nach und biß nicht mehr so tief in den Knochen wie vorher. Er rieb weiter. Er konnte den Schmerz nicht beseitigen und die Gefängnisse nicht abschaffen.

Grijpstra schaute von der Akte auf. «Mijnheer, hier steht, daß der Mann seiner Schwester nahesteht. Er hat bei ihr gewohnt. Sie hat nie geheiratet, und der Mann ist Witwer. Er wird sie also wahrscheinlich aufsuchen. Die Adresse ist am Deich. Kennen Sie den Deich, Mijnheer?» Grijpstra war zu der großen Karte von Amsterdam an der Wand des Büros gegangen. Sein dicker Zeigefinger verfolgte rasch einen Kurs vom Polizeipräsidium nach Norden, überquerte den Fluß IJ und bog nach links ab.

«Da», sagte er, «Landsburgerdijk.»

Der Commissaris war Grijpstras Finger mit den Augen gefolgt und überlegte jetzt. «Ja», sagte er nach einer Weile, «dort drüben ist eine

Werft, eine kleine Werft. Ich wurde vor Jahren mal nach dort gerufen, weil ein Arbeiter vom Gerüst gefallen war und sich den Hals gebrochen hatte. Der Arzt meinte, er sei vielleicht heruntergestoßen worden, was sehr wahrscheinlich stimmte, aber wir konnten es nicht beweisen.»

«Dort sind einige kleine alte Häuser», sagte Grijpstra, «voller seltsamer Leute. Asoziale nennt man sie heutzutage. Arbeitslose. Trinker. Rentner. Halbidioten. Kleine Ganoven. Ich bin oft dort gewesen, hauptsächlich wegen Diebereien und Schlägereien unter Betrunkenen, wenn sie sich über die Teilung der Beute nicht einigen konnten. Die Schwester des Mannes wird in einem dieser Häuser wohnen. Der Stadtrat hatte mal den Plan, den Deich zu räumen und zu verbreitern und Blocks mit Mietwohnungen zu bauen, aber die Häuser sind alt, vielleicht dreihundert Jahre alt, und wurden unter Denkmalsschutz gestellt. Sie sollen irgendwann restauriert werden.»

Der Commissaris saß wieder an seinem Schreibtisch und blätterte in einem Notizbuch. «Wir haben einen Spitzel am Deich», sagte er.

«Ich weiß, Mijnheer. Man nennt ihn die Maus.»

«Kennst du ihn?» fragte der Commissaris.

Grijpstra verzog das Gesicht.

«Du magst ihn nicht?»

«Wer mag schon einen Spitzel?» fragte Grijpstra die Zimmerdecke im Büro des Commissaris.

«Aber du hast ein *sehr* angewidertes Gesicht gemacht», sagte der Commissaris vergnügt.

«Er ist ein widerlicher Mann, Mijnheer. Ein petzender, widerlicher kleiner Mann. Zu unbedeutend, um Ratte genannt zu werden. Er hat mir im vergangenen Jahr einen Tip gegeben und seinen Freund hinter Gitter gebracht – einen Mann, mit dem er jahrelang Billard gespielt hat –, und noch dazu wegen eines sehr kleinen Verbrechens. Aber die Anklage setzte sich durch.»

«Kopf hoch, Grijpstra», sagte der Commissaris, «Kopf hoch. Wir haben Gefängnisse und Spitzel. Und wir haben Verbrecher. Und wir sind Polizisten. Und es regnet. Kopf hoch.»

«Mijnheer», sagte Grijpstra.

Grijpstra verlagerte sein Gewicht, das Boot bewegte sich.

«Vorsicht», flüsterte de Gier, «sitz still. Dies Boot ist klein. Wenn du es umkippst, liegen wir im Bach und saufen ab. Und wenn wir nicht absaufen, werden wir blöd aussehen. Und wir werden naß sein. Also Vorsicht!»

«Du bist doch Sportler, oder?» fragte Grijpstra.

«Hier nicht. Dies Wasser muß sehr dreckig sein.»

Grijpstra seufzte. Er begann wieder an den Ex-Sträfling zu denken. Der wird jetzt Tee bei seiner Schwester trinken, dachte Grijpstra. Er ist erst heute zu ihr gegangen, aber die Maus hat ihn gesehen und fünfundzwanzig Cent für einen Anruf ausgegeben. Er wird sie, zusammen mit der Belohnung, hinterher auf die Rechnung setzen. Und jetzt werden die Kripobeamten Geurts und Sietsema in einem Wagen sitzen, der in der Nähe der Haustür geparkt ist. Sie werden den Transportwagen haben und den Eingang durch Schlitze beobachten. Bald werden sie an die Haustür klopfen, und wenn er dumm genug ist, zum Fluß zu rennen und in eins der Ruderboote zu springen, gehört er uns. De Gier wird den Außenborder starten, und wir werden ihn vielleicht schon haben, ehe er die Riemen eingelegt hat, und wenn de Gier es vermasselt, wird ihn die Reichswasserschutzpolizei schnappen. Deren Barkasse liegt direkt hinter der nächsten Biegung, und unter dem Baum dort drüben haben sie einen Beamten mit Fernglas und Funkgerät postiert. Der arme, blöde Kerl hat keine Chance. Er wird schon heute abend wieder im Gefängnis sein und ein weiteres Jahr absitzen. Vielleicht stecken sie ihn für eine Weile in eine Sonderzelle. Vollzugsbeamte mögen keine Sträflinge, die entkommen. Vielleicht schikanieren sie ihn. Ich sollte ihn vielleicht gelegentlich mal besuchen, um zu sehen, wie es ihm geht. Ich werde ihm eine Stange Zigaretten kaufen. Grijpstra nickte. Ja. Das werde ich tun.

Auch de Gier dachte nach. Er hatte Mund und Augen zusammengekniffen. Ich bin ein unbedeutender Polizist, dachte de Gier, der unbedeutende Verbrecher fängt. Ich hätte ihm eine Nachricht zuspielen sollen. De Gier starrte auf seinen Schwimmer, der sich wieder bewegt hatte, obwohl er dies nicht gesehen hatte. Es würde bald Regen geben, Regen, Donner und Blitze. Die Hitze wurde drückend, die Wolken waren dunkler geworden. Ein Fischreiher, der in der Nähe des Bootes gestanden hatte, zum Teil hinter dem halbgesunkenen Wrack einer Flußbarkasse verborgen, schlug seine großen Schwingen und erhob sich langsam himmelwärts. Der Federbusch auf seinem dünnen, zarten Kopf wippte, als der stattliche Vogel seinen langsamen, schwerfälligen Flug begann. Aber, so überlegte de Gier, man wird den Mann sowieso schnappen. Dies Land ist klein, und er ist nicht sehr intelligent. Er kann nicht entkommen. Wir kennen seine Gewohnheiten, die er nicht ablegen kann. Es ist immer das gleiche. Stelle fest, welche Wege sie gehen, und stell ihnen auf ihrem Pfad eine Falle. Sie werden ihre Pfade nicht aufgeben.

Das tragbare Funkgerät zwischen Grijpstras Füßen piepte.

«Hallo», sagte Grijpstra.

«Jetzt», kam es aus dem Funkgerät.

«Verstanden.»

Die Polizeibeamten holten ihre Angelruten ein und schraubten sie auseinander. De Gier zog am Startseil des kleinen Außenborders. Er sprang sofort an. De Gier ließ ihn im Leerlauf; er machte sehr wenig Geräusch und tuckerte nur leise in der drückenden Atmosphäre dieses schwülen Abends. De Gier lächelte. Er hatte Schwierigkeiten erwartet, aber der Brigadier von der Wasserschutzpolizei, der ihnen das Boot geliehen hatte, übertrieb nicht, als er die Qualitäten der Maschine lobte.

«Prüf deine Pistole», sagte Grijpstra.

Die beiden Pistolen – Grijpstras großes Modell, das er in einem Halfter am Gürtel trug, und de Giers leichtes Modell, das er in einem Spezialhalfter unter der Achselhöhle mit sich führte – klickten, als die Patronen in den Lauf glitten.

Ich werde nicht auf ihn schießen, dachte de Gier. Nicht einmal, wenn er davonläuft. Lieber hole ich ihn zu Fuß ein.

De Gier wird ihn zu Fuß einholen, dachte Grijpstra. Er hat lange Beine.

«Da», sagte Grijpstra.

Der Mann rannte durch den Garten hinter dem Haus. Er sprang in ein Ruderboot, das an dem kleinen Landungssteg festgemacht war.

«Polizei», rief Grijpstra. Ihr Boot nahm Fahrt auf. Der Mann legte die Riemen in die Dollen.

«Halt», dröhnte Grijpstra, «du kannst nicht entkommen; auf dich wartet auch noch eine Barkasse. Hände hoch!»

Die häßliche Schnauze der Polizeibarkasse schob sich um die Flußbiegung.

Der Mann hob die Hände. Seine Riemen glitten in den Fluß. Grijpstra zog mit der linken Hand einen aus dem Wasser.

«Danke», sagte der Mann. «Das Boot gehört meiner Schwester. Sie hätte etwas dagegen, wenn ich ihre Riemen verliere.»

Geurts und Sietsema warteten im Garten auf sie.

«Handschellen?» fragte Geurts.

«Nein», sagte der Mann, «ich werde friedlich mitkommen. Ich bin unbewaffnet.»

«Das wollen wir mal kontrollieren», sagte de Gier und tastete dem Mann die Seiten und Hosenbeine ab.

«Du hast etwas in deiner rechten Tasche», sagte de Gier. «Zeig's her.» Es war ein Klappmesser, und de Gier steckte es in die eigene Tasche.

«Danke. Er gehört dir, Adjudant Geurts.»

«Danke, Brigadier.»

«Danke, danke», sagte der Mann. «Für euch ist es Arbeit, für mich ein Jahr im Gefängnis.» Er sagte es freundlich, und Grijpstra lächelte.

«Tut mir leid.»

«Ist schon gut, Adjudant», sagte der Mann. «Ich nehm's nicht übel. Aber ein Jahr ist eine lange Zeit.»

«Ich werde dich in etwa einer Woche besuchen. Möchtest du noch etwas außer Zigaretten?» sagte Grijpstra.

Der Mann machte große Augen. «Meinen Sie das im Ernst?»

«Selbstverständlich.»

«Einige Zigarren», sagte der Mann. «Zigarillos. Ich habe einen alten Freund im Gefängnis, der sie gern raucht.»

Grijpstra nickte und winkte zur Polizeibarkasse hinüber, die sofort rückwärts fuhr, um zu wenden.

De Gier steckte seine Pistole ins Halfter.

«Haben Sie Ihre Pistole immer in der Achselhöhle, Brigadier?» fragte der Mann.

«Ja, so beult sie den Anzug nicht so aus.»

«Sehr elegant», sagte der Mann.

«De Gier ist ein eleganter Bulle», sagte Adjudant Geurts. «Der bestgekleidete Mann bei der Polizei.»

Es herrschte verlegenes Schweigen, und Geurts legte dem Mann eine Hand auf die Schulter. «Gehen wir», sagte Geurts.

De Gier sah dem Mann in die Augen, lächelte und berührte flüchtig dessen Arm, ehe er sich umdrehte. Grijpstra wartete auf ihn in der Nähe des Transportwagens, aus dem heraus Adjudant Geurts und Brigadier Sietsema das Haus des Mannes beobachtet hatten und der den Gefangenen jetzt wegbringen würde. Grijpstra ging fort, als de Gier ihm folgte, und dieser mußte laufen, um ihn einzuholen.

«Eine feine Aufgabe prima erledigt», sagte Grijpstra bedrückt.

«Zum Teufel damit», sagte de Gier.

«Und obendrein keine Fische», sagte Grijpstra mürrisch. «Wir waren länger als eine Stunde in dem Boot. Ich hatte den richtigen Köder, und es gibt dort viele Fische.»

«Ein schlechter Tag», sagte de Gier.

Ihr Wagen stand am Ende des Deichs, zehn Minuten zu Fuß entfernt. Sie kamen an einem verschlampten Café vorbei, das versteckt in einer Ecke des Deichs stand. Es war eher ein Schuppen, dessen morsches Holz dringend gestrichen werden mußte. Sogar das Metallschild mit der Bierreklame hatte Sprünge.

«Kaffee?» fragte de Gier aufgeräumt.

Grijpstra nickte. Sie gingen hinein und setzten sich an einen kleinen Tisch, den ein schmutziges rotweißkariertes Tuch teilweise bedeckte. Ein Jüngling stand hinter der Theke und beobachtete sie. «Zwei Kaffee», sagte de Gier.

Der Junge füllte zwei Becher aus einer altertümlichen Maschine, die seit Jahren nicht geputzt worden war, und verschüttete etwas von der übel aussehenden bräunlichen Flüssigkeit, als er die Becher auf den Tisch knallte.

«Warum servierst du ihn nicht in einem Eimer?» fragte Grijpstra.

Der Junge zuckte die Achseln und ging zur Theke, wo er das Telefon aufnahm. Er hatte seine Nummer gerade gewählt, als eine junge Frau ins Café gestürzt kam und direkt zur Theke rannte.

«Laß mich bitte das Telefon benutzen», sagte sie zu dem Jungen. «Es ist ein Notfall. Ich will die Polizei anrufen.»

«Moment», sagte der Junge.

«Bitte, bitte», kreischte das Mädchen.

De Gier war aufgesprungen. Er ging zu dem Mädchen und berührte es an der Schulter. «Kann ich helfen, Juffrouw? Ich bin Polizist.» Er zeigte seinen Ausweis, aber das Mädchen schien nicht zu begreifen.

«Bitte», sagte es zu dem Jungen. «Gib mir das Telefon.»

«Was ist passiert, Juffrouw?» fragte de Gier und versuchte, noch einmal seinen Ausweis zu zeigen, aber das Mädchen beachtete ihn nicht. Grijpstra war amüsiert. Die alte Tour, dachte Grijpstra, aber diesmal klappt's nicht. Sieh nur die breiten Schultern, die starken Zähne und das charmante Lächeln. Und die Nase, wir wollen die Nase nicht vergessen. Schade, daß er keine Zeit hatte, sich zu kämmen, aber vielleicht ist das Haar so attraktiv ungebändigt noch besser. Es ringelt sich ihm über die Ohren, und auf der selbstverständlich edlen Stirn hat er kleine Locken. Schade, daß die Dame nicht in der richtigen Stimmung ist, um dies alles zu würdigen.

Der Junge legte das Telefon endlich auf. Und das Mädchen wählte wie toll sechsmal die zwei, die Nummer, die jeden nervösen Bürger mit den Friedenshütern verbindet.

De Gier legte die Hand auf das Telefon. «Juffrouw!» rief er. «Die Polizei steht direkt neben Ihnen. Brigadier de Gier, zu Ihren Diensten. Wollen Sie mir jetzt sagen, was mit Ihnen ist?»

Das Mädchen begriff. «Sie sind Polizist», sagte es leise.

«Stimmt, Juffrouw», sagte de Gier, «und an dem kleinen Tisch dort sitzt noch ein Polizist: Adjudant Grijpstra. Setzen Sie sich zu uns und erzählen Sie, was los ist.»

Die junge Frau war anziehend, und ihre atemlose Sprechweise und generelle Schüchternheit machten sie noch anziehender. Sie trug verblichene Jeans und eine Bluse, die ein wenig zu eng schien, um ihre aggressiv strammen Brüste zu beherbergen. Sie ließ sich zum Tisch führen und schüttelte Grijpstras schwere Hand.

«Nun», sagte Grijpstra freundlich, «was können wir für Sie tun, Juffrouw?»

«Es geht um meinen Nachbarn», sagte das Mädchen. «Ich hatte ihn seit Tagen nicht gesehen und mir um ihn Sorgen gemacht.» Sie begann zu weinen.

«Na, na», sagte de Gier und gab ihr sein Taschentuch. Sie schluchzte und rieb sich die Augen.

«Und?» fragte Grijpstra.

«Er geht nie aus», sagte das Mädchen. «Nur manchmal zum Einkaufen. Er ist immer innerhalb einer Stunde wieder da. Und er arbeitet immer im Garten. Ich wohne im Haus nebenan, aber im Garten habe ich ihn auch nicht gesehen, und sein Wagen steht vor dem Haus, also sollte er da sein. Vorhin habe ich mir dann wirkliche Sorgen gemacht und bin über den Zaun gestiegen.»

Sie schluchzte wieder, und Grijpstra klopfte ihr auf den Rücken. «Ja, Juffrouw. Erzählen Sie uns, was passiert ist.»

«Und die Küchentür stand offen, und ich bin die Treppe hinaufgegangen. Ich war noch nie in seinem Haus gewesen, und da war er.»

«Er war doch nicht etwa tot?» fragte de Gier.

«Doch», kreischte das Mädchen, «er ist tot. Man hat ihn umgebracht. Die haben ihn umgebracht.»

«Gehen wir nachsehen», sagte Grijpstra.

Sie gingen zurück bis fast zu dem Haus, wo der entlaufene Sträfling gefaßt worden war. Das Mädchen blieb vor einem zweigeschossigen Haus stehen.

«Ist dies das Haus, in dem Sie Ihren Freund gefunden haben?» fragte Grijpstra.

«Nein», sagte das Mädchen. «Hier habe ich mein Zimmer. Wir können hier durchgehen und dann in den Garten.»

Sie öffnete die Tür mit ihrem Schlüssel, aber die beiden Polizisten fanden den Weg versperrt durch eine kleine, dicke Frau. «Was soll das alles?» fragte die kleine Frau.

«Laß sie bitte hinein, Mary», sagte das Mädchen. «Es sind Polizisten, die nach nebenan wollen. Tom ist tot.»

«Polizei?» fragte die kleine Frau mißtrauisch, ohne sich zu rühren.

De Gier holte seinen Ausweis heraus und gab ihn ihr. «Brigadier de Gier», las die Frau laut vor. «Städtische Polizei Amsterdam.»

«Stimmt, Mevrouw», sagte de Gier liebenswürdig. «Können wir jetzt durch Ihr Haus gehen?»

Sein Charme beeindruckte die Frau nicht. Sie streckte eine Hand aus, und de Gier schüttelte sie. Ihm war die Berührung mit der Hand unangenehm. In den kurzen und dicken Fingern war eine Menge Kraft.

«Mary van Krompen», sagte die Frau. «Ich bin pensionierte Lehrerin und wohne hier. Sie können hier durchgehen, wenn Sie wollen, Brigadier, obwohl ich den Grund dafür nicht einsehe. Evelien macht viel Geschrei um nichts, wie alle jungen Mädchen. Der Mann ist vermutlich krank oder so was. Woher weißt du, daß er tot ist, Evelien?»

«Ich habe ihn *gesehen*», schluchzte Evelien.

«Wann?» fragte die kleine Frau.

«Soeben erst. Ich war in seinem Haus, und er lag auf dem Boden und hatte Blut im Gesicht. Er hat ein Loch im Kopf. Ich bin schließlich Krankenschwester, oder? Ich *weiß*, wenn jemand tot ist.»

«Schon gut, schon gut», sagte die kleine Frau.

«Darf ich auch mitkommen?» fragte Grijpstra.

«Sind Sie ebenfalls Polizist?»

«Ja, Mevrouw.»

«Sind noch mehr da?»

«Nein, Mevrouw.»

«Eine Invasion», murmelte Mary. «Füße abtreten, Leute! Ich habe dieses verdammte Haus den ganzen Tag über saubergemacht; macht es nicht schmutziger als unbedingt nötig.»

De Gier warf einen Blick auf den Zaun. «Sind Sie ganz sicher, daß Sie sich das alles nicht nur eingebildet haben?» fragte er das Mädchen. «Wenn mit Ihrem Freund alles in Ordnung ist, könnte er sich aufregen, wenn er sieht, wie wir bei ihm alles zertrampeln. Rechtlich wäre es Hausfriedensbruch, und das könnte uns eine Menge Schwierigkeiten machen.»

«Bitte», sagte das Mädchen.

De Gier sah sich den Zaun noch einmal an. Er war eineinhalb Meter hoch und mit Schlingpflanzen überwachsen. Er legte seine Hand auf einen der Pfähle. Der schien widerstandsfähig genug zu sein. «Gut», sagte er und sprang hinüber. Das Mädchen machte, obwohl es verwirrt war, große Augen. Der Bewegungsablauf war perfekt, geschmeidig und anscheinend mühelos gewesen.

«Ganz schön», sagte das Mädchen.

Grijpstra seufzte und erläuterte. «Er ist Athlet; er gewinnt viele Preise. Er hat einen schwarzen Gürtel im Judo und ist außerdem ein Meisterschütze.»

Das Mädchen hatte sich durch den Gleichmut des Kriminalbeamten irgendwie beruhigt und wirkte etwas entspannter. «Können Sie das auch?» fragte es und sah Grijpstra zum erstenmal an.

«Nein», sagte Grijpstra. «Im Sport bin ich schlecht, aber ich angle. Leider fange ich heutzutage nicht viel. Ich glaube, das Wasser wird allmählich zu schmutzig.»

Auf dem Gesicht des Mädchens zeigte sich ein leichtes Lächeln. «Macht nichts», sagte es, «ich bin sicher, daß Sie ein guter Polizist sind.»

«Mittelmäßig», sagte Grijpstra, «aber ich lerne täglich etwas dazu.»

«Ich bin als Krankenschwester furchtbar», sagte das Mädchen. «Immer lasse ich Sachen fallen. Ich bin zu nervös.»

«Du kannst am Ende des Zauns herumgehen, Grijpstra», rief de Gier, «beim Treppenabsatz, aber paß auf, sonst kriegst du nasse Füße.»

Grijpstra manövrierte seine schwere Gestalt um den Zaun herum.

«Das Fenster dort oben ist offen», sagte de Gier. «Das muß das Fenster des Zimmers sein, in dem sie die Leiche gefunden hat.»

Das Mädchen kam zu ihnen.

«Sagten Sie nicht, die Küchentür sei auf, Juffrouw?» fragte de Gier.

Sie nickte.

«Ich werde nachsehen.»

Bald darauf erschien de Giers Kopf oben im Fenster.

«Ja?» fragte Grijpstra.

«Ja», sagte de Gier. «Es ist besser, wenn du raufkommst.»

Grijpstra ging in die Küche und fand hinten eine kurze Treppe, die er hinaufstieg. De Gier stand neben der zusammengesunkenen Gestalt eines jungen Mannes. Die Gestalt war wirklich tot und lag mit ausgebreiteten Armen auf dem Rücken.

«Ich werde mich nie daran gewöhnen, nie», murmelte de Gier. «Schau mal, er hat den Mund offen und ein Loch zwischen den Augen. Ein schwarzes Loch. Bah.»

De Giers Gesicht war sehr bleich. Er hielt sich an der Wand aufrecht.

«Geh ins Nachbarhaus», sagte Grijpstra, «oder besser noch zum Café. Die Nachbarin wird kein Telefon haben, sonst hätte das Mädchen gleich von dort aus angerufen. Ich werde hier warten. Bring das Mädchen nach Hause. Wir wollen nicht, daß hier zu viele Leute herumlaufen.»

«Ja», sagte de Gier. Unter den Achseln seines teuren Maßanzugs waren große, feuchte Flecken.

«Geh schon», sagte Grijpstra.

De Gier ging. Grijpstra hörte, wie er im Garten mit dem Mädchen sprach. Dann wurden die Stimmen immer leiser. Grijpstra steckte die Hände in die Taschen und sah den toten Mann an. «Verrückter Kerl, warum hast du dich umbringen lassen?» fragte Grijpstra.

2

Das Gewitter ließ sich Zeit. Gelegentlich aufzuckenden Blitzen folgte ein Donnern, aber in langen Abständen, und das Poltern eines schweren Lastwagens, der auf dem Deich hinter Grijpstra und der still lächelnden Leiche vorbeifuhr, verschlang leicht das Grollen des fernen Donners. Das Zimmer war dunkel, und Grijpstra sah sich um. Irgendwo sollte ein Lichtschalter sein, aber Grijpstra sah ihn nicht. Im Zimmer befanden sich anscheinend viele Möbel. Grijpstra drehte sich langsam auf den Absätzen um. Bücherregale, Schränke, ein großes, altmodisches Fernsehgerät, mehrere Sessel, zwei runde Tische, eine Couch, ein Sideboard. An jeder freien Stelle der Wand hing ein Bild, Gemälde mit Goldrahmen, verzierten Rahmen. Die Möbel waren ebenfalls verschnörkelt. Auf den Sesseln und der Couch lagen Kissen – Kissen aus dickem, glänzendem Samt, an jeder Ecke eine Troddel.

Grijpstra setzte sich in Bewegung. Er mußte einen Schalter finden, selbst wenn er dabei Fußspuren und Fingerabdrücke verwischte. Er tastete mit den Händen an der Wand entlang; er stolperte gegen einen Sessel und tat sich am Knie weh. Er fühlte sich kalt und hatte schwitzende Hände. Sein Nacken schmerzte. Das Licht half, aber nicht viel. Eine schwache Glühbirne beleuchtete das Zimmer, aber es gab immer noch Schatten darin und die weiterlächelnde Leiche.

«Verrückter Kerl», sagte Grijpstra noch einmal.

Er setzte sich auf die Couch. Warum? fragte er sich. Was war geschehen? Eine Schlägerei? Eine Meinungsverschiedenheit über irgend etwas? Hatte der andere Mann den Bewohner dieser vermodernden, zusammenfallenden kleinen Hütte bedroht? «Dafür bringe ich dich um!» Hatte er geschrien? Vielleicht gezischt? Hatte er mit Pistole oder Revolver dramatisch herumhantiert, damit gefuchtelt? Oder war dies eine kaltblütige Angelegenheit von: peng! Du bist tot?

Grijpstra sagte sich, er müsse beobachten. Zuerst beobachten, dann vielleicht eine Schlußfolgerung ziehen. Nein. Keine Schlußfolgerung. Beobachten. Was beobachtete er? Zweifellos einen toten Mann. Einen dreißigjährigen Mann mit dichtem schwarzem Haar, einem dicken Schnurrbart und großen weißen Zähnen, die wie bei einem Nagetier vorstanden. Aber keine Maus oder Ratte. Ein Kaninchen. Ein hübsches Tier. Der Mann sah hübsch aus, angenehm, sogar noch im Tode. Das Grinsen war schrecklich, aber es war ein Grinsen, das Furcht verriet. Und Überraschung. Der Mann war überrascht gewesen, an diesem Abend dem Tod zu begegnen. Abend? Warum Abend? Er war vielleicht früh am Morgen oder am Nachmittag erschossen worden. Vor einiger Zeit, vor ein oder zwei Tagen vielleicht. Die Fliegen hatten sich an seinem Gesicht zu schaffen gemacht. Und die Wasserratten auch? Nein. Grijpstra wischte sich mit seinem großen weißen Taschentuch das Gesicht ab. Keine Ratten. Etwas ist sonderbar. Was? Die Möbel. Warum sollte ein aus wenigen Zimmern bestehender Schuppen, eine an den Deich gelehnte Hütte, über einen solchen Reichtum an Möbeln verfügen? Es gab noch etwas anderes, das diese Beobachtung stützte. Was? Ja; der Sportwagen draußen. Ein teures neues Modell. Der Mann war vermögend, warum wohnte er also in einer Hütte? Und weshalb war alles so staubig? Was war doch noch schmutzig gewesen? Richtig, wieder der Sportwagen. Das Auto war mit Schlamm bedeckt. Ein ein Jahr alter Wagen, nie gewaschen.

Er stand auf, um die Leiche besser betrachten zu können. Er wollte die Kleidung sehen. Die Leiche trug einen Anzug, einen altmodischen mit Weste. Keine Krawatte. Schmutziges Hemd, ausgefranster Kragen. Er sah eine der Manschetten. Ebenfalls ausgefranst. Alte Schuhe. Grijpstra rückte ein wenig. Loch in der Sohle. Logischer Gedankengang. Reicher Mann, der sich vernachlässigt. Ja. Man betrachte den riesigen Sessel vor dem Fernsehgerät. Vermutlich der einzige Sessel, in dem der Mann jemals gesessen hat. Grijpstra warf einen Blick auf den Aschenbecher. Er war voller Stummel, Asche und zerknüllter leerer Zigarettenpackungen. Der Aschenbecher war übervoll. Leere Bierdosen lagen ebenfalls herum. Keine Gläser, nur Dosen. Wie viele? Grijpstra zählte und hörte bei fünfzig auf; es waren noch mehr. Ein sehr unordentlicher Mann. Nein. Irgend etwas stimmte da nicht. Was war es nur? Ja. Der Garten. Er ging einen Schritt nach vorn und konnte durch die offenen Fenster den Garten sehen. Einen wunderschönen Garten. Ordentliche Reihen mit Dahlien, Margueriten, Astern. Sträucher an der Seite. Das Kopfsteinpflaster unter dem Baum war gefegt, und der Gartenstuhl sah ebenfalls sauber aus. Was hatte das Mädchen gesagt? «Er ist immer im Garten.»

Also außen hui, innen pfui. Verrückt. Warum?

Aber da war noch etwas, was nicht stimmte. Wo war de Gier?

«Grijpstra», sagte de Gier. Er stand in der offenen Tür.

«Ja?»

«Es wird eine Weile dauern. Ich habe telefoniert, konnte aber bis auf den wachhabenden Brigadier keinen erreichen. Sie sind über die ganze Stadt verstreut. Da war eine Leiche im Kanal und eine im Park, und es gab irgendwo in einer Kneipe eine Schlägerei. Der Arzt hat ebenso zu tun wie die Fotografen und die Fingerabdruckleute. Wir müssen vielleicht einige Zeit warten. Der Hoofdinspecteur hat einen Tag freigenommen; seine Mutter ist sehr krank. Der Commissaris wird kommen. Er besucht Freunde und konnte nicht gleich erreicht werden.»

«Nein», sagte Grijpstra. «Was ist mit dem berühmten Stadtdienst? Von denen sollten zwei Wagen herumrasen, zwei Wagen voll mit Beamten. Inspecteure und Subinspecteure. Wo sind die?»

«Die haben zu tun», sagte de Gier. «Es ist ein heißer Abend.»

«Na, dann nimm Platz», sagte Grijpstra. «Dies ist ein seltsames Haus. Sieh dich mal um.»

«Grijpstra», sagte de Gier.

«Nein. Laß mich überlegen. Ich dachte an etwas, als du hereinkamst, und jetzt ist es weg.»

Grijpstra schloß die Augen; die dichten Brauen senkten sich und berührten fast die Augenhöhlen. Er runzelte die Stirn und ballte die Hände zu mächtigen Fäusten. Was? Ach, ja. Das Loch. Die Schußwunde. Direkt zwischen den Augen. Keine angesengte Wunde, also mußte eine ziemliche Entfernung zwischen der Waffenmündung und dem Kopf des Opfers gelegen haben. Ein guter Schütze. Ein sehr guter Schütze. Ein ausgezeichneter Schütze, wenn man bedenkt, daß der jetzt tote Mann nahe am Fenster gestanden und nach draußen geschaut haben muß. Und der Mörder war im Garten. Ein Meisterschütze. Ein Profi. Das war der Gedanke gewesen, der ihm durch das langsame, schwerfällige Gehirn geschossen war. Niemand trägt Feuerwaffen in Holland. Eine Feuerwaffe zu tragen, ist ein Verbrechen. Sogar eine ungeladene Waffe in der Tasche eines Mannes zieht eine hohe Geldstrafe und einige Zeit im Gefängnis nach sich. Mit einer Spielzeugwaffe zu drohen, ist ein Verbrechen. Niemand erhält eine Lizenz zum Tragen einer Waffe. Wohl für den Schießsport. Aber nur, um die Waffe von zu Hause direkt zum Schützenclub und wieder zurück zu befördern, und zwar angemessen verpackt. Und selbst eine Sportschützenlizenz ist schwer zu bekommen. Man muß Formulare ausfüllen und Mitglied werden, und die Polizei will Referenzen. Aber hier war ein Mann aus einer gewissen Entfernung durch einen Schuß mitten zwischen die Augen umgebracht worden. Von einem Gangster? Und warum sollte bitte ein Gangster einen Mann erschießen, der tagsüber in seinem Garten arbeitet und abends auf den Fernsehschirm schaut? Einen Mann, der nicht einmal arbeitet? Der nur ausgeht, um etwas einzukaufen? Grijpstra stöhnte. In was waren sie da jetzt hineingestolpert? In einen Wahnsinnigen, der ein schreckliches Geheimnis hütet, und ein anderer Wahnsinniger kommt und bringt ihn vom Garten aus um? Nein. Amsterdam ist eine ruhige Stadt. Eine hübsch ruhige Stadt. Grijpstra hatte den ganzen Nachmittag mit dem Lesen von Polizeiberichten verbracht, in denen die täglichen Ereignisse von fast drei vollen Wochen standen. Diebstähle, Einbrüche, einige Fälle von Straßenraub, eine Messerstecherei, Selbstmorde, viele Feuer, ein Haus, das wegen seines Alters eingestürzt war und einem Kind das Bein zerschmettert hatte. Das Schlimmste, was sich in den vergangenen *zwei Monaten* ereignet hatte, war ein italienischer Bankräuber, der versucht hatte, mit einer alten Sten-Maschinenpistole zu schießen, die nach der dritten Patrone Ladehemmung hatte. Bei der Polizei wurde immer noch darüber gesprochen. «Maschinenpistolen», hatten die jungen Polizisten in den Kantinen gesagt, «demnächst kommen sie mit einer Kanone, und wir haben nur eine 7.65 mit sechs Patronen.» Und die Offiziere hatten die Polizisten angelächelt, ihnen den Kopf getätschelt und gesagt: «Na, na, na.» Und hier war ein Mann mit einem Loch zwischen den Augen.

«Grijpstra», sagte de Gier noch einmal.

«Ja, ja.»

«Er wurde vom Garten aus erschossen», sagte de Gier, «durch das offene Fenster.»

«Ich weiß.»

«Schau dir mal die leeren Bierdosen an.»

«Ich habe sie gesehen.»

«Dies ist ein Antiquitätenladen», sagte de Gier. «Woher mag er das ganze Zeug haben? Wertvoll ist es auch noch. Wenn das ganze Haus mit solchen Möbeln vollgestopft ist, muß er Antiquitäten im Wert von hunderttausend Gulden besessen haben. Warum hat er sich also nicht jemand genommen, der hier saubermacht? Und warum hat er seine Schuhe nicht geputzt? Oder sich ein neues Farbfernsehgerät besorgt, statt diese alte, krächzende Kiste zu behalten? Oder sich ein Hemd gekauft?»

«Tja», sagte Grijpstra.

«Verrückt», sagte de Gier. «Ein verrückter Kerl. Und warum hat man ihn umgebracht?»

«Und warum war er ordentlich im Garten und schlampig im Haus?» fragte Grijpstra.

«Ich weiß nicht», sagte de Gier. «Ich bin schlampig mit meinem Balkon und ordentlich im Haus. Genau umgekehrt. Aber nicht so schlampig wie dieser Vogel.»

«Er sieht aus wie ein Kaninchen», sagte Grijpstra, «nicht wie ein Vogel.»

«Wie ein Kaninchen?» fragte de Gier und stand auf, um das Gesicht des Toten sehen zu können. Er setzte sich wieder. «Ja. Ein harmloses Gesicht. Was werden wir also jetzt tun?»

«Warten», sagte Grijpstra, «und daran denken, daß wir die Leute davon abhalten müssen, im Garten herumzutrampeln. Dort sollten noch einige Fußspuren sein. Ich würde annehmen, er hat dort drüben direkt vor dem offenen Fenster gestanden und der Mörder im Garten. Der Mörder muß ihn gerufen und gleich geschossen haben, als er sich zeigte.»

«Es hat angefangen zu regnen», sagte de Gier betrübt, «und gestern hat es auch geregnet. Diese Leiche könnte schon einige Tage alt sein.» Er schnupperte und wurde wieder blaß.

Auch Grijpstra schnupperte. «Ein wenig stinkt's, aber nicht viel. Selbstverständlich waren die Fenster offen.»

«Vielleicht gibt es noch einige Fußspuren», sagte de Gier, «an Stellen, wo sie vom Regen nicht ausgelöscht werden konnten.»

«Irgend etwas wird da sein», sagte Grijpstra besänftigend, als wollte er nicht nur de Gier beruhigen, sondern auch sich selbst. Er fühlte sich müde und dumm und hatte keine Lust, einen schwierigen Fall zu bearbeiten. Bis jetzt war es ein heißer Sommer gewesen, und das kleine Haus an der Lijnbaansgracht, in dem er mit seiner dicken Frau und drei lauten Kindern wohnte, hatte ihn ermattet. Das ewige Showprogramm, das Abend für Abend aus seinem Fernsehgerät strömte, hatte seine Nerven in dünne, infizierte Fäden verwandelt. Er hatte sich mit seiner Frau häufig laut gestritten. Immer wenn er das Gerät ausmachte, schaltete sie es wieder ein. Die Stimmen der Komiker, der Guten und der Bösen in den Krimis, der Quizmaster und der Nachrichtensprecher hatten ihn bis ins kleine Schlafzimmer verfolgt. Seine Frau drehte die Lautstärke gern auf. Sie wurde allmählich taub. Ich werde auch taub, bald werde ich taub sein, dachte Grijpstra hoffnungslos. Er hatte eine Vision von einem ruhigen Zimmer anderswo, von einem Zimmer ohne Fernsehen und mit dem Blick auf den Fluß. Er könnte in dem Zimmer sitzen und die vorbeifahrenden Boote beobachten. Herrlich. Keine Frau. Er sah die Plastiklockenwickler in ihrem Haar und schüttelte sich. Keine Frauen mehr in seinem Leben. Er würde die Zeitung lesen und in seiner Freizeit malen. Und de Gier könnte ihn gelegentlich besuchen und mit ihm musizieren, und dann würde de Gier wieder gehen und er das Zimmer wieder ganz für sich haben. Keine Ehefrau. Kein Fernsehen. Aber die Kinder würden noch da sein. Er würde an den Wochenenden mit ihnen spazierengehen, vor allem mit den beiden kleinen, und seine Frau würde ihn aus der offenen Haustür anschreien. Sie könnte auch zum Polizeipräsidium kommen und ihn dort anschreien. Das hatte sie schon einmal getan, nachdem er für einige Tage fortgewesen war. Er hatte damals gearbeitet, aber sie hatte gedacht, er habe sie verlassen. Er spürte, wie sein Gesicht schamrot wurde. Es war die schrecklichste Szene seines Lebens gewesen. Damals hatte ihn der Commissaris gerettet. Er hatte mit der hysterischen Frau geredet und sie aus Grijpstras Zimmer in den Korridor sowie schließlich aus dem Gebäude gebracht. De Gier war verlegen gewesen, de Gier und die anderen Kriminalbeamten, die gezwungenermaßen die Szene miterlebt hatten. Grijpstra sprang auf. Jemand hatte geklingelt.

«Ich gehe», sagte de Gier. «Wird auch allmählich Zeit.»

«Guten Abend», sagte der Commissaris zu Grijpstra. «Was haben wir denn jetzt gefunden?»

«Er ist dort drüben, Mijnheer», sagte Grijpstra. Die Leiche lag, für den Commissaris nicht zu sehen, hinter einem Tisch, verhüllt von einer dicken Orientdecke, die bis auf den Boden hing.

«Ah», sagte der Commissaris und bückte sich. Er betrachtete die Erscheinung und Lage des Toten und warf einen Blick auf die geöffneten Fenster.

Es klingelte wieder, und de Gier öffnete den beiden uniformierten Polizisten die Tür. Auf dem Deich liefen jetzt eine Menge Leute herum, von denen einige de Gier ansprachen und ihn fragten, was passiert sei.

«Der hier gewohnt hat, ist tot», sagte de Gier zu den Leuten. «Kennt jemand den Mann?»

Er bekam keine Antwort. Die Gesichter starrten den großen, stattlichen Kriminalbeamten in seinem blauen Jeansanzug an. Sie musterten den Fremden, der sich in ihr tägliches Einerlei gedrängt hatte. Sie bemerkten das lockige Haar, die blauen Augen und die zarte Hakennase. De Gier sah wiederum sie an und wurde an ein Gemälde von Brueghel erinnert. Die Gesichter, die er sah, schienen Schwachköpfen und Idioten zu gehören. Der Mann, der ihm am nächsten war, trug zerrissene schwarze Cordhosen und ein schmutziges, offenes Hemd, das die grauen Haare auf seiner mageren Brust zeigte. Er hatte keine

Haare auf dem glänzenden Schädel, der im Schein des elektrischen Lichts am Deich schimmerte; der zahnlose Mund war eine dunkle Höhle unter der Knollennase, geschwollen und violett von einer Million Gläsern unverdünnten Genevers, der ihm durch die Adern geronnen war. Der Mann flößte nur wenig Vertrauen ein, aber de Gier dachte, er sei vielleicht noch der beste in der kleinen Menge, die ihm gegenüberstand.

«Sie», sagte de Gier und berührte den Mann an der Schulter, «kannten Sie den Mann, der hier wohnte?»

«Ich weiß seinen Namen», sagte der Mann, «er heißt Tom Wernekink.»

«Hat er hier lange gewohnt?» fragte de Gier.

«Vielleicht ein Jahr – oder länger. Nicht viel länger. Er hat das Haus gekauft, als der Kerl, der hier wohnte, weggebracht worden war.»

«Gefängnis?»

«Nein. In die Irrenanstalt. Ein alter Opa, der ein bißchen getrunken hat.» Der zahnlose Mund kicherte. «Eine Ambulanz hat ihn weggebracht, er ist nie wiedergekommen. Seine Kinder haben das Haus verkauft. Zu billig. Ich habe den Preis später erfahren. Ich hätte es selbst kaufen sollen. Häuser sind heutzutage viel Geld wert.»

«Hat er gearbeitet?» fragte de Gier. «Dieser Tom Wernekink? Hat er jemals Arbeit gehabt?»

Der kleine Mann schüttelte den Kopf. «Nein. Er war immer hier in seinem Garten. Vielleicht hat er Arbeitslosenunterstützung gekriegt. Manchmal fuhr er mit seinem Wagen weg, aber er war immer bald wieder zurück.»

«Haben Sie je mit ihm gesprochen?»

«Nein. Er hat sich nicht unterhalten. Sagte nur guten Morgen und guten Abend, das war alles.»

«Gut», sagte de Gier und fragte sich, warum er seine Zeit verschwendete. Er konnte immer noch das Mädchen mit der hübschen Brust fragen, das im Nachbarhaus wohnte.

«Falls jemand Informationen hat, die uns helfen können, dann gebt euren Namen und die Adresse bitte den beiden Beamten hier», sagte er laut zu der Menge. Er wandte sich an die beiden uniformierten Beamten. «Ihr bleibt besser hier und bewacht die Tür. Gleich werden noch mehr Wagen kommen. Drinnen ist ein Toter. Vielleicht weiß jemand etwas. Ihr könnt mich rufen, wenn ihr meint, daß es nötig ist; ich werde hier oder im Nachbarhaus sein.»

«Hat ihn eine Kugel erwischt?» fragte einer der Polizisten.

«Ja, mitten zwischen die Augen.»

«Such nach seiner Frau oder Freundin, Brigadier», sagte der Polizist. «Ich habe zu Hause eine Sammlung von Zeitungsartikeln; immer wenn etwas über ein Verbrechen in der Zeitung steht, schneide ich es aus. Vor ein paar Tagen habe ich das ganze Zeug über Mord und Totschlag mal wieder durchgelesen, und in jedem Fall war es anscheinend der Ehemann oder die Ehefrau oder der oder die Geliebte, vor allem in Amsterdam. Seltsam, nicht wahr?»

«Meine Frau würde mich nicht umbringen», sagte der andere Polizist.

«Warum nicht?»

«Na, ich arbeite doch für sie, oder?»

«Du ärgerst sie auch», sagte der Polizist, «und bist immer da. Jeden Abend, an den Wochenenden, im Urlaub.»

De Gier lachte.

«Bist du anderer Ansicht, Brigadier?» fragte der Polizist.

«Nein», sagte de Gier, «aber ich dachte daran, daß ich keine Frau habe.»

«Freundinnen tun es ebenfalls», sagte der Polizist.

«Zur Zeit habe ich keine Freundin», sagte de Gier, «aber ich glaube, ich ärgere meinen Kater. Seht mal.» Er zeigte ihnen einen tiefen Kratzer an seinem Handgelenk.

«Genau», sagte der Polizist. «Das bestätigt meine Theorie. Dein Kater wird frustriert oder deprimiert oder nur etwas verrückt, und wen greift er an? Dich. Du bist der erste, der ihm in die Quere kommt, also geht er auf dich los.»

«Das ist ein gutes Argument», sagte de Gier. «Ich werde es mir merken.»

«Das hat er vermutlich irgendwo gelesen», sagte der andere Polizist und postierte sich an der Tür, die Beine gespreizt und die Hände auf dem Rücken verschränkt. Er richtete sich auf und musterte, den Mützenschirm in die Augen gezogen, die Menge.

«Also los, weitergehen, weitergehen», rief der andere Polizist. «Versperrt die Straße nicht. Hier gibt es jetzt nichts zu sehen.»

Die Polizeiautos trafen schließlich ein, und die Untersuchung nahm ihren normalen Gang, wobei man besondere Aufmerksamkeit dem Garten schenkte, in dem zwei Mann mit starken Taschenlampen umhergingen. Die beiden fanden einige Fußspuren und knieten bald auf der feuchten Erde, falteten Schachteln aus Metallfolie, streuten Gips in einen Eimer, rührten die Mischung sorgfältig an und murmelten etwas zu den Fotografen, die ebenfalls an den Abdrücken interessiert waren.

De Gier suchte Grijpstra und fand ihn oben in der Dachkammer, wo der Commissaris auf einem ungemachten Bett saß. «Ja, stimmt, Grijpstra», sagte der Commissaris. «Unser Freund war ziemlich nachlässig. Schmutziges Bettzeug, der Fußboden nicht gefegt, volle Aschbecher, überall Bierdosen. Hast du irgendwo ein Bad oder eine Dusche gesehen?»

«Nein, Mijnheer.»

«Also hat er sich in der Küche im Spülbecken gewaschen und rasiert. Aber er war zweifellos reich. Ich habe mir unten den antiken Schreibtisch aus Rosenholz angesehen, ein Sammlerstück. Ich bin sicher, er ist ein kleines Vermögen wert. Und die Porzellansammlung im Schrank ist ebenfalls ein Vermögen wert. Dennoch schien er sich aus den Sachen nichts zu machen. Er hat sich nicht einmal bemüht, die Möbel gut zu placieren. Es sieht aus, als hätten die Möbelpacker sie irgendwo hingeknallt, wo sie dann stehengeblieben sind. Suchen wir nach seinen Papieren; vielleicht sagen die uns etwas.»

Grijpstra und de Gier öffneten Schubladen und Schranktüren. Sie fanden Kleidung, hauptsächlich schmutzige. «Der Arzt ist jetzt vermutlich mit der Leiche fertig», sagte Grijpstra. «Der Tote sollte eine Brieftasche in der Jacke haben.» Der Commissaris stieg vorsichtig die Treppe hinab. Grijpstra stampfte hinunter, und de Gier folgte ihm, nachdem er sich in der Dachkammer noch einmal umgesehen hatte.

«Guten Abend», sagte der Commissaris zum Arzt und gab ihm die Hand. «Haben Sie eine Ahnung, seit wann er tot ist?»

«Seit einer Weile», sagte der Arzt. «Ich werde meine Untersuchungen noch vornehmen müssen, würde jedoch meinen, daß ihn die Kugel vor mindestens zwei Tagen erwischt hat. Es wird schwierig sein, den genauen Zeitpunkt zu bestimmen: je länger eine Leiche herumliegt, desto mühsamer wird die Zeitbestimmung. Ich werde es Ihnen morgen sagen.»

«Kann ich seine Taschen durchsuchen?» fragte de Gier.

«Gewiß.»

«Laß mich das machen», sagte Grijpstra. «Du wirst in Ohnmacht fallen, und wir wollen dem Arzt nicht noch mehr Arbeit verursachen.»

«Danke», sagte de Gier.

Der Commissaris lächelte. De Gier war früher schon mal ohnmächtig geworden – sogar zweimal – und beide Male, als er mit einer Leiche konfrontiert wurde; aber in Ohnmacht zu fallen, ist bei der Polizei nicht ungewöhnlich. Und de Gier würde nicht ohnmächtig werden, wenn er irgendwie aktiv sein mußte – wenn er lief oder schoß oder überlegte.

«Hier», sagte Grijpstra und gab dem Commissaris die Brieftasche.

Der Commissaris sah sich den Inhalt an. Er betrachtete den Paß, der Gummistempel aufwies, die drei Reisen nach England anzeigten, von denen jede genau zwei Wochen gedauert hatte. Urlaub, dachte der Commissaris. Im Paß war eine Adresse in Kralingen, einem Vorort von Rotterdam, angegeben. Sie war ausgestrichen worden und als neue Adresse Landsburgerdijk 131, Noord-Amsterdam, eingetragen. Die Änderung der Adresse war von einem Angestellten der Stadtverwaltung beglaubigt worden. «Büroangestellter», sagte der Commissaris laut, «also hat er Arbeit, oder er hatte sie jedenfalls. Und er ist einunddreißig Jahre alt. Thomas Wernekink. Naja. Wir wissen immer noch nichts.» In der Brieftasche befanden sich außerdem ein Führerschein, vierhundert Gulden und ein Bankauszug, der auswies, daß er auf seinem Girokonto 28 000 Gulden hatte.

«Viel Geld», sagte Grijpstra.

«Es könnte noch mehr sein», sagte der Commissaris. «Dies ist sein Girokonto; vielleicht hat er auch noch ein Sparguthaben. Wir werden das morgen bei der Bank prüfen. Die Banken wissen gewöhnlich etwas über ihre Kunden, und er tätigte seinen Geldverkehr über eine kleine Zweigstelle. Die Rotterdamer Polizei sollte uns ebenfalls sehr behilflich sein, das ist sie immer. Wir haben seine alte Adresse in Kralingen; ist das nicht eine sehr teure Wohngegend?»

«Ja, Mijnheer», sagte Grijpstra, «viele Villen und ein großer Park und diesem gegenüber gelegen einige exklusive Wohnblocks. Ein See ist dort, ein hübscher See – die Leute gehen dort segeln.»

«Wenigstens einige Informationen», sagte der Commissaris. «Wir werden ihnen morgen nachgehen. Gibt es für uns hier noch etwas zu tun?»

«Wir könnten mit dem Mädchen im Nachbarhaus sprechen», sagte de Gier, «mit dem Mädchen, das uns gebeten hat, hier mal nachzusehen. Sie schien in Wernekink verliebt zu sein, aber er hat sie nicht einmal zu sich eingeladen, also wird sie nicht viel wissen. Dennoch . . .»

«Gut», sagte der Commissaris und versuchte, munter und an der Sache interessiert auszusehen, aber in Wirklichkeit wollte er nur nach Hause gehen und ein heißes Bad nehmen. Seine Beine machten ihm zu schaffen, und das heiße Wasser würde ihm die Schmerzen aus den Knochen ziehen. «Gut, gehen wir nach nebenan.»

Die Tür wurde in dem Augenblick geöffnet, als de Gier auf die Klingel drückte. «Guten Abend», sagte der Commissaris zu der kleinen, dicken Frau, die sich vorher bei de Gier als Mary van Krompen vorgestellt hatte. «Ich glaube, hier wohnt eine junge Dame, der wir gern ein paar Fragen stellen würden. Dürfen wir eintreten?»

Die Frau starrte den Commissaris an. «Nun . . .» sagte sie, «es ist ziemlich spät. Können Sie nicht morgen wiederkommen? Wir würden gern zu Bett gehen.»

«Bitte, Mevrouw», sagte der Commissaris sanft, «wir sind Polizeibeamte, und im Nachbarhaus ist ein Verbrechen geschehen. Ein Mann ist erschossen worden; wir möchten den Mörder fassen, und vielleicht können Sie und die junge Dame uns dabei helfen.»

Mary van Krompen wurde schwach. Der Commissaris sah sehr harmlos und freundlich aus. «Kommen Sie rein», sagte sie mürrisch. Sie führte sie in ein Wohnzimmer und stampfte davon, um das Mädchen zu holen.

Sie befanden sich jetzt in einer ganz anderen Umgebung. Das Zimmer war hell und sauber und die allgemeine Erscheinung des Hauses freundlich genug. Man hatte sich einige Mühe gemacht, das alte Gebäude zu restaurieren, aber die Deckenbalken so gelassen, wie sie seit Jahrhunderten gewesen waren, schwarz abgesetzt von den weißen Wänden. Auf dem Tisch standen frische Blumen und auf den Fensterbänken Topfpflanzen. Eine Reihe silberner Trophäen war auf einem Ecktisch aufgestellt, acht Silberpokale von unterschiedlicher Größe. Grijpstra stand auf, um sie zu bewundern. «Seht mal», sagte Grijpstra, «wißt ihr, was das ist?» Der Commissaris und de Gier gingen zu ihm. De Gier nahm einen der Pokale in die Hand und betrachtete ihn. Der Pokal war mit zwei gekreuzten Revolvern verziert.

«Schützentrophäen», sagte der Commissaris.

Sie sahen sich die Trophäen immer noch an, als Mary van Krompen mit dem Mädchen zurückkam.

«Ich bin Evelien Dapper», sagte das Mädchen zu den drei Männern.

«Sie wollten mich sprechen?»

«Ja, meine Liebe», sagte der Commissaris. «Nehmen Sie doch bitte Platz. Wir wissen, Sie sind sehr verstört, aber Sie haben die Leiche entdeckt und den Mann gekannt, so daß Sie uns bei den Ermittlungen sehr helfen können.»

Das Mädchen schniefte.

«Sagen Sie uns bitte, was Sie wissen», sagte der Commissaris sanft.

«Ich habe es den anderen Männern schon erzählt», sagte das Mädchen und zerknüllte sein Taschentuch zu einem kleinen Ball. «Ich habe mir Sorgen um Tom gemacht und bin in sein Haus gegangen, und dort auf dem Fußboden lag er.»

«Ja. Vorher sind Sie nie in seinem Haus gewesen?»

«Nein», sagte Mary plötzlich und funkelte den Commissaris an. «Sie haben immer nur am Zaun miteinander geflüstert, und sie hat ihm dann eine Tasse Tee gegeben.»

«Wir haben *nicht* geflüstert», sagte das Mädchen verärgert. «Wir haben nur miteinander gesprochen, und er war immer sehr nett. Wir waren schließlich Nachbarn, und er hat immer nur in seinem Garten gegraben und nichts für sich getan. Warum sollte ich ihm also nicht gelegentlich eine Tasse Tee machen?»

«Ganz recht», sagte der Commissaris und lächelte Mary an. «Warum sollte sie nicht? Aber er hat Sie nie zu sich eingeladen?»

«Nein», sagte das Mädchen.

«Aber das ist doch eigenartig, nicht wahr? Sie sind ein attraktives Mädchen, und er war ein junger Mann, und ihr habt einander gekannt. Seit wann kannten Sie ihn?»

«Seit ich hier wohne», sagte das Mädchen. «Seit drei Monaten, glaube ich.»

Mary lachte. Der Commissaris sah sie verwundert an. «Verzeihung», sagte Mary, «ich will kein Biest sein, aber ich habe mich gewundert. Da standen sie nun jeden Nachmittag, unterhielten sich und schlürften Tee, und er hat nicht einmal daran gedacht, sie zu sich einzuladen.»

«Vielleicht war er ein sehr schüchterner junger Mann», sagte der Commissaris.

Das Mädchen fing wieder an zu weinen, und de Gier fühlte sich schuldig. Er dachte daran, wie er ihre Tränen ignoriert und stotternd Fragen gestellt hatte, als er vorhin mit ihr von hier aus zu Wernekink hinübergegangen war. Er hatte auf sie eingemurmelt, statt etwas zu sagen, was sie tröstete.

Er erinnerte sich an die Schulungslektionen über die Philosophie der Polizei. Es ist Aufgabe der Polizei, die Ordnung aktiv aufrechtzuerhalten und jene zu unterstützen, die der Hilfe bedürfen. Das Mädchen hatte Hilfe gebraucht, aber er hatte nicht einmal zugehört; er war zu sehr damit beschäftigt gewesen, seine Furcht und Übelkeit zu unterdrücken. Und ihn schauderte, als er daran dachte, wie er vom Telefonieren aus dem Café zurückgekommen war. Der Deich war voller kleiner Gruppen von Menschen, zusammengeschart im unheimlichen Widerschein der Laternen, die in dem Sturm schwangen, der sich diesen Augenblick ausgesucht hatte, vom großen Binnensee heranzubrausen. Ein alter Mann hatte ihn angehalten und gefragt, was im Haus von Tom Wernekink eigentlich los sei. Er hatte nicht geantwortet, und der Alte hatte ihn boshaft von der Seite her angeschielt. «Da hast du heute mal was zu tun, he, staatlicher Zuhälter? Endlich mal was zu tun für die hübschen Steuern?» Die Worte «staatlicher Zuhälter» hatten de Gier zum Stehenbleiben veranlaßt, aber er hatte sich gezwungen, weiterzugehen.

«Es ist zwecklos, sie etwas zu fragen, Commissaris», sagte Mary, «oder mich, wie die Sache nun einmal ist. Wir kannten den Mann nicht richtig.»

«Setzen Sie sich bitte, meine Damen», sagte der Commissaris. Mary ließ sich auf den nächststehenden Sessel plumpsen, Evelien setzte sich auf den Rand einer Couch.

Aber was hätte ich zu dem Mädchen sagen können? überlegte de Gier. Der junge Mann war tot, oder? Er war nicht nur tot; er verweste bereits. Hätte ich sagen sollen, er sei gestorben, hinübergegangen in eine bessere Welt?

«Wer wohnt hier noch, Mevrouw?» fragte der Commissaris.

«Meine Freundin», sagte Mary, «Ann Helders; sie ist jetzt nicht hier; sie macht Nachtdienst. Sie ist Krankenschwester.»

Eine Lesbierin, dachten Grijpstra und de Gier gleichzeitig. Es war die Art, wie Mary gesagt hatte «meine Freundin». Die Worte hatten besitzergreifend und trotzig geklungen. Es schien, als fordere Mary die Männer heraus. Ich lebe mit einem Mädchen zusammen, na und? Ich bin stolz darauf. Ich habe keinen Mann und will auch keinen. Männer sind Dreck.

Der Commissaris betrachtete den grimmigen Gesichtsausdruck der Frau. Sie hat noch nicht entdeckt, daß es ganz in Ordnung ist, lesbisch zu sein, dachte er. Sie gehört zu meiner Generation. Anders zu sein, ist eine Schande. Die Zeiten haben sich geändert. Wir kommen da nicht mehr mit; einige Ideen sind zu tief eingedrungen – nichts kann sie mehr vertreiben.

«Ich verstehe», sagte der Commissaris. «Hat jemand von Ihnen den Schuß gehört? Der Mann wurde erschossen, wissen Sie, und zwar, wie wir glauben, vom Garten aus.»

«Vom Garten aus?» fragte Mary. «Wann wurde er erschossen? Wissen Sie das auch?»

«Nein», sagte der Commissaris. «Vielleicht vor zwei Tagen, aber wir wissen die Uhrzeit nicht. Wir sollten es morgen erfahren, wenn der Arzt seine Untersuchungen abgeschlossen hat.»

«Ich habe keinen Schuß gehört», sagte Mary, «du, Evelien?»

Das Mädchen bemühte sich, nicht zu weinen. Es schüttelte den Kopf.

«Haben Sie Ihren Nachbarn gekannt, Juffrouw van Krompen?» fragte der Commissaris.

«Kaum. Er war nicht sehr gesprächig. Wir tauschten einige Worte aus, wenn wir beide im Garten arbeiteten, aber mehr nicht. Über das Wetter; ich glaube, wir sprachen nur über das Wetter.»

«Hatte er Freunde?»

«Ich glaube nicht. Der gestiefelte Kater hat ihn manchmal besucht. Er wohnt weiter unten am Deich. Seinen richtigen Namen weiß ich nicht. Wir nennen ihn alle Kater. Der Mann sieht seltsam aus.»

«Aha», sagte der Commissaris, «also hatte er zumindest einen Freund. Wo wohnt dieser Kater?»

Mary schloß die Augen und zählte ab. «Das siebte Haus links von hier.»

«Wir werden ihn später aufsuchen», sagte der Commissaris. «Wissen Sie sonst noch etwas, was Sie uns nach Ihrer Meinung sagen sollten?»

«Nein», sagte Mary.

Der Commissaris sah Evelien an. «Sie? Juffrouw Dapper?»

Das Mädchen weinte immer noch.

«Juffrouw Dapper?»

Sie stand auf und lief aus dem Zimmer.

«Hmm», sagte der Commissaris.

«Ich werde Kaffee machen», sagte Mary, «Pulverkaffee; es dauert nur einige Minuten. Nehmen Sie alle Milch und Zucker?»

«Bitte», sagten die drei Männer.

Als Mary das Zimmer verließ, stand Grijpstra auf und betrachtete noch einmal die Trophäen.

«Denkst du das gleiche wie ich?» fragte de Gier zu Grijpstra gewandt.

«Was denkst du denn, de Gier?» fragte der Commissaris leise.

«Nur eine Kombination von einigen halb festgestellten Tatsachen, Mijnheer», sagte de Gier.

«Erzähl mal.»

«Mary ist lesbisch», sagte de Gier, «sie lebt mit dieser Krankenschwester zusammen – ich glaube, sie hieß Ann Helders. Aber Ann bringt eine Freundin ins Haus, die hier Mieterin wird. Unsere hübsche junge Dame, die soeben hinausgelaufen ist. Evelien. Mary verliebt sich in Evelien, kann dies jedoch wegen Ann nicht zeigen. Das Ergebnis ist Enttäuschung. Mary ist eine gewalttätige Frau. Ihr Lieblingssport ist Pistolenschießen. Gewalttätige Sportarten sind gewöhnlich eine Befreiung von aufgestauten Spannungen. Die Liebe zu Waffen verweist auf Aggression. Eine gewalttätige und aggressive Frau. Evelien fängt an, mit dem Nachbarn zu flirten. Mary gefällt das nicht. Der Flirt dauert an. Jeden Tag macht Evelien Tee für Tom Wernekink und reicht ihm eine Tasse über den Zaun. Sie trinken Tee miteinander und lachen und plaudern, und Mary beobachtet dies alles aus dem Haus und kocht vor Wut. Sie kann Evelien nicht umbringen, denn sie liebt sie, aber sie kann Tom beseitigen. Also schleicht sie sich eines Tages in den Nachbargarten, ruft Tom und erschießt ihn, mitten zwischen die Augen.»

«Einfach so, wie?» fragte Grijpstra.

«Gingen deine Gedanken nicht in die gleiche Richtung, als du eben an dem Pokal herumgefummelt hast?» fragte de Gier.

Grijpstra brummte.

Sie sahen beide den Commissaris an, der sich ein Zigarillo angesteckt hatte und nachdenklich paffte. «Könnte sein», sagte der Commissaris langsam. «Das erklärt den Schuß zwischen die Augen. Ich habe versucht, die Entfernung zwischen Pistole und Wunde abzuschätzen; morgen werden wir genaue Angaben haben, aber ich würde meinen, es müssen etwa acht bis zehn Meter gewesen sein. Einen Mann auf diese Entfernung mit einer Pistole zwischen die Augen zu treffen, ist ein seltenes Kunststück. Und Mary hat viele Pokale gewonnen.»

«Die Psychologie, mit der ich meine Theorie untermauert habe, ist etwas holperig», sagte de Gier. «Es muß mehr als nur Enttäuschung wegen ein paar Tassen Tee gewesen sein. Möglicherweise haben sie uns nicht die ganze Wahrheit gesagt. Vielleicht ist Tom Wernekink oft gekommen und hat mit dem Mädchen geschlafen. Vielleicht hatten sie ein richtiges Verhältnis miteinander. Mary hat dem Mädchen gedroht, das jetzt zu ängstlich ist, etwas zu sagen. Es könnte sein, daß Mary jetzt mit einer Pistole vor dem Mädchen herumfuchtelt.»

«Schau mal nach», sagte der Commissaris. «Tu so, als wolltest du ihr helfen, den Kaffee hereinzubringen.»

De Gier stand auf und ging hinaus. Er fand Mary in der kleinen Küche im Hinterhaus, wo sie friedlich beschäftigt war.

«Tragen Sie das Tablett», sagte Mary. «Sie sind Brigadier, nicht wahr? Soll ich Sie mit Brigadier anreden?»

«Wie Sie wollen», sagte de Gier.

Marys Stimme klang ziemlich freundlich, aber als er einen Blick auf ihr Gesicht warf, sah er, wie die Muskeln darin arbeiteten und sie sich auf die dünnen Lippen biß.

«Wovon leben Sie, Mevrouw?» fragte der Commissaris.

«Ich habe Unterricht gegeben.»

«Worin?»

«Mathematik an einem Gymnasium.»

«Sie sind also Akademikerin», sagte der Commissaris.

«Bin ich.»

Der Commissaris rührte seinen Kaffee um.

«Haben Sie diese Trophäen alle gewonnen?» fragte Grijpstra.

«Hab ich.»

«Sie sind also eine Meisterschützin», sagte de Gier. «Ihr Nachbar wurde zwischen die Augen getroffen, aus ziemlicher Entfernung.»

Mary setzte die Tasse mit einem Knall ab. «Und das bedeutet?»

«Wir versuchen, logisch zu denken, Mevrouw», sagte der Commissaris. «Nur wenige Menschen können einen Menschen auf eine Entfernung von acht bis zehn Metern mitten zwischen die Augen treffen. Ich habe ein wenig gerechnet und glaube, so weit muß es etwa gewesen sein. Ich hätte Mühe, unter solchen Umständen zu treffen, und ich habe viel Zeit damit verbracht, auf Scheiben zu schießen. Ich kenne nur wenige Menschen, die gut genug schießen, um die Leistung im Garten Ihres Nachbarn zu erbringen. Sie sind eine Meisterschützin. Sie sind auch Mathematikerin.»

«Ich habe ihn nicht erschossen», sagte Mary.

«De Gier», sagte der Commissaris, «geh mal nach nebenan und stell fest, ob es denen gelungen ist, im Garten klare Gipsabdrücke zu machen. Falls ja, bring sie mit.»

«Mijnheer», sagte de Gier und ging.

«Und nun», sagte der Commissaris zu der Frau, «würden wir gern alle Ihre Schuhe sehen, wenn Sie nichts einzuwenden haben.»

«Brauchen Sie dafür nicht einen Hausdurchsuchungsbefehl?» fragte Mary.

«Ich bin Commissaris; ich brauche keinen Hausdurchsuchungsbefehl.»

«Ich verstehe», sagte Mary und sah die beiden Männer grimmig an.

«Wenn Sie feststellen, daß meine Schuhe im Nachbargarten Abdrücke hinterlassen haben . . .» sagte Mary.

«Dann hätten wir einen weiteren Hinweis.»

«Commissaris», sagte Mary bedächtig, «ich bin möglicherweise ziemlich oft in dem Garten gewesen, aus ganz harmlosen Gründen.»

«Nein», sagte der Commissaris, «Sie und auch Evelien haben gesagt, daß Ihr Nachbar keine Besucher wollte. Er erlaubte nicht einmal einer netten, attraktiven jungen Dame, die ihn offensichtlich mochte, zu ihm in den Garten zu kommen. Er trank den Tee, den sie ihm gab, aber er blieb auf seiner Seite des Zauns. Stimmt's?»

«Ja.»

«Warum sollte er also Ihnen erlauben, in seinen Garten zu gehen? Er hätte es wohl nicht gestattet, oder?»

«Er hätte nicht», sagte Mary. «Sie können sich den ganzen Quatsch mit den Schuhen schenken», fügte sie hinzu. «Ich gebe zu, daß ich in seinem Garten gewesen bin.»

«Wann?»

«Gestern. Ich habe mich gefragt, was mit ihm passiert sei, und ich wollte Evelien beruhigen, die im Haus Trübsal blies und sich sorgte.»

«Und haben Sie ihn gesehen?»

«Ja. Ich habe mich auf eine Kiste gestellt und durchs Fenster geschaut. Er war tot. Erschossen.»

«Warum haben Sie die Polizei nicht gerufen?»

«Weil sie glauben würde, was sie jetzt glaubt.»

«Daß Sie ihn erschossen haben?»

Mary nickte, ihr markanter, schwerer Kopf ging rauf und runter. «Genau. Und ich habe ihn nicht erschossen. Warum sollte ich?»

«Vielleicht aus Eifersucht», sagte Grijpstra.

Mary lachte trocken. «Warum aus Eifersucht? Ann ist meine Freundin, nicht Evelien. Wenn das blöde Mädchen mit Männern herumspielen will, ist das seine Sache, oder? Und es hatte nicht einmal Erfolg. Er trank Eveliens Tee, und das war's. Was machte mir das aus?»

«Sie könnten eine starke Zuneigung zu Evelien gefaßt haben», sagte der Commissaris. «Sie ist ein schönes Mädchen.»

«Ich habe bereits eine Freundin und bin glücklich mit ihr und sie mit mir. Warum sollte ich anderen nachlaufen?»

«Ich weiß nicht, warum Leute bestimmte Dinge tun sollten», sagte der Commissaris, «Tatsache ist, sie tun sie.»

Der Commissaris gab Grijpstra ein Zeichen. «Entschuldigen Sie mich, Mevrouw», sagte Grijpstra, «ich werde de Gier sagen, daß die Abdrücke nicht mehr nötig sind.»

«Sagen Sie», sagte der Commissaris, wobei er über den Rand seiner Kaffeetasse blickte, «wir sind jetzt allein, niemand kann uns hören. Haben Sie den jungen Mann erschossen oder nicht?»

Mary stand auf und ordnete die Trophäen auf dem Ecktisch. «Ich habe ihn nicht erschossen.»

«Ist Ihnen klar, daß wir Sie festnehmen müssen?» fragte der Commissaris freundlich.

«Ja, das ist logisch. Ich stimme Ihnen zu, daß sehr wenige Menschen so genau treffen können. Vielleicht einer von hunderttausend.»

Die dicke Frau sah verzweifelt aus. Der Commissaris wandte den Blick von ihrem markanten Gesicht nicht ab. Er sah ihr in die Augen, große, blaßblaue Augen, die hinter den dicken Gläsern ihrer Brille etwas hervortraten. Er wollte ihr sagen, sie solle sich entspannen, nicht mehr leiden als nötig, aber er konnte keinen Sinn darin sehen, irgend etwas zu sagen. Mary van Krompens Lage war ausgesprochen unangenehm, und er konnte nur wenig daran ändern. Sie war verwirrt, nervös, besorgt und vermutlich sogar verängstigt. Er konnte nur versuchen, es ihr nicht noch schwerer zu machen. Es wäre unangenehm, wenn de Gier und Grijpstra sie in das Polizeiauto zerren müßten.

«Die Pistole», sagte Mary plötzlich. «Sie haben doch gewiß eine Ballistikabteilung in Ihrem Präsidium. Die haben Sie doch, nicht wahr?»

«Ja», sagte der Commissaris.

«Nun, die können dort beweisen, daß das Geschoß nicht aus einer meiner Pistolen gekommen ist. Ich habe zwei, eine 7.65 und eine .22er. Ich weiß, das Geschoß kam nicht aus einer der beiden, und Ihre Leute können das bestätigen.»

«Ja», sagte der Commissaris. «Es ist besser, Sie geben mir Ihre Waffen.»

Mary lachte, es war ein rauhes, krächzendes Lachen. «Geben Sie mir Ihre Waffen! Haben Sie keine Angst, daß die Mörderin auch auf Sie einen Schuß abgibt? Ich würde an Ihrer Stelle etwas warten.»

«Worauf warten?» fragte der Commissaris erstaunt.

«Daß Ihre beiden Gorillas kommen. Der große, stämmige Kerl und der hübsche, reizende Bursche.»

Der Commissaris grinste. «Gorillas!»

Plötzlich lachte auch Mary. «Ich hätte sagen sollen, ein Gorilla und ein Gibbon. Das schlanke Bürschchen sieht mit seinen langen Armen und dem hübschen Gesicht ganz beweglich aus. Er könnte sich durch die Bäume schwingen; es wäre ein netter Anblick.»

Mary und der Commissaris kicherten noch, als die beiden Kriminalbeamten zurückkamen; Grijpstra sah de Gier an und zog die Augenbrauen hoch.

«Die Dame will uns ihre beiden Pistolen aushändigen», sagte der Commissaris zu Grijpstra. «Geh bitte mit und hole sie, und nimm auch die Munition mit.»

Mary bewahrte die Pistolen in der Schublade ihres Nachttischs auf. Sie waren in ein Flanelltuch eingewickelt und augenscheinlich in ausgezeichnetem Zustand. «Vorsicht», sagte Mary, als Grijpstra sie in seine Jackentaschen gleiten ließ, «das sind beides Präzisionswaffen, und ich habe viele Stunden damit zugebracht, sie zu reinigen.»

«Ja, Juffrouw», sagte Grijpstra höflich, «und dann noch bitte die Munition.» Er erhielt die beiden Kartons. «Danke, Juffrouw.»

«Kann ich ein paar Sachen in einen Koffer packen?» fragte Mary. «Ihr Chef will mich festnehmen. Selbstverständlich bin ich unschuldig, aber ihr werdet mich sicher eine Weile dortbehalten. Ich glaube, ein Häftling hat keine Rechte.»

«Sie werden kein Häftling sein, Juffrouw», sagte Grijpstra. «Sie sind eine Verdächtige, und die haben alle möglichen Rechte. Wir werden uns um Sie kümmern, so gut wir können.»

«Ja», sagte Mary bitter, «ich werde nicht rauchen und lesen dürfen und für endlose Stunden in einem kleinen Betonloch sitzen. Ich habe so einiges gehört.»

«Ihnen wird es schon gutgehen, Juffrouw», sagte Grijpstra und sah zu, wie die Frau Schlafanzüge, Bücher, Zigaretten und Toilettenartikel in eine schäbige Reisetasche packte.

Als Mary den Commissaris wieder erblickte, blieb sie stehen. «Commissaris», sagte sie mit festem Ton.

«Ja, Juffrouw?»

«Ich versichere, ich bin unschuldig, und ich verspreche Ihnen, daß ich nicht fortlaufen werde. Ehrenwort. Nehmen Sie mich nicht mit. Wenn Sie etwas von mir wollen, können Sie eine Nachricht schicken, und ich werde innerhalb von dreißig Minuten bei Ihnen sein. Notfalls werde ich mir ein Taxi nehmen, obwohl ich nicht viel Geld habe. Aber ich möchte nicht in eine Polizeizelle. Bitte.» Ihre Unterlippe zitterte. Grijpstra und de Gier schauten weg.

Der Commissaris seufzte und legte der dicken Frau seine magere Greisenhand auf die Schulter. «Glauben Sie mir, ich muß Sie mitnehmen. Alle Indizien weisen auf Sie hin. Ihre Fußabdrücke sind im Garten. Sie haben die Polizei nicht informiert, als Sie die Leiche entdeckten. Sie sind eine Meisterschützin, und unser Mann ist von einem Meisterschützen ermordet worden. Nur wenige Menschen wissen mit Feuerwaffen umzugehen. Sie könnten ein Motiv haben. Es läuft alles auf einen schwerwiegenden Verdacht hinaus. Es ist sehr gut möglich, daß Sie des schwersten Verbrechens schuldig sind, das wir in unseren Gesetzbüchern kennen. Wenn ich Sie nicht mitnehme, werde ich mich der Fahrlässigkeit schuldig machen. Es ist alles sehr logisch. Gewiß erkennen Sie, worauf ich hinaus will?»

«Und das Gesetz kennt kein Erbarmen?» fragte Mary mit immer noch bebender Unterlippe.

«Doch», sagte der Commissaris ernst, «das Gesetz kennt Erbarmen. Es mag viele Fehler in der Art und Weise geben, wie dieses Land seine Angelegenheiten regelt, aber das Gesetz ist mitleidsvoll. Aber nicht in diesem Stadium der Ermittlungen. Wir müssen Sie festnehmen und in eine Zelle stecken . . .»

«Also gut», sagte Mary, «dann nehmt mich mit, aber es ist besser, ihr sagt es Evelien; sie ist oben.»

Der Commissaris nickte de Gier zu. Grijpstra öffnete Mary die Tür und winkte dem uniformierten Fahrer im Wagen des Commissaris zu.

«Wollen Sie, daß ich mit Ihnen fahre, Mijnheer?»

«Nein, Grijpstra», sagte der Commissaris. «Ich seh dich morgen früh um neun in meinem Büro. Warte auf de Gier und geh nach Haus; den beiden Polizisten, die Wernekinks Haus bewachen, kannst du sagen, sie können ebenfalls gehen. Die Leiche ist weggebracht worden, und sonst gibt es dort nichts mehr zu tun.» Der Commissaris trat einen Schritt zurück, und Mary stieg in den schwarzen Citroën ein. Der Fahrer salutierte, als er ihr in den Wagen half.

3

Die rote Lampe an der Tür zum Büro des Commissaris brannte, und sein Telefon war vorübergehend abgestellt. Bis auf den Hoofdcommissaris – der mit einem Spezialknopf einen Summer betätigen konnte, der sich neben dem Schreibtisch des Commissaris befand – konnte ihn jetzt niemand stören. Der Commissaris sah seine drei Besucher an. «Ja», sagte er zum Staatsanwalt, einem Mann von Ende Vierzig, konservativ gekleidet in dunkelblauem Anzug, weißem Hemd und grauer Krawatte, «ich weiß, dies Verfahren ist nicht üblich, aber ich habe diese beiden Kriminalbeamten gebeten, dabei zu sein, weil ich ihren Scharfblick und Rat schätze.»

Der Staatsanwalt nickte, Grijpstra lächelte, de Gier machte ein unverbindliches Gesicht. «Ich schätze die Gesellschaft dieser beiden Herren», sagte der Staatsanwalt langsam, «und die Sache ist ernst genug. Wir versuchen schließlich, eine Entscheidung über die Freiheit eines Menschen zu treffen, und Freiheit ist das höchste Gut.»

«Ja», sagte der Commissaris ruhig.

«Aber da ist etwas, was mir nicht so gut gefällt», sagte der Staatsanwalt, und die Lachfältchen um seine Augen fielen plötzlich stark auf.

«Ja?» fragte der Commissaris.

«Mir scheint, ich werde gefragt, was *ich* von der möglichen Schuld von Juffrouw Mary van Krompen halte», sagte der Staatsanwalt. «Sie hätten anders an die Sache herangehen sollen. Sie hätten versuchen sollen, mir die Schuld der Dame zu *beweisen*. Sie haben sie jetzt zwei Tage lang vernommen und können sie aus eigener Machtbefugnis nicht länger festhalten. Gut. Jetzt muß also mein Amt bestätigen, daß sie in Haft bleibt. Ausgezeichnet. Die Polizei berichtet uns von ihrem Verdacht, die verschiedenen Tatsachen werden vorgelegt, wir lesen die Berichte der vernehmenden Beamten und kommen zu einer Entscheidung.»

«Ja?» fragte der Commissaris.

«Ja. Aber diesmal fragen Sie *mich*, was ich meine. Haben Sie Zweifel, was Sie tun sollen?»

Der Commissaris nickte ernst. «Ja, ich habe Zweifel. Sehr große.»

«Warum? Die Tatsachen scheinen eindeutig genug zu sein. Fußabdrücke, hübsche klare Gipsabdrücke, die zu den Schuhen der Dame passen. Die Dame gibt zu, daß sie die Leiche gesehen, aber sich nicht mit der Polizei in Verbindung gesetzt hat; schon das ist ein Verbrechen, und ich hoffe, Sie werden sie dessen beschuldigen. Und obendrein die unglaubliche Treffsicherheit des Schusses. Eine Entfernung von zehn Metern zwischen Waffe und Wunde, den Experten zufolge, und das Opfer hat nicht einfach dort gestanden und darauf gewartet, einen Schuß zwischen die Augen zu kriegen. Er muß sich bewegt haben, als ihm bewußt wurde, daß sein Leben in Gefahr ist. Dem Mörder blieben nicht mehr als ein paar Sekunden, um den Abzug zu betätigen. Wernekink war nicht mit verbundenen Augen an einen Pfahl gefesselt, nicht wahr?» Der Staatsanwalt brachte sich in Fahrt, er spielte seine Rolle vor Gericht, stand dem Richter und dem Verteidiger des Angeklagten gegenüber.

«Ähem», sagte der Staatsanwalt, «entschuldigen Sie, ich habe mich hinreißen lassen durch die eindeutigen Folgerungen aus den Beweisen, denen wir gegenüberstehen. Dennoch, die Beweise *sind* unbestreitbar, nicht wahr? Und die Dame ist eine Meisterschützin; sie hat zahlreiche Preise gewonnen und ist Meisterin in ihrem Club.»

«Ja, Mijnheer», sagte der Commissaris, «sie ist Meisterin; sie ist außerdem Lesbierin, und das Mädchen, das sich um ihren Nachbarn bemüht – ein Mädchen, das in ihrem Haus zur Untermiete wohnt –, ist sehr attraktiv. Aber ich glaube, es gibt keine endgültigen Beweise. Nein, keine endgültigen. Die Dame schwört, sie habe es nicht getan. Sie hat als Studienrätin Mathematik unterrichtet und gibt zu, die Möglichkeit sei sehr gering, daß ein anderer ausgezeichneter Schütze unseren Freund erwischt haben könnte. Aber die Möglichkeit besteht, das müssen wir einräumen. Schließlich gibt es noch andere Leute, die mit einer Waffe umgehen können, sogar in Holland. De Gier zum Beispiel. De Gier, meinst du, daß du einen so perfekten Schuß anbringen könntest?»

De Gier setzte sich aufrecht hin. «Vielleicht», sagte er. «Ich habe einige sehr gute Ergebnisse auf dem Schießstand erzielt und war auch draußen ziemlich erfolgreich. Im vorigen Jahr habe ich einen flüchtenden Räuber im Dunkeln auf eine Entfernung von zwanzig Metern ins Bein getroffen, und ich war gerannt, ehe ich stehenblieb, um zu feuern. Aber ich glaube, es war ein Zufallstreffer.»

«Ja, ja», sagte der Commissaris ungeduldig, «das wissen wir ja alles. Die Frage ist, ob du einen Mann auf eine Entfernung von zehn Metern mitten zwischen die Augen treffen könntest? Wohlgemerkt, mit einem Schuß; wir haben nur eine leere Patronenhülse im Garten gefunden.»

De Gier schüttelte den Kopf. «Ich kann das weder mit ja noch mit nein beantworten, Mijnheer. Vielleicht könnte ich es schaffen, aber da sind immer die Umstände zu berücksichtigen. Der Wind, die Waffe, der Zustand meiner Nerven. Ich treffe nie etwas, wenn ich vorher mit dem Fahrrad gefahren bin; mir scheint, die Vibrationen eines Fahrrads beeinträchtigen meine Armmuskeln.»

«Es muß andere hervorragende Schützen in Holland geben», sagte der Staatsanwalt, «und vielleicht ist de Gier einer von ihnen. Wir müssen auch die Tatsache abwägen, daß der Schuß aus keiner der beiden Pistolen abgefeuert wurde, die der Dame gehören und die sie Ihnen übergeben hat.»

«Nein», sagte Grijpstra, «ich glaube nicht, daß dieser Punkt unseren Verdacht entkräftet. Schußwaffen kann man kaufen, nicht wahr? Und Mitglieder von Schützenclubs können Schußwaffen leichter erwerben als andere. Leute, die Schußwaffen reparieren, verkaufen diese häufig insgeheim. Sie können Einzelteile kaufen, und ein voller Satz von diesen ist eine komplette Schußwaffe. Und es ist sehr leicht, Schußwaffen in Belgien zu kaufen. Falls Mary eine kaufen wollte, dann konnte sie es, und falls sie Tom Wernekink beseitigen wollte, würde sie es nicht mit einer ihrer eigenen Waffen tun.»

«Und?» fragte der Staatsanwalt. «Ich denke, Ihre Beweise sind schwerwiegend genug; meinetwegen können Sie sie für weitere zwei Tage festhalten. Das habe ich schon gesagt, aber Sie sind anscheinend nicht sehr darüber erfreut.»

«Doch, doch, doch», murmelte der Commissaris, «aber ich hatte noch einen zweiten Grund, Sie nach Ihrer Meinung zu fragen. Sie sind promovierter Jurist und ein geschickter Anwalt; Sie haben einen ganz anderen Verstand, kein Polizistengehirn wie ich. Wir sind Ermittlungsbeamte, aber wir richten nie.»

«Ich bin kein Richter», sagte der Staatsanwalt. «Ich vertrete die Anklage, was eine ganz andere Disziplin ist.»

«Ich weiß, ich weiß», sagte der Commissaris, «aber dennoch haben Sie eine andere Einstellung. Ich bin von der Schuld der Dame nicht überzeugt. Sie streitet alles glattweg ab. Sie ist auch keine unaufrichtige Frau; sie sagt immer, was sie denkt.»

«Mögen Sie sie?» fragte der Staatsanwalt.

Der Commissaris erhob sich, ging in die Knie und richtete sich wieder auf. «Ja», sagte er bedächtig, «ich glaube, ich mag sie.»

Der Staatsanwalt schaute sich um und versuchte, mit den drei Polizisten Blickkontakt aufzunehmen. Der Commissaris starrte die Wand an, Grijpstra starrte zum Fenster hinaus, de Gier hatte die Augen geschlossen. Der Staatsanwalt stand auf und wedelte mit den Händen. «Hören Sie», sagte er, «was wollen Sie eigentlich von mir? Übertreiben Sie nicht die Bedeutung meines Amts? Ich kann nur zweimal die Genehmigung geben, einen Verdächtigen für jeweils zwei Tage festzuhalten. Ich räume ein, daß das erste Gesuch nur eine Formalität ist; wenn ein Commissaris der Polizei mir sagt, er verdächtige eine Person eines ernsten Verbrechens, dann werde ich ihm erlauben, diese zu Verhören für zwei Tage festzuhalten. Das zweite Ersuchen ist gewichtiger, und ich befasse mich mit der Angelegenheit. Ich *habe* mich mit dieser Angelegenheit befaßt. Ich habe die Dame gesprochen, die Beweise geprüft, den Fall wirklich studiert. Also gut, ich gebe Ihnen noch zwei Tage. Aber was sind weitere zwei Tage? Achtundvierzig Stunden sind ziemlich schnell um, nicht wahr? Sie findet ihre Zelle nicht so sehr unbehaglich, oder? Warum warten Sie nicht auf den Richter? Wenn sie Sie nach weiteren zwei Tagen noch nicht von ihrer Unschuld überzeugt hat, dann muß der Richter entscheiden. Warten Sie auf den Richter!»

«Noch zwei Tage», sagte der Commissaris leise.

«Also, was zum Teufel?» sagte der Staatsanwalt und wurde rot im Gesicht.

«Es ist nicht nur, daß ich sie mag», sagte der Commissaris, «da ist noch etwas.»

Der Staatsanwalt seufzte. «Das ist schon besser. Erzählen Sie.»

«Wir haben zusammen gelacht», sagte der Commissaris.

«Gelacht?» sagte Grijpstra. «Das war es also? Als de Gier und ich nicht im Zimmer waren? Ich dachte, ich hätte etwas bemerkt, als ich wiederkam; tatsächlich glaubte ich, sie hätte gestanden.»

«Nein, nein. Sie hat nie gestanden. Aber es passierte etwas Komisches, und ich lachte und sie mit mir. Plötzlich war sie entspannt, normal, sogar vergnügt.»

«Etwas Komisches?» fragte de Gier. «Worüber haben Sie und die Dame gelacht, Mijnheer?»

«Das ist egal.»

Grijpstra grinste. «Es muß über dich gewesen sein, de Gier; ich bin nie komisch.»

Der Schnurrbart des Staatsanwalts begann sich zu sträuben. «Was soll das alles? Sie hat also gelacht, etwas Komisches ist also passiert, na und?»

«Furcht und Vergnügen passen nicht zueinander», sagte der Commissaris.

Der Staatsanwalt wurde anderer Stimmung. Er erinnerte sich an die vielen Gespräche, die er mit dem Commissaris sowohl im Präsidium als auch zu Hause geführt hatte. Er erinnerte sich auch seiner Bewunderung für den zarten alten Mann, der so oft mit einer ungewöhnlichen, aber meistens korrekten Einstellung an ein Problem heranging. Er seufzte noch einmal. «Nun, wir werden mit ihr weitermachen müssen. Wir können sie nicht laufenlassen. Ich sehe dazu überhaupt keine Möglichkeit. Wenn sie diesen unglücklichen jungen Mann umgebracht hat, muß es eine wahnsinnige Eifersuchtstat gewesen sein. Wenn sie eine aggressive Person ist – und wir haben jeden Grund, das anzunehmen –, könnte sie wieder gewalttätig werden, wenn die Umstände entsprechend sind. Sie könnte eifersüchtig auf den jungen Mann gewesen sein, weil er das Mädchen beeindruckte. Das Mädchen lebt noch. Wir wollen nicht, daß Mary van Krompen das Mädchen auch noch umbringt, nicht wahr?»

Grijpstra nickte.

«Sie stimmen mir zu, Adjudant?»

«Ich fürchte, ja», sagte Grijpstra. «Das Mädchen wird Mary verdächtigen, Tom Wernekink ermordet zu haben. Es könnte in dieser Hinsicht etwas äußern.»

«Ja», sagte de Gier.

Der Commissaris betrieb immer noch seine gymnastischen Übungen. Er hörte jetzt damit auf und sah seine Besucher an. «Vielen Dank für Ihre Zeit, meine Herren», sagte er leise.

4

De Gier fuhr jetzt schon zum viertenmal an dem Haus vorbei und hatte immer noch keinen Parkplatz gefunden. Der nicht besonders gekennzeichnete Volkswagen war selbstverständlich ein Polizeiauto, und er brauchte sich nicht zu sorgen wegen eines Strafmandats, aber er machte sich Sorgen über den ungeduldig hinter ihm hupenden großen Lastwagen.

«Ja», murmelte de Gier, «ich werde schon Platz machen, aber wo stelle ich den Wagen ab?»

Der Lastwagenfahrer hupte noch einmal. De Gier beschleunigte. «Zu Fuß gehen», sagte er laut. «Geh zu Fuß! Das wird dir guttun.»

Die Häuser drängten sich auf beiden Seiten des Deichs, und jedes freie Grundstück war eingezäunt. Er fuhr bis zum Ende des Deichs, wo die Straße breiter wurde, und blieb unter einem Parkverbotsschild stehen. Dann ging er zurück. Der Weg zu Fuß dauerte zehn Minuten. Er passierte Mary van Krompens Haus und begann zu zählen. «Hier», sagte er und blieb auf dem schmalen Bürgersteig stehen. Das Haus sah guterhalten aus, eine zweigeschossige Villa, dunkelgrün gestrichen.

«Der gestiefelte Kater», murmelte de Gier. Mehr wußte er nicht. Ein Freund von Thomas Wernekink. Der einzige Besucher, der je in Wernekinks Haus gesehen wurde. Bis jetzt waren die Menschen am Deich keine große Hilfe gewesen. Auch Mary hatte ihnen nicht viel gesagt, nicht einmal beim dritten Verhör. Der Commissaris würde in diesem Augenblick wieder mit ihr sprechen, aber sie würde sich nur wiederholen: «Nein, ich habe ihn nicht umgebracht.»

Evelien Dapper hatte ihnen ebenfalls nicht viel gesagt. Dieser gestiefelte Kater würde irgendein seltsamer Typ sein, ein Mann, der immer Cordanzüge trägt. Ungewöhnliche Anzüge. Goldene oder violette oder andere eigenartige Farbtöne. Er trägt Stiefel, Schaftstiefel, stark glänzende. Langes schwarzes Haar und ein dichter Schnurrbart. Große braune Augen. Eine große Nase. Er wohnt bei seiner Freundin, einer schönen Frau. Mary behauptete, der Kater sei Geschäftsmann; Evelien wußte es nicht, oder es war ihr einerlei. Und de Gier kannte das Alter des Katers. Etwa vierzig, so alt wie de Gier selbst.

«Und da ist noch etwas, was ich weiß», sagte de Gier, als er noch einmal auf die Klingel drückte. «Er ist nicht zu Haus.» An der Tür war kein Namensschild. «Schade, daß Grijpstra nicht hier ist», dachte de Gier, aber der war in Rotterdam, um Wernekinks Vergangenheit zu überprüfen. Das Präsidium hatte zu wenige Kriminalbeamte. Die Leiche im Kanal und die im Park hatten sich als verworrene Fälle erwiesen, bei denen die Möglichkeit von Verbrechen nicht ignoriert werden konnte; Geurts und Sietsema und sogar der junge Cardozo – der neue Kriminalbeamte, der zur Mordkommission versetzt worden war – suchten also herum, schnüffelten nach Spuren und Verbindungen.

De Gier fluchte. Er hatte die Berichte über die beiden Leichen gelesen und das sichere Gefühl, daß es dabei keine Verbrechen gegeben hatte. Das tote Mädchen im Park würde ein gewöhnlicher Heroinfall sein, umgebracht durch die eigene Injektionsnadel. Die alte Dame, die im Kanal trieb, war gewiß hineingefallen. Sie war volltrunken gewesen. Vielleicht hatte man sie hineingestoßen. Aber warum sollte man eine betrunkene alte Frau stoßen, die von selbst in den Kanal fallen würde, wenn man sie lange genug allein ließ? Sie war in einer Reihe billiger Kneipen gut bekannt gewesen. Und das Mädchen mit den Nadelstichen an den Armen war ebenfalls bekannt.

Vielleicht ist dieser Kater wahnsinnig, dachte de Gier. Vielleicht kommt er aus dem Haus gestürzt und feuert einen alten Vorderlader ab. Wenn er sich so kleidet, könnte er auch in anderer Hinsicht verrückt sein. Und jeder, der an diesem verrückten Deich wohnt, weiß, daß ich Polizist bin. Man hat den Kater vermutlich gewarnt. Ich bin seit einer halben Stunde mit dem VW hin und her gefahren, und alle wissen, daß die Polizei Volkswagen benutzt; es ist höchste Zeit, daß wir unseren Geschmack ändern. Die sollten uns Porsche geben, wie sie die Reichspolizei auf den Autobahnen fährt, oder Ferrari. Ein Ferrari wäre genau der richtige Wagen, um damit herumzurasen. Sie sind klein und schnell und sehen gut aus und . . .

Die Tür wurde geöffnet. «Ja?» fragte die schöne Frau.

Wunderschön, dachte de Gier. Allmächtige gottverdammte Scheiße, ist die schön, dachte er nur. Die Definition war unvermeidlich. Sie war wirklich wunderschön.

«Guten Morgen, Mevrouw», sagte de Gier. «Ich bin Polizist. Darf ich eintreten?»

«Selbstverständlich», sagte die Frau. «Sie brauchen kein Polizist zu sein, um hereinzukommen. Kommen Sie auf alle Fälle rein – und wenn es nur zu Ihrer eigenen Sicherheit ist. Der Bürgersteig ist gefährlich. Hier werden immerzu Leute von Motorrädern angefahren. Diese Menschen haben keinen Verstand. Sie rasen herum und fahren über den Fußweg, wenn ihnen ein Auto oder ein anderes Hindernis den Weg versperrt. Ich hasse sie. Kommen Sie.»

Sie ging vor ihm in dem schmalen Korridor, und de Gier wiederholte seinen ersten Gedanken, aber es war noch etwas dazugekommen. Er hatte die Größe der Frau bemerkt. De Gier war etwas über einsachtzig, aber die Frau war größer. Vielleicht einsachtundachtzig.

Das macht nichts, dachte de Gier. Die Proportionen stimmen. Das macht überhaupt nichts. Er bemerkte den strammen Hintern, der durch die gutsitzende Hose und die wohlgestalteten nackten Füße betont wurde. Er sah auch das lange dunkelbraune Haar, das ihr über den Rücken fiel.

«Hier hinein», sagte die Frau, «dies ist unser bestes Zimmer. Es hat einen Blick auf den Fluß. Sie kommen gerade zur rechten Zeit zum Kaffee. Sind Sie wegen des Todes des armen Mannes am Deich gekommen?»

«Ja, Mevrouw.»

«Ich heiße Ursula», sagte die Frau. «Ursula Herkulanowna. Ich bin Russin. Sie können mich Ursula nennen. Wie ist Ihr Name?»

«De Gier.»

Sie verzog das Gesicht. Der große, sinnliche Mund schmollte. «Bah, ich hasse Namen, die mit einem G anfangen. Ihr sprecht sie so schrecklich aus, als hättet ihr eine lebende Fliege im Hals. Wie ist Ihr Vorname?»

«Rinus.»

Der Mund schmollte immer noch.

«‹Rinus› gefällt Ihnen auch nicht?»

«Nein», sagte sie.

«Sie können mich Brigadier nennen», sagte de Gier hoffnungsvoll.

«Brigadier?» fragte Ursula. «Mehr sind Sie nicht? Mein Großvater war Oberst des Zaren.»

«Mehr bin ich nicht – nur Brigadier», sagte de Gier. «Brigadier Rinus de Gier.»

«Macht nichts», sagte Ursula. «Sie bekommen Ihren Kaffee trotzdem, Brigadier. Ich werde mich nie an dieses Land gewöhnen. Ich glaube, die unteren Dienstgrade sind wichtig hier. Vor einigen Tagen war ein Mann hier; er sagte, er sei Sekretär, aber er kam vom Finanzamt und drohte, das Haus und den Wagen und alles andere zu beschlagnahmen, das dem Kater und mir gehört, weil wir irgendeinem Beamten keine zweieinhalb Cent bezahlt haben. Außerdem war er sehr nett.»

«Der Sekretär?» fragte de Gier.

«Ja. Ein großer Mann. Er sagte, es macht ihm Spaß, auf dem Fluß zu rudern. Tun Sie das auch, Brigadier?»

«Nein», sagte de Gier mit fester Stimme.

«Aber Sie betreiben doch sicherlich irgendeinen Sport?»

«Nein», sagte de Gier, «ich füttere nur meinen Kater und begieße die Pflanzen auf meinem Balkon.»

Ursula lachte, ein volles, kehliges Lachen. Sie stand ganz nahe bei de Gier und beugte sich plötzlich vor und berührte flüchtig seine Wange mit ihren Lippen. «Du gefällst mir, Brigadier. Du gibst nicht an. Dieser Ruderer hat hier stundenlang gesessen und mir alles über sich erzählt. Ein Rudermeister. Ich konnte ihn nicht loswerden. Er sah hübsch aus mit seinen breiten Schultern, den schmalen Hüften und dem starken Gesicht, aber er langweilte mich zu Tode. Der Kater war ebenfalls bestürzt, als er kam und den Clown im Haus vorfand. Er gab ihm seine paar Cent und wies ihm die Tür.»

«Ist der Kater nicht da?» fragte de Gier.

«Nein. Ich sollte ihn übrigens abholen. Er ist irgendwo in der Stadt und hat seinen Wagen nicht mit, aber das eilt nicht. Setz dich und rauch 'ne Zigarette und schau nach den Booten auf dem Fluß. Ich werde den Kaffee holen. Ich hab auch Kuchen. Was für Kuchen magst du?»

«Schlagsahne und Ananas», sagte de Gier.

«Das kommt oben auf den Kuchen; ich habe nur Kuchen.»

«Bitte keinen Kuchen», sagte de Gier und starrte, als Ursula aus dem Zimmer glitt. Sie glitt, dachte de Gier und steckte eine Zigarette an. Seine Hand zitterte ein wenig; er spürte in seinem Rückenmark noch die Nachwirkungen der leichten Lippenberührung. Sie ging nicht, sie glitt, sann er vor sich hin. Die Mädchen auf dem Bildschirm von Grijpstras Fernsehgerät tun das, aber sie sehen immer lächerlich aus – diese Frau sieht sehr elegant aus, wenn sie sich bewegt. Und hast du ihre Brüste gesehen?

Er schaute zum Fenster hinaus, ohne das alte Segelboot zu sehen, das stromaufwärts lavierte. Das Boot sah eindrucksvoll unter vollem Zeug aus, Großsegel, Fock und Klüver. De Gier liebte Boote; er konnte sie stundenlang beobachten, aber dies Boot sah er nicht, obwohl es nahe am Fenster vorbeifuhr.

Ja, sagte er zu sich selbst, ich habe ihre Brüste gesehen. Männer schwärmen für Brüste. Selbstverständlich hab ich sie gesehen. Und ihre Schultern. Aber alles an ihr ist vollkommen. Auch ihre Hände.

Er spitzte die Lippen und stieß die ganze Luft aus den Lungen. Es war ein Trick, den ihm die Judolehrer in der Turnhalle der Polizei beigebracht hatten. Wenn du fällst oder plötzlich gestoßen wirst oder dich in einer unerwarteten und schwierigen Lage befindest, atme aus. Dann atme langsam wieder ein. Schüttle den Kopf. Fang von vorn an. Er schüttelte den Kopf. Er befand sich wirklich in einer plötzlichen und schwierigen Lage. Er war nicht auf Ursula vorbereitet gewesen.

Ursula, dachte de Gier und runzelte die Stirn. Er hatte vor langer Zeit eine Ursula gekannt, als er noch zur Schule ging. Ein untersetztes kleines Wesen mit einem leichten Schnurrbart und Pickeln. Ein Mädchen, das immer die besten Zensuren erhielt. Er würde sich an diese neue Gedankenverbindung gewöhnen müssen. Ursula war ebenfalls ein kräftiges Mädchen gewesen, das er von ganzem Herzen gehaßt hatte.

Die Atemübung machte seinen Verstand frei, so daß er jetzt die Möglichkeit hatte, seine Umgebung zu mustern. Das Zimmer war gut geschnitten und hübsch eingerichtet. Steinfliesen, weiße Stuckwände, ein modernes Ölgemälde, das zwei kleine Jungen zeigte, die anscheinend in einer Wüste mit Murmeln spielten. Viele blühende Pflanzen, darunter einige zarte – sie erinnerten ihn an Bilder von einer Lichtung im Tropenwald. Orchideen. Ihm fiel ein, daß Orchideen viel Pflege brauchen. Vielleicht kümmerte Ursula sich um die Pflanzen, oder würde das der geheimnisvolle Kater tun? Er sah sich um nach Fotos, aber es gab keine. Seltsam, dachte er, jeder stellt Fotos in Silberrahmen auf das Klavier. Aber da war auch kein Klavier. Die Möbel waren schwer, drei Sessel, die um das Fenster gruppiert waren, große, bequeme Sessel mit übermäßig vielen Kissen. Ein Eßtisch war an die Wand geschoben worden. Er bewunderte einen feinen, verschlungen gemusterten Perserteppich, der den halben Fußboden bedeckte, als Ursula mit einem Tablett zurückkam.

«Hier», sagte sie, «Ananas mit Schlagsahne.»

«Ich habe nur Spaß gemacht», sagte de Gier.

«Du willst das nicht essen? Ich hab die Sahne extra für dich geschlagen und eine Dose aufgemacht.»

«Selbstverständlich esse ich das», sagte de Gier und kratzte sich den Hintern. «Vielen Dank. Sehr nett von dir.»

«He», sagte Ursula.

«Ja, bitte?»

«Du kratzt dir den Hintern», sagte Ursula. «Tust du das immer? Welch ekelhafte Angewohnheit!»

De Gier hörte auf zu kratzen und errötete. Ursula kicherte. «Du mußt dir nichts daraus machen, was ich sage. Geh, iß deine Sahne. Ich werde zusehen. Ich mache eine Diät.»

De Gier begann zu essen, schloß die Augen bei jedem Löffel und brummte vor Wonne. «Herrlich», murmelte er. «Köstlich. Absolut köstlich. Das ist die beste Schlagsahne, die ich je gegessen habe, und die Ananas schmeckt, als wäre sie vor einer Stunde gepflückt worden.»

«Hör auf», sagte Ursula und beobachtete ihn genau.

Aber de Gier hörte nicht auf, und als er den Teller halb leer hatte, schrie Ursula und riß ihn ihm aus der Hand. «Du machst mich verrückt», sagte sie und verschlang, was er übriggelassen hatte.

De Gier grinste.

«Du bist schlimm», sagte Ursula und öffnete die Augen, bis sie über den hohen Wangenknochen funkelten. «Kannst du dir vorstellen, wie ich aussehe, wenn ich fett werde? Ich bin schon enorm, und mit Fett auf den Knochen, schrecklicher gelber Schmiere, werde ich ein Fleischpudding sein. Möchtest du, daß ich ein riesiger Pudding werde? Möchtest du das?» Die letzten Worte schrie sie ihm fast entgegen.

«Nein», sagte de Gier fröhlich, «und du solltest dir um deine Figur keine Sorgen machen. Du bist selbstverständlich groß, aber du siehst gut aus.»

Sie setzte den Teller klappernd ab. «Was ist los mit dir?»

«Nichts. Warum?»

«Mach nicht so ein unschuldiges Gesicht», sagte Ursula. «Du bist ziemlich eklig, weißt du. Entweder schmeicheln mir die Männer oder sie laufen weg. Du tust weder das eine noch das andere. Was willst du eigentlich?»

«Ich möchte deinen Mann sehen», sagte de Gier, «um ihm ein paar Fragen zu stellen. Wir untersuchen den Tod von Tom Wernekink und haben erfahren, daß dein Ehemann ihn hin und wieder besucht hat.»

«Ehemann?»

«Der Kater», sagte de Gier.

«Der Kater ist nicht mein Ehemann. Ich lebe mit ihm zusammen oder er mit mir. Mein Mann ist in Australien; er ist ein blöder kleiner

Kerl, und ich laß mich von ihm scheiden.»

«Erzähl», sagte de Gier und nippte an seinem Kaffee.

«Was soll ich dir erzählen?»

«Irgendwas. Daß du Russin bist und über Australien und über deinen Großvater, den russischen Offizier, und wie es kommt, daß du so gut Holländisch sprichst, und über den Kater und über Tom Wernekink. Irgendwas. Ich verstehe nichts, weißt du.»

«Ah», sagte sie, streckte sich auf einem Sessel aus und legte die nackten Füße auf den Tisch. «Der Polizist ist neugierig. Oder bist *du* neugierig?»

«Beide.»

«Also gut. Mein Vater wurde in Shanghai geboren, nachdem mein Großvater vor den schrecklichen Kommunisten geflohen war. Mein Vater heiratete meine Mutter, eine Holländerin. Dann mußten sie aus Shanghai fliehen, weil die schrecklichen Kommunisten kamen. Wir gingen nach Australien oder vielmehr sie, denn ich war noch nicht geboren. Dann wurde ich geboren. Ich wuchs in Australien auf und lernte den kleinen Mann kennen, der mich heiratete. Und dann kam der Kater in irgendwelchen Geschäften und erzählte mir von Amsterdam. Es hörte sich alles so romantisch an, und schließlich bin ich halbe Niederländerin; also nahm ich meinen Paß und einen Koffer und schlich mich aus dem Haus, um dem Kater zu folgen. Und hier bin ich. Ich bin jetzt seit Jahren hier, seit fünf Jahren, glaube ich.»

«Und dein Name ist Herkulanowna?»

«Der meines Vaters. Ich werde immer noch Mrs. Graham genannt, vermute ich, aber ich versuche, den Namen zu vergessen. Ich denke, ich werde bald geschieden sein.»

«Und dann wirst du den Kater heiraten.»

Sie sprang auf. «Nie. Ich werde nie wieder heiraten.»

«Magst du den Kater nicht?»

Sie setzte sich und aß den Rest der Ananas mit Schlagsahne. «Doch, ich mag ihn. Aber ich spiele Flöte; ich möchte reisen und Flöte spielen und will nicht, daß mir der Kater immer nachläuft.»

«Zeig mir die Flöte», sagte de Gier.

«Warum?»

«Ich spiele auch Flöte», sagte de Gier.

«Spielst du gut?»

«Nein. Ich spiele ein wenig Barockmusik, aber meistens improvisiere ich mit meinem Kollegen, mit Adjudant Grijpstra. Er hat einige

Trommeln in unserem Büro; er schlägt drauf, und ich bringe hin und wieder einen Triller an.»

Sie lachte. «Wie hübsch. Trommeln? Richtige Trommeln?»

«Ein ganzes Schlagzeug. Jemand hat es vor Jahren in unserem Büro abgestellt, und wir haben es nicht wieder hergegeben. Grijpstra hat als junger Mann Schlagzeug gespielt und wieder angefangen zu üben, selbstverständlich sehr leise, um die Leute in den Nebenzimmern nicht zu stören. Dann fiel mir ein, daß ich früher Flöte gespielt habe; ich habe sie wiedergefunden, und jetzt musizieren wir zusammen.»

«Wie wunderschön», sagte Ursula mit damenhaftem Ton, «wie wunder-wunderschön. Du mußt mal an einem Abend kommen und mit mir musizieren. Dem Kater wird es nicht gefallen, aber wir werden ihn wegschicken.»

«Ja», sagte de Gier, «zeig deine Flöte mal her.»

Sie holte einen schwarzen Lederkasten. De Gier nahm die Flöte heraus und setzte sie vorsichtig zusammen.

«Laß mal hören. Spiel», sagte Ursula.

«Sie ist viel größer als meine», sagte de Gier und machte seine Finger mit dem Instrument vertraut. Der erste Ton schwankte, aber der zweite war viel stärker.

«Kannst du Noten lesen?»

«Ja», sagte de Gier.

«Versuch dies.» Sie legte ein Notenblatt auf den Tisch.

De Gier kannte das Stück. Er schüttelte den Kopf. «Zu schwierig, vor allem auf einem Instrument, das ich nicht kenne.»

De Gier nahm die kleine Flöte heraus, die er in seiner Innentasche hatte. Ursula nahm ihm die Flöte aus der Hand und legte sie auf ihre Handfläche.

«Sehr schön», sagte sie. «Diese Pikkolos sind teuer. Ich wollte mir mal eine kaufen, aber der Kater hatte nicht genug Geld bei sich. Er wird mir später eine kaufen, sagte er. Laß hören, wie sie klingt.»

De Gier blies einen langen, durchdringenden Ton und spielte dann die Noten vom Blatt. Er hätte fast aufgehört, als Ursulas Flöte einstimmte. Der allererste Ton war so rund und voll und vollkommen, daß er vor seinen eigenen schrillen Tönen zurückscheute, aber er schaute auf und sah die Anerkennung in ihren Augen, so daß er tapfer weitermachte und die Versuchung unterdrückte, seinen Stil zu ändern. Bald ruhte sein bebendes Lied auf der Unterlage eines fließenden, geläufigen Klangs, bis er sich wie ein Tauchvogel fühlte, der über der ruhigen Oberfläche von Ursulas Musik flog und darin eintauchte. Sie hatten jetzt die Noten auf dem Blatt vergessen und spielten ihre eigene Melodie, die sie einfach gestalteten, wobei der eine die Fähigkeiten des anderen erspürte.

«Vivaldi hätte das gefallen», sagte Ursula. «Du kennst Vivaldi?»

«Er ist Komponist», sagte de Gier, «mehr weiß ich nicht von ihm. Aus dem Barock. Ich habe einige seiner Stücke gespielt.»

«Er war Priester», sagte Ursula, «ein wilder Priester. Er unterrichtete Nonnen und hatte rotes Haar. Einige Kinder von Nonnen hatten ebenfalls rotes Haar.»

De Gier lächelte.

«Musik hat sehr viel Ähnlichkeit mit Sex, meinst du nicht auch?» Ursulas Augen glänzten. De Gier trat einen Schritt zurück.

«Ja, ja», sagte er. «Schade, daß mein Kollege Grijpstra nicht hier ist. Er hätte mitmachen können. Sein Trommeln ist jetzt manchmal sehr subtil.»

«Grijpstra», sagte Ursula. «Ich glaube, wir können heute ohne ihn und sein Schlagzeug auskommen. Jedenfalls müssen wir jetzt gehen. Bist du fertig?»

«Wohin gehen?»

«Willst du nicht den Kater sprechen? Ich muß ihn abholen, und du kannst fahren.»

«Mein Wagen ist am anderen Ende des Deichs», sagte de Gier. «Du wirst eine Weile warten müssen, bis ich ihn geholt habe.»

«Quatsch. Wir können meinen Wagen nehmen; er ist vor dem Haus geparkt.»

«Aber hast du nicht gesagt, daß ich fahren soll?»

«Ja», sagte Ursula. «Du fährst meinen Wagen. Ich habe meinen Führerschein erst vergangene Woche bekommen und fahre nicht gern.»

Das Auto stellte sich als ein Morris Minor heraus, nagelneu und hellrot. De Gier klemmte sich hinter das Steuer; Ursula rückte den anderen Sitz so weit wie möglich nach hinten.

«Ursula, Ursula, wo gehst du hin?» piepste eine schwache Stimme. De Gier öffnete die Tür, um festzustellen, woher die Worte kamen, und entdeckte an seiner Seite am Vorderrad ein Kind.

«Wer bist du?» fragte er den dreckigen kleinen Jungen, der immer wieder «Ursula» schrie, so laut er konnte.

«Liebling», sagte Ursula und stieg aus. Sie hob das Kind hoch und wiegte es in ihren Armen. «Mein Süßer, was hast du nur gemacht? Du bist wieder mal voller Dreck und Rotz.»

«Ist das deiner?» fragte de Gier.

«Nein. Er ist von den Nachbarn. Ist er nicht ein kleiner Liebling? Er ist noch nicht einmal vier Jahre alt, aber ein absolutes Genie. Nicht wahr, Süßer?» Sie küßte das Kind.

«Bah», sagte de Gier.

Ursula stieg wieder ein, das Kind kletterte über ihren Schoß und begann mit dem Schalthebel zu spielen. De Gier startete den Motor und legte den ersten Gang ein. Das Kind riß ihm den Schalthebel aus der Hand.

«Steck das Kind bitte auf den Rücksitz», sagte de Gier in angespanntem Ton. Ursula nahm den Jungen an sich. Als sich der Wagen in den Verkehr am Deich eingereiht hatte, machte sich das Kind schon wieder am Schalthebel zu schaffen und zwang de Gier, diesen festzuhalten. Als das Kind feststellte, daß der Hebel nicht nachgab, begann es an allem herumzufummeln, was ihm in die Finger kam, so daß die Scheinwerfer und Blinker an und aus gingen.

«Scheiße», sagte de Gier.

«Sei nicht so erbärmlich», sagte Ursula. «Er ist ein kleiner Schatz. Ich werde ihn festhalten. Fahr du nur.»

«Wohin wollen wir?»

Sie nannte ihm eine Adresse an der anderen Seite der Stadt. De Gier warf einen Blick auf das Armaturenbrett. «Wir haben fast kein Benzin mehr. Schau mal, das rote Lämpchen, das immerzu blinkt – das muß irgendeine Warnlampe sein.»

«Unsinn. Ich bin sicher, der Kater hat gestern vollgetankt; diese Anzeiger funktionieren nie in neuen Wagen.»

Ihnen ging im Tunnel das Benzin aus, und de Gier schwitzte, als die Warnlampen im Tunnel aufleuchteten. Eine Sirene heulte auf, und ein Abschleppwagen kam kreischend heran.

«Kein Benzin mehr», sagte de Gier zu dem Fahrer.

«Sie sind ganz schön dumm, wie?» sagte der Fahrer. «Das kostet Sie vierzig Gulden. Bitte im voraus zahlen.»

De Gier zeigte seinen Polizeiausweis.

Der Fahrer beugte sich hinab und flüsterte de Gier ins Ohr: «Hören Sie, Ihre Frau und Ihr Kind sind im Wagen, also sind Sie nicht im Dienst. Man hat uns gesagt, daß wir solche Fälle melden sollen. Ich habe Ihren Ausweis nicht gesehen; zahlen Sie, dann werde ich es vergessen.»

«Ich bin im Dienst», sagte de Gier hitzig.

Der Mann seufzte und nahm ein Notizbuch und einen Kugelschreiber zur Hand. «Name, Dienstgrad und Polizeirevier», sagte er.

«De Gier, Brigadier, Polizeipräsidium.»

«Junge, Junge», sagte der Fahrer, «diese ganze Mühe wegen vierzig Gulden. Ich bin froh, daß ich nicht in Ihrer Haut stecke. Sind Sie sicher, daß Sie nicht zahlen wollen? Wenn Sie es nicht in bar haben, nehme ich auch einen Scheck oder irgendeinen Wisch, und Sie zahlen später.»

De Gier schüttelte den Kopf.

«Gut», sagte der Fahrer, machte ein finsteres Gesicht und befestigte vorn am Morris einen Abschlepphaken. Sie wurden auf dem Parkplatz am Ende des Tunnels abgestellt. Der Fahrer löste den Haken und ging zu seinem Wagen.

«He», rief de Gier, «ich hab kein Benzin; lassen Sie mich nicht hier stehen. Schleppen Sie mich bis zur Tankstelle dort hinten.»

Der Mann drehte sich nicht einmal um.

«Er ist blöd, nicht?» sagte das Kind zu Ursula.

«Pst.»

«Warum kann er nicht fahren? Du kannst dies Auto fahren, nicht?»

«Pst.»

«Hast du einen Kanister im Wagen?» fragte de Gier und bemühte sich, seine Stimme unter Kontrolle zu halten.

«Nein.»

«Ich bin bald zurück.»

De Gier ging. Die Tankstelle war weiter entfernt, als er gedacht hatte. Als er dort eintraf, waren die Tankwarte beschäftigt, so daß er warten mußte.

«Ja?» fragte schließlich ein Tankwart.

«Mir ist das Benzin ausgegangen», sagte de Gier. «Können Sie mir einen Kanister leihen und fünf oder sechs Liter verkaufen?»

«Mann», sagte der Tankwart. «Bitte! Wir haben keine Kanister und sind in Druck. Auf mich warten drei Wagen – wir sind in der Hauptverkehrszeit.»

«Bitte», sagte de Gier.

«Tut mir leid.»

«Schauen Sie», sagte de Gier und legte dem Mann die Hand auf die Schulter. «Schauen Sie mal nach dort drüben. Sehen Sie den kleinen roten Wagen und die Dame und das Kind daneben? Das sind mein Wagen, meine Frau und mein Kind. Wir sitzen fest. Das Kind muß nach Hause, um etwas zu essen. Es schreit. Sie müssen mir helfen.»

«Ich habe einen Behälter ohne Griff», sagte der Mann.

«Irgendwas genügt.»

«Lassen Sie mich zuerst diese drei Wagen abfertigen.»

De Gier wartete. Der zweite Wagen wollte auch noch Öl. Der dritte wollte Öl, die Scheiben gewaschen und den Reifendruck geprüft haben. Der Tankwart kriegte im voraus ein dickes Trinkgeld und brauchte volle sieben Minuten. Der Behälter hatte ein unhandliches Format, und de Gier hatte Mühe, ihn zu tragen. Es war heiß, die Jacke klebte ihm am Rücken. Er trug den Behälter auf dem Rücken, das Benzin schwappte über.

«Du bist langsam, nicht?» fragte das Kind.

«Sei nett zum Onkel», sagte Ursula. «Er hilft uns.»

«Er kann nicht fahren.»

«Ich kann nicht fahren», sagte de Gier.

«Dein Vater mußte weit laufen, nicht wahr?» sagte der Tankwart zu dem Kind, als sie anhielten, um den Behälter zurückzubringen und vollzutanken.

«Er ist nicht mein Vater», sagte das Kind. «Er ist mein Onkel und kann nicht fahren.»

Der Tankwart zog die Augenbrauen hoch und sah de Gier an, der die Achseln zuckte. «Möchte Ihre Frau eine Sonnenbrille?» fragte der Tankwart. «Wir verschenken sie heute. Jeder zehnte Wagen bekommt eine.»

«Frau?» fragte Ursula.

«Nein, danke», sagte de Gier und sah Ursula an. «Die Rechnung macht fünfundzwanzig Gulden.»

«Ich habe meine Handtasche nicht mit», flüsterte Ursula.

De Gier bezahlte.

Der Verkehr war sehr dicht, eine Reihe von Unfällen hatte die Straßen verstopft. Sie warteten an Ampeln, deren Licht umsprang, ohne daß sich die endlosen Schlangen von Personenautos, Bussen und Lastwagen an den Kreuzungen rührten. Es wurde heiß im Wagen, das Kind jammerte. Es wollte trinken und auf die Toilette. De Gier verließ die Schlange und parkte den Morris auf dem Bürgersteig. Er gab

Ursula etwas Geld, und sie ging mit dem Kind in ein Café. Ein uniformierter Polizist blieb stehen und begann, eine gebührenpflichtige Verwarnung auszufüllen. De Gier zeigte seinen Ausweis.

«Bist du im Dienst, Brigadier?»

«Ja.»

«Bestimmt?»

«Ja.»

Ursula kam mit dem Kind zurück. Als ihr der Polizist die Tür öffnete, beugte er sich herunter und flüsterte de Gier zu: «Du bist ganz sicher, nicht wahr, Brigadier?»

«Ja.»

«Das sind nicht deine Frau und dein Kind?»

«Nein.»

«Verdächtige in einem Mordfall?»

«Ja.»

«Wir sind aufgefordert worden, solche Vorkommnisse zu melden, Brigadier.»

«Tu's nur.»

«Das werde ich nicht tun», sagte der Polizist und ging weg.

De Gier schwitzte. Er schwitzte immer noch, als sie auf die Schnellstraße kamen und nach Süden brausten. Das Kind war auf dem Rücksitz eingeschlafen. Ursulas Hand lag auf de Giers Oberschenkel.

«Brigadier», sagte Ursula mit tiefer Stimme, «ich bin unglücklich.»

De Gier antwortete nicht. Er versuchte, sich auf den Verkehr zu konzentrieren; seine Hände, die das kleine Steuerrad hielten, waren feucht.

«Weißt du warum?»

«Der Kater langweilt mich. Das Haus wird jeden Tag kleiner. Ich will raus; ich möchte wegfliegen. Wo wohnst du, Brigadier?»

«Nicht weit von hier», sagte de Gier und zeigte unbestimmt nach vorn.

«Laß uns hinfahren.»

«Mit dem Kind?»

«Wir können ihm ein Spielzeug geben. Er ist ein nettes kleines Kerlchen.»

«Nein, nein», sagte de Gier.

Ursula sah zum Fenster hinaus. Sie sprach mit sich selbst. «Noch so ein ängstlicher kleiner Mann. Wie der Milchmann letzte Woche. Du hast ihn aufgefordert, und er hat sich nicht getraut. Ängstliche kleine

Männer können nichts für dich tun. Du wirst warten müssen. Eines Tages wird es kommen.»

«Was wird kommen?» fragte de Gier.

«Hast du gelauscht?»

«Du hast sehr laut geredet.»

«Der Knall», sagte Ursula, «der große Knallorgasmus. Ich habe davon gehört, aber nie einen erlebt. Der Kater hat zuviel zu tun; er ist ein Abenteurer, kein Geliebter. Ich will einen Geliebten. Du hast keinen Ring am Finger; bist du verheiratet, Brigadier?»

«Nein», sagte de Gier.

«Selbstverständlich hast du Mädchen», sagte Ursula traurig.

«Nein», sagte de Gier, «das ist es nicht.»

«Jungen?»

«Um Himmels willen», sagte de Gier.

«Also?»

«Der Kater», sagte de Gier. «Du lebst mit dem Mann zusammen, nicht wahr?»

«Hast du Angst vor dem Kater?» fragte Ursula. «Du kennst ihn ja nicht einmal. Er ist nicht eifersüchtig. Er hat zu tun. Manchmal sehe ich ihn für eine Woche nicht.»

«Nein», sagte de Gier. Das Benzin auf seiner Schulter war getrocknet, aber der Geruch hing noch im Wagen, und er war gereizter Stimmung. Das Kind hatte angefangen zu schnarchen, Speichel rann ihm über das Kinn. Ursula hatte sich ihr Haar zurechtgemacht, und er hatte den feuchten Fleck in ihrer Achselhöhle gesehen. Die Frau war immer noch schön – das sah er –, aber jetzt wollte er nur ein Bad und die Gesellschaft seines Katers Olivier und vielleicht ein Glas Eiskaffee. Nein. Der Gedanke an Kaffee verstärkte das Gefühl der Übelkeit in seinem Magen. Nur ein Bad und neben sich den ausgestreckten Olivier. Der Kater würde Verstand genug haben, ruhig zu sein. Ursula redete immer noch.

«Knallorgasmen. Du hältst das für blödes Gerede, nicht wahr? Du meinst, ich sein ein frustriertes Mädchen im Körper einer Frau. Vielleicht hast du recht. Aber bestimmt habe ich ein Recht ...»

«Ja», sagte de Gier, «du hast deine Rechte. Wir sind da.» Sie waren an einem großen, modernen Lagerhaus angekommen. Auf dem Schild an der Tür stand «Sharif Electric».

Der Kater wartete in der Eingangshalle auf sie. Ursula machte die beiden Männer miteinander bekannt.

«De Gier. Städtische Polizei. Ursula hat mich gebeten, sie hierher zu fahren. Ich muß einige Fragen stellen.»

Der Kater sah aus, wie Evelien ihn beschrieben hatte. Er lächelte und gab de Gier die Hand.

«Mein Name ist Diets», sagte der Kater, «aber nennen Sie mich Kater, wie es alle tun. Manchmal muß ich schon selbst überlegen, wie ich heiße.»

«Hören Sie», sagte de Gier, «ich bin in Eile und muß gehen. Würde es Ihnen passen, mich heute nachmittag um halb fünf im Präsidium aufzusuchen?»

«Gewiß», sagte der Kater, «ich werde kommen. Worum geht's? Um Toms Tod?»

«Ja», sagte de Gier.

«Der arme Kerl. Ich weiß nicht, ob ich Ihnen etwas sagen kann, aber ich werde helfen, so gut ich kann. Tom war mein Freund.»

«Gut. Auf Wiedersehen, Ursula; vielen Dank für den Kaffee und für das Mitnehmen im Wagen.»

«Und für die Schlagsahne?» fragte Ursula.

«Und für die Schlagsahne.»

«Und für die Ananas?» fragte sie.

«Und für die Ananas.»

«Auf Wiedersehen, Onkel», sagte das Kind.

De Gier ging. Er hielt ein Polizeiauto an und bat, an einem Taxistand abgesetzt zu werden. Er nahm ein Taxi zum Deich, holte den VW und fuhr heim. Ihm blieb noch eine Stunde, um sich zu waschen und auf dem Bett auszuruhen.

Olivier begrüßte ihn an der Tür, indem er sich an seinem Bein aufrichtete. Die Krallen des Katers waren draußen, aber seine Gebärde war so langsam und sanft, daß de Gier nur ein leichtes Kratzen spürte. Oliviers Augen waren halb zu, und er knurrte. De Gier nahm ihn in die Arme und legte ihn auf den Rücken; der Kopf des Katers berührte seine Wange. Das Knurren ging in ein Schnurren über. Olivier streckte eine Vorderpfote aus und spreizte die Zehen, die alle in einer rasiermesserscharfen Kralle endeten, und berührte de Giers Nase mit dem pelzigen Bart darunter. «Vorsicht», sagte de Gier und wiegte den Kater. Die Pfote blieb auf seiner Nase, aber die Krallen waren in die Luft gestreckt.

«Olivier», sagte de Gier, «hättest du gern einen Knallorgasmus?» Der Kater schnurrte.

«Da ich dich hab kastrieren lassen, weißt du gar nicht, was das ist, nicht wahr? Erinnerst du dich? Vor jetzt vier Jahren? Wie du die Spritze bekommen hast und eingeschlafen bist und beim Aufwachen die Eier weg waren und der kleine Sack zugenäht war?»

Der Kater hörte auf zu schnurren, streckte sich, befreite sich mit einer Drehung und landete mit einem gedämpften Geräusch auf dem Fußboden.

«Nein, es hat nicht geschmerzt. Du warst nur schläfrig. Es tut mir leid, daß ich dir das angetan hab, glaub mir. Es tut mir sehr leid. Eine schreckliche Sache. Aber du bist immerzu durch die Wohnung gerast und hast dich an die Vorhänge gekrallt und geschrien und geheult. So hätte ich dich nicht behalten können. Vielleicht hätte ich dich nicht kaufen sollen. Vielleicht wärst du zu Leuten mit einem Garten und anderen Katzen und Vögeln gekommen, die man jagen kann.»

De Gier zog sich aus. «Ich werde duschen, den Gestank von meinem Körper entfernen. Benzin, bah. Benzin und Schweiß und Wagendünste und die Dünste von Ursula und der Gestank des Kindes. Ein schreckliches Kind. Bist du wütend, Olivier, daß du nichts von Orgasmen weißt?» Der Kater rollte sich auf den Rücken und kreischte.

«Kannst du nicht die Geräusche einer normalen Katze von dir geben? Oder bist du zu außergewöhnlich? Weil du ein Siamese bist? Weil dein Großvater aus dem Fernen Osten kam? Los, mach ein normales Geräusch.» Olivier kreischte noch einmal.

«Dann nicht. Ich werde duschen; komm mit und erzähl mir was.» Der Kater setzte sich auf die Schwelle und beobachtete de Gier unter der Dusche. Das heiße Wasser klatschte ihm in den Nacken, und er sang vor sich hin. Ein Lied über Ursula und ihre Schönheit.

Was wäre passiert, dachte de Gier, wenn ich sie mit nach Hause genommen hätte? Olivier hätte das schreckliche Kind bestimmt ermordet. Aber wenn das Kind nicht mitgekommen wäre? Hätte sie sich ausgezogen und mich vergewaltigt? Oder hätte sie sich auf das Bett sinken lassen und mich matt angesehen? Soll ich es irgendwann mal ausprobieren? Er stellte es sich vor und wurde erregt. Die Erregung ärgerte ihn, und er drehte den Hebel an der Dusche so, daß das Wasser plötzlich zu einer eisigen Peitsche wurde. Er sprang aus der Reichweite der Peitsche, aber er stellte sich wieder darunter und schrie und hüpfte auf und ab. Er drehte den Hahn zu und rubbelte sich trocken.

Der Kater kuschelte sich auf dem Bett an ihn. Ihm blieben noch dreißig Minuten; er stellte den Wecker und schlief sofort ein.

5

«Sie sind also der gestiefelte Kater», sagte der Commissaris. «Wir haben ein wenig über Sie gehört. Einfach über die Art, wie Sie sich kleiden, und daß Sie Tom Wernekink gelegentlich besucht haben.»

«Evelien Dapper hat es Ihnen gesagt, vermute ich», sagte der Kater, «das Mädchen, das bei Tom nebenan wohnt. Ich hab mit ihr gesprochen, aber sonst kenne ich sie kaum.»

Der Kater saß im Büro des Commissaris im Präsidium in einem Sessel, der für wichtige Besucher reserviert war. Obwohl das Präsidium der Amsterdamer Städtischen Polizei ein ziemlich modernes Gebäude war, war es dem Commissaris gelungen, in dem großen Zimmer mit der hohen Decke eine Atmosphäre des 17. Jahrhunderts zu schaffen. Die antiken Möbel waren sein Eigentum, aber die großen Porträts aus dem Goldenen Zeitalter, die die Wände zierten, gehörten der Polizei. Er hatte seinem Besucher eine Zigarre angeboten, und beide Männer saßen einander gegenüber und pafften vor sich hin; de Gier saß in achtungsvoller Entfernung lässig auf einem Sessel in der Ecke und rauchte eine selbstgedrehte Zigarette. Der Kater war pünktlich gewesen. Er wandte sich an de Gier. «Ich hoffe, Ursula hat Ihnen keine unnötigen Scherereien gemacht. Sie ist eine seltsame Frau. Sie hätte den Wagen selbst fahren können; sie hat einen Führerschein.»

«Ich kannte den Wagen nicht», sagte de Gier, «und das Kind war keine große Hilfe.»

«Das Kind!» sagte der Kater und lachte. «Ich hab ihm eine Ohrfeige gegeben, und danach war es ruhig.»

«Gut.»

«Worum geht's hier?» fragte der Commissaris.

«Mein Wagen ist in der Inspektion», sagte der Kater, «und ich habe meine Freundin Ursula gebeten, mich in der Stadt abzuholen, wo ich einige Geschäfte zu erledigen hatte. Ihr Brigadier wollte zu mir, und Ursula ließ ihn den Wagen fahren.»

«Und das Kind?»

«Das ist nicht meins. Irgendein ungezogener Balg, der am Deich wohnt. Seine Eltern kümmern sich nicht um ihn, also ist er immer auf der Straße. Wenn er jemand sieht, versucht er gewöhnlich, mitzugehen.»

«Ist das Kind nicht nett?»

«Nein», rief der Kater, «er ist ein richtiges Aas mit dem Verstand eines ausgewachsenen Genies. Er lernt eine Menge auf der Straße. Er ist jetzt vier Jahre alt, aber ich glaube, er weiß mehr als die meisten Kinder mit vierzehn. Und das Schlimme ist, er macht alles kaputt. Er wirft Fensterscheiben ein und klaut Radkappen von den Wagen und wirft sie in den Fluß; er stellt den Leuten ein Bein, und wenn er körperlich nichts anstellen kann, zieht er die Leute auf. Hat er Sie aufgezogen, Brigadier?»

«Ja.»

«Ja?» fragte der Commissaris amüsiert. «Und was hat er getan?»

«Im Tank war kein Benzin, so daß wir mitten im Tunnel unter dem Fluß stehenblieben. Er sagte zu mir, ich könne nicht fahren.»

«Aha», sagte der Commissaris. «Da war ein Anruf deswegen, das wollte ich dir noch sagen. Der Chef des Tunnels rief an und fragte, ob du heute im Dienst bist.»

«Ich hoffe, Sie haben ja gesagt», sagte de Gier mürrisch.

«Hab ich. Was gab's denn für Schwierigkeiten?»

«Der wollte mir nicht glauben und meinte, die Freundin vom Kater sei meine Frau und das Kind unser Sohn.»

«Neue Anordnungen», sagte der Commissaris. «Offenbar hat jemand zu oft mit dem Polizeiausweis herumgewedelt; es hat Beschwerden beim Hoofdcommissaris gegeben. Du mußt doch nicht zahlen, oder?»

«Nein, Mijnheer.»

«Genau wie ich es mir gedacht hab», sagte der Kater traurig. «Sie hat Ihnen also Scherereien gemacht. Ich bin sicher, sie hatte kein Geld und ließ Sie das Benzin bezahlen. Wieviel machte es, Brigadier?»

«Fünfundzwanzig.»

Der Kater holte eine dicke Brieftasche heraus und zog aus einem der Fächer einen Schein.

«Welches Geschäft betreiben Sie, Mijnheer . . .?» fragte der Commissaris.

«Nennen Sie mich einfach Kater, Commissaris, das tun alle.» Der Kater steckte die Brieftasche wieder ein und zwirbelte die Enden seines langen Schnurrbarts. «Ich mache in An- und Verkauf. Meistens überzähliges Zeugs, alles was die Leute loswerden wollen. Ich habe ein Lager in der Stadt, das im Augenblick voller Teppichfliesen ist – ich habe sie von der Sharif Electric gekauft, wo Ihr Brigadier mich heute gefunden hat. Die hatten eine Ausstellung und mußten ein paar Quadratkilometer Teppichboden kaufen, aber jetzt brauchen sie ihn nicht mehr und haben ihn mir weiterverkauft.»

«Für bares Geld?»

«Immer für Bargeld. Nur so kann man kaufen. Niemand widersteht Geldscheinen. Die Brieftasche und dies Kostüm sind Geschäftstricks.»

«Kostüm?»

«Ja», sagte der Kater. «Ich weiß, daß ich mich verrückt kleide, aber das gibt mir das richtige Image. Niemand vergißt mich, der mich einmal gesehen hat. Ich gebe ihm meine Karte mit Foto, Adresse und Telefonnummer, und wenn es etwas zu verkaufen gibt, bekomme ich gewöhnlich die erste Chance. Ich mache Witze und wedele mit der Brieftasche und bekomme die Waren.»

«Sie sehen lustig aus», sagte der Commissaris, «aber nicht wie ein Hippie, ein Provo oder Protestler.»

«Nein. Ich habe keinen Streit mit der Welt. Selbstverständlich ist die Welt in Unordnung; jeder, der sehen und denken kann, weiß, daß sie in Unordnung ist. Sie ist nicht die richtige Stätte, und wir tun das Falsche. Aber mir macht's nichts aus. Ich bin kein Kämpfer; ich bin Käufer und Verkäufer. Ich mach meinen Gewinn und gebe einiges davon aus.»

«An wen verkaufen Sie?»

«Die Leute kommen zu mir. Die Händler von den Straßenmärkten und den Gebrauchtwarenläden und den Diskontgeschäften. Ich habe eine Frau im Lager, und sie kennt die Preise. Gewöhnlich bin auch ich dort, wenn ich nicht Urlaub mache. Ich verreise oft irgendwohin, und meistens gelingt es mir, dort ebenfalls etwas zu kaufen. Die Welt ist voll mit Waren; es ist ein Wunder, daß sie sich noch dreht bei all dem Gewicht, das an ihr hängt.»

«Und Ursula ist Ihre Freundin?»

Der Kater nickte. «Ja. Ich hab sie in Australien gefunden, und sie wollte nach Amsterdam; sie ist halb Holländerin und halb Russin.»

«Und sie ist schön», sagte de Gier.

Der Kater lächelte. «Ja, nicht wahr? Aber sie ist auch verrückt. Hat sie versucht, Sie herumzukriegen?»

De Gier machte ein dummes Gesicht. Der Commissaris lächelte. «Ich hoffe, es ist ihr nicht gelungen, de Gier.»

«Nein, Mijnheer.»

«Braver Bursche.»

«Sie sagt immer, sie wolle mich verlassen», sagte der Kater, «aber bis jetzt hat sie es noch nicht getan. Es steht ihr frei zu tun, was sie will. Ich sammle nichts. Mein Haus ist wie mein Warenlager: seine Inhalte kommen und gehen.»

«Sie wollen sie loswerden?» fragte de Gier.

«Nein. Wenn sie bleibt, dann bleibt sie. Ich mag sie, und sie ist kein unnützer Typ. Sie ist eine gute Musikerin und spielt manchmal in der Stadt. Vielleicht wird sie zu einer Tournee eingeladen, und dann wird sie möglicherweise gehen. Sie muß andere Männer kennenlernen, Männer, die mit ihr umgehen können. Vielleicht könnten Sie mit ihr fertig werden.» Er sah de Gier an, als schätze er ihn ab. De Gier fühlte sich unbehaglich; die großen braunen Augen schienen seinen Schädel zu durchdringen. Der Mann war bestimmt eine starke Persönlichkeit. Der Kater sah majestätisch aus, wie er jetzt aufgerichtet dort saß, die breiten Schultern leicht abfallend, der große Kopf mit der Haarmähne erhoben, die ungestüme Nase auf de Giers Stirn gerichtet. Und er war überhaupt nicht komisch gekleidet. Der goldene Samtanzug saß gut auf dem großen Körper, die Stiefel waren elegant und glänzten. De Gier bemerkte einen dicken Goldring am linken Ohrläppchen des Katers. Vor ein paar hundert Jahren wäre es leicht gewesen, den Kater einzuordnen: als edlen Piraten oder Wegelagerer, der ein Schwert mit edelsteinbesetztem Griff trägt. Ein tapferer Mann, ein ritterlicher Mann.

Ein unmoralischer Mann, dachte der Commissaris. Ein Profitgeier, aber vielleicht mit einem Ehrenkodex. Kein Mann, der einen Freund oder seine eigenen Leute an einen Feind verraten würde, aber dennoch . . . «Ist Ihr Geschäft offiziell registriert, Mijnheer?» fragte der Commissaris.

Der Kater wandte den Blick von de Gier ab und fixierte den Commissaris; seine Augen waren jetzt freundlich, er sprach langsam und affektiert. «Jawohl, Mijnheer. Handelsgesellschaft Diets, seit 1945 registriert. Mein Vater hat das Geschäft gegründet; er hat mit Haarcreme und Perücken und Kämmen gehandelt – mit solchen Artikeln. Ich habe immer noch einen kleinen Handel in dieser Branche, aber mein Talent liegt auf einem anderen Gebiet: ich kaufe gern alles, was billig aussieht.»

«Nun zu Tom Wernekink», sagte der Commissaris. «Wir können Kaffee trinken, während Sie uns etwas über Ihren Freund erzählen. De Gier, du kannst den Kaffee einschenken; er steht dort drüben auf dem Tablett.»

«Er war einfach ein Freund», sagte der Kater im gleichen schleppenden und affektierten Ton. «Ich sah, wie er am Deich ankam und half ihm beim Ausladen der Möbel. Er interessierte mich. Wir tranken Bier, nachdem wir das Zeug ins Haus gebracht hatten, und ich bin dann öfter zu ihm gegangen. Er war ein merkwürdiger Mann, wissen Sie. Es tut mir wirklich leid, daß sie ihn erwischt haben; mir gefallen merkwürdige Menschen; es gibt nicht viele, nicht einmal in Amsterdam, das die Irrenanstalt der Niederlande ist.»

«*Sie* haben ihn erwischt?» fragte der Commissaris.

Der Kater zuckte die Achseln. «Irgendeiner ist es gewesen, nicht wahr? Oder eine? Haben Sie nicht diese van Krompen eingesperrt? Sie hat nicht gestanden, nicht wahr, sonst wäre ich jetzt nicht hier.»

«Sie glauben nicht, daß sie es getan hat?»

«Ich weiß nicht. In der Zeitung stand, Tom sei aus einer bestimmten Entfernung zwischen die Augen getroffen worden. Mary ist eine ausgezeichnete Schützin, also könnte sie es getan haben. Die Leute am Deich glauben das nicht. Die wollen übrigens, daß sie wiederkommt; sie ist beliebt. Wir hatten vor einigen Monaten ein Straßenfest, das sie organisiert hat. Ich glaube, sie hat einigen Leuten geholfen, die etwas brauchten. Ja, sie wollen, daß sie wiederkommt. Sie haben ihr Sachen ins Polizeirevier geschickt, Kuchen und Zeitungen und Zigaretten. Sie haben ihr die Sachen ja wohl zukommen lassen, nicht wahr?»

«Gewiß», sagte der Commissaris, «aber es war nicht nötig; wir kümmern uns um sie. Aber es ist selbstverständlich gut, Freunde zu haben; sie freut sich über die Geschenke.»

«Können Sie gut mit einer Schußwaffe umgehen, Kater?» fragte de Gier.

«Nein.» Der Kater grinste oder zeigte vielmehr seine Zähne. Der dichte Bart trennte sich vom Schnurrbart und gab eine weiß schimmernde Zahnreihe frei. Für einige Sekunden sah der Kater wild aus wie ein Tiger, der unter einem Baum kauert, nicht um anzugreifen, sondern um seine Gegenwart zur Geltung zu bringen.

«Nein», sagte der Kater, «ich war nicht einmal beim Militär. Mit meinem linken Auge stimmt etwas nicht. Ich muß eine Brille tragen, wenn ich fahre oder lese. Ich glaube, die Augen stellen sich nicht richtig auf den Brennpunkt ein. Ich habe erst einmal eine Schußwaffe in der Hand gehabt, und zwar in Australien, wo ich mit einer Schrotflinte auf Tontauben schoß; ich habe keine getroffen.»

«Erzählen Sie mir mehr von Tom Wernekink», sagte der Commissaris und schob dem Kater eine Tasse Kaffee hinüber. «Bedienen Sie sich mit Zucker und Milch.»

Der Kater schlürfte seinen Kaffee und schmatzte. «Da gibt es nicht viel zu erzählen. Tom sagte nie mehr als nötig. Er kam aus Rotterdam. Er hatte dort in einem Büro gearbeitet, es war blöde Arbeit, Formulare für Exportaufträge ausfüllen. Ich muß das gelegentlich ebenfalls – es macht einen verrückt. Jedes Land ist anders, und wenn man einen kleinen Fehler macht, kriegt man das ganze Zeug zurück und muß noch mal von vorn anfangen. Beamte hassen Geschäftsleute; es ist immer das alte Lied. Neid.»

«Ja», sagte der Commissaris.

«Verzeihung. Sie sind ebenfalls Beamter, ich vergaß. Aber Polizisten sind anders; sie haben ebenfalls einen Sinn für Abenteuer. Die Polizei meinte ich nicht. Tom Wernekink. Ja. Sein Vater starb und hinterließ ihm viel Geld und all die Möbel und Gemälde und das Zeugs. Ich glaube, er hatte vor, nie mehr zu arbeiten. Ich habe ihn abends einmal besucht, was ein Fehler war. Er saß nur da, starrte aufs Fernsehen und trank Bier. Tagsüber war es besser, weil er dann in seinem Garten war. Wir saßen gewöhnlich unter der großen Kastanie, tranken Tee und unterhielten uns; tagsüber trank er keinen Alkohol.»

«Ein Mann ohne Ehrgeiz», sagte der Commissaris.

Der Kater stand auf, streckte sich und setzte sich wieder. «Ja, kein Ehrgeiz. Vielleicht noch schlimmer. Ich glaube, er litt. Er war sehr mürrisch, aber kein Mensch, der den ganzen Tag lang klagte. Über dieses Stadium war Tom hinaus. Er wollte einfach mit nichts mehr etwas zu tun haben; er hielt das Leben für absolut lächerlich, für absurd. Für einen Witz. Für einen schlechten Witz.»

«Meinen Sie das nicht auch?»

«Ja, aber ich lache oft; Tom hat nicht gelacht. Ich habe ihm gesagt, er solle einen Teil seines Geldes für Reisen ausgeben. Und er ist auch einige Male in England gewesen, aber ich glaube nicht, daß ihm diese Trips Spaß gemacht haben. Er verließ seinen Garten nicht gern. Er angelte, aber wenn er etwas fing, warf er es wieder ins Wasser. Einmal hat er einen großen Hecht gefangen – der ihm einen großen Kampf lieferte –, aber der Fisch ist wieder im Fluß; er wollte ihn nicht einmal zeigen, um damit anzugeben. Ich hab zufällig gesehen, wie er ihn gefangen hat, sonst hätte ich es nie erfahren. Wenn jemand vom Deich einen großen Fisch fängt, gibt es ein Fest, aber Tom wollte keinen um sich haben.»

«Aber er hat ferngesehen?»

«Nicht wirklich. Er sah, wie sich Objekte und Gestalten bewegten, aber ich glaube nicht, daß er wußte, was da passierte. Es interessierte ihn nicht.»

«Und Sie wissen nicht, ob er Feinde hatte?»

«Feinde nicht», sagte der Kater, «da bin ich ganz sicher. Wer sollte ihm ein Leid zufügen wollen? Niemand kannte ihn, nur ich und vielleicht das Mädchen im Nachbarhaus, Evelien.»

«Was ist mit ihr?»

Der Kater breitete die Arme weit aus. «Sie ist einfach ein Mädchen. Ein nettes Mädchen. Ein hübsches Mädchen. Sie hatte ihn gern oder liebte ihn – oder, ich weiß nicht, was sie für ihn empfand. Ich glaube, sie wollte ihn. Frauen wollen immer etwas haben und es behalten.»

«Ursula», sagte de Gier plötzlich.

Der Kater wandte sich um, und erneut spürte de Gier die Kraft der großen braunen Augen. «Ja, Brigadier, Ursula ist eine Ausnahme, aber sie ist krank; sie ist in psychiatrischer Behandlung. Hat sie Ihnen das gesagt?»

«Nein.»

Der Kater lachte. «Keine Angst, sie ist nicht gefährlich. Sie schaltet nur manchmal ab und sitzt und starrt und ist untätig. Ich muß sie dann füttern und baden; das ist eine Arbeit, kann ich Ihnen sagen, denn sie ist eine große Frau. Der Psychiater hilft, aber das dauert seine Zeit. Ihr geht es schon viel besser. Sie will mehr vom Leben, als es ihr jetzt zu geben bereit ist. Sie muß erwachsen werden und etwas schaffen, was klug ist. Bis jetzt ist sie noch ein törichtes kleines Mädchen.»

«Sie spielt sehr gut Flöte», sagte de Gier.

«Hat sie für Sie gespielt?»

«Wir haben beide gespielt.»

Der Kater sprang auf und klatschte in die Hände. «Junge», rief er, «das hätte ich hören mögen. Die verrückte Russin Ursula spielt mit einem Brigadier der Polizei. Was haben Sie und Ursula gespielt?»

«Etwas, was wir uns ausgedacht haben.»

«Das wird ja immer besser. Versprechen Sie, daß Sie abends mal kommen und mit ihr musizieren. Was spielen *Sie*?»

De Gier nahm die Flöte aus der Innentasche und zeigte sie dem Kater, der das Instrument mit Respekt in die Hand nahm.

«Hübsche Flöte. Die kosten viel Geld – neunhundert, glaub ich. Ich wollte ihr eine kaufen, hatte aber nicht genug Geld bei mir. Klingt sie nicht ziemlich schrill?»

«Sehr», sagte der Commissaris. «Wenn er in seinem Büro spielt, kann ich ihn hören, und sein Büro ist ein ganzes Ende von meinem entfernt.»

Der Kater schüttelte den Kopf.

Der Commissaris lächelte.

«Das ist heute kein schlechter Tag», sagte der Kater. «Ich entdecke so einiges. Die Polizei ist also auch ein wenig verrückt. Na und? Es breitet sich aus. Wir sind nicht mehr allein.»

«Wir?»

«Ich bin nicht der einzige Kater; es gibt andere. Manchmal begegnet man einem.»

«Na», sagte der Commissaris, «dann lassen Sie uns mal eine von Ihren Visitenkarten da. Ich glaube, wir sind für heute fertig. Wir wollen Sie nicht länger aufhalten; Sie müssen ein vielbeschäftigter Mann sein. Falls wir Sie wieder brauchen, rufen wir an.»

«Nun?» fragte der Commissaris de Gier.

De Gier antwortete nicht.

«Keine Schlußfolgerungen? Keine Kombinationen? Kein Verdacht?»

«Warum», fragte de Gier, «sollte ein Mann, der total plemplem und überspannt ist, wohl einen harmlosen Einsiedler wie Tom Wernekink umbringen? Oder sind wir über Tom falsch informiert?»

«Bis jetzt paßt alles zusammen», sagte der Commissaris und rieb sich die Beine. «Ich hab das Haus gesehen, du hast es gesehen. Wir haben beide die Leiche gesehen. Falls Tom durch irgendeine Aktivität in Anspruch genommen wurde, abgesehen von der Gartenarbeit, etwas Angelei und der Kombination von Bier und Fernsehen, hätten wir Hinweise gefunden, aber da war nichts. Offensichtlich vermoderte der Mann ganz ruhig, und nicht einmal der Garten konnte dagegen etwas ausrichten. Aggression ist immer mit Verlangen verbunden. Er wünschte sich nichts, oder? Warum sollte also irgend jemand etwas von ihm wollen?»

«Er war reich», sagte de Gier.

«Aber der Mörder hat nichts weggenommen. Das Geld war noch in seiner Brieftasche.»

«Vielleicht ein Gemälde», sagte de Gier, «einen Vermeer oder einen Rembrandt. Da war so viel Zeug im Haus, daß wir nicht feststellen konnten, ob etwas fehlt.»

Der Commissaris kratzte sich in seinem schütteren Haar. «Ja. Vielleicht. Aber ich hab die Gemälde an der Wand gesehen, alles Familienporträts. Vielleicht zweihundert Jahre alt und von gewissem Wert, aber nicht von großem, ein paar tausend Gulden. Und die Wände waren voll mit Gemälden. Hätte er ein wirklich wertvolles Kunstwerk besessen, würde er es zu den anderen gehängt haben. Oder nicht?»

«Ich weiß nicht, Mijnheer; er war kein normaler Mensch. Er könnte es an eine Wand gelehnt haben, und der Mörder hat es mitgenommen.»

Der Commissaris schlug auf den Tisch. «Warum hat niemand den Mörder gesehen? Am Deich wimmelt es immer von Menschen. Die sollten einen Fremden bemerken.»

«Sie kannten den Mörder und versuchen, ihn zu schützen», sagte de Gier.

«Könnte sein. Aber wir haben die ungefähre Todeszeit. Etwa elf Uhr abends, sagte der Arzt, mit einer Spanne von jeweils zwei Stunden früher oder später. Zu der Zeit sind sie vielleicht alle betrunken, oder sie schlafen.»

De Gier räusperte sich. «Ein unangenehmer Fall, Mijnheer.»

«Nein, nein, sag das nicht. Vielleicht unangenehm für Mary van Krompen; mir tut die Dame leid. Sie sitzt da und sagt immer nur ‹nein› und fühlt sich unbehaglich. Ich wollte, ich könnte sie laufenlassen.»

«Können Sie das nicht?»

«Der Staatsanwalt und der Richter sind noch nicht für diesen Gedanken. Der Richter hat lange mit ihr gesprochen und ist übrigens gar nicht überzeugt.»

«Sind Sie's?»

«Nein», sagte der Commissaris, «und wenn das noch einige Tage so weitergeht, werde ich meinen ganzen Einfluß geltend machen und sie laufenlassen.»

«Sollten wir nicht das Mädchen warnen, Evelien, meine ich?»

«Selbst wenn sie in das Mädchen verliebt ist, würde sie es nicht umbringen», sagte der Commissaris.

«Wir haben uns schon öfter geirrt», meinte de Gier.

Der Commissaris schwieg lange. De Gier ging zur Tür. «Ich gehe nach Hause, Mijnheer.»

Der Commissaris winkte. De Giers Bemerkung war bei ihm nicht richtig angekommen.

«Hat Grijpstra angerufen?»

«Was?»

«Grijpstra, Mijnheer; hat er angerufen?»

«Oh, ja. Nichts Besonderes. Er hat eine Freundin von Tom gefunden, eine frühere Nachbarin, ein Krüppel, sagte er, glaub ich. Hat alles bestätigt, was wir bis jetzt festgestellt haben. Keine Widersprüche. Ich hab ihm gesagt, er soll mich morgen früh aufsuchen; er hat vom Bahnhof in Rotterdam angerufen.»

«Gute Nacht, Mijnheer», sagte de Gier und machte die Tür hinter sich zu.

6

Das geht mich nichts an, dachte Adjudant Grijpstra. Er fühlte sich friedlich. Die Straßenbahn, die ihn an diesem Morgen um elf Uhr zum Rotterdamer Vorort Kralingen brachte, war alt, und er hätte sich unbehaglich fühlen können auf seiner geraden, hölzernen Sitzbank, aber statt dessen hatte sich in seinem großen Körper ein zufriedenes Wohlbehagen ausgebreitet. Der kleinen alten Dame, die ihm gegenüber saß, gefiel dieser solide Herr, der ein so warmes und freundliches Interesse an dem zeigte, was außerhalb der Straßenbahnfenster war.

Das geht mich überhaupt nichts an, dachte Grijpstra noch einmal, als er sah, wie ein Radfahrer eine rote Ampel nicht beachtete und weiterfuhr. In Amsterdam hätte er sich aufgeregt. Er hätte zwar wegen des Vergehens nichts unternommen – ein Kriminalbeamter ist von Natur aus verschwiegen und deckt seine Karten erst auf, wenn es unbedingt nötig ist. Aber er hätte sich geärgert. Rotterdam war für Grijpstra eine ganz fremde Welt. Er hatte auf die breiten Straßen gestarrt und auf ein modernes, hoch aufragendes viereckiges Gebäude und war gelinde beeindruckt gewesen, etwa so beeindruckt wie während seines letzten Urlaubs, als sein jüngster Sohn ihn an der Hand mitgezerrt hatte, um einen Ameisenhaufen zu betrachten. Ameisen, dachte Grijpstra, sind fleißige und intelligente Tierchen. Er machte sich jedoch nichts aus Ameisen. Soweit es Grijpstra anging, brauchte es überhaupt keine Ameisen auf der Welt zu geben. Aber es gibt welche. Und in Gruppen lebende Ameisen benötigen Gesetze. Und

Gesetze werden gebrochen. Und es gibt Ameisen mit blauer Uniform und Mütze, die sich wegen der gebrochenen Gesetze sorgen.

Grijpstra sah einen Polizeiwagen, einen großen weißen Transporter, gekennzeichnet mit glänzend roten Streifen und dem Wort POLITIE in deutlichen Buchstaben, der dem nichtsahnenden Radfahrer folgte. Er sah den Radfahrer anhalten, als dieser vom Transporter überholt und über Lautsprecher angesprochen wurde. Er hieß dies gut, empfand aber nicht die grimmige Freude, die ein ähnlicher Vorfall in seiner eigenen vertrauten Umgebung ausgelöst hätte.

Die kleine alte Dame starrte den Mann an, der so nahe bei ihr saß, und wünschte sich, er wäre ihr Sohn. Ihr fiel der blaue Anzug mit den feinen Nadelstreifen auf. Sie stellte auch fest, daß der Anzug gebügelt werden mußte. Sie sah das weiße Hemd und die graue Krawatte, den schweren, kantigen Kopf mit dem borstigen Schnurrbart und den hellblauen, freundlichen Augen. Ein netter Mann, dachte die Dame und überlegte, womit er sein Geld verdiente. Geschäftsmann, dachte sie vage, aber Geschäftsleute fahren heutzutage nicht mehr mit der Straßenbahn. Ein Krämer, entschied sie schließlich.

Grijpstra seufzte. Es war ein freudiger Seufzer. Die Straßenbahn war um eine Kurve gebogen und fuhr jetzt am Rande eines Parks entlang. Sie ratterte über eine Brücke, und Grijpstra faltete den Stadtplan auseinander, den er am Bahnhof gekauft hatte. Der Vorort kam näher. Er war immer noch zerstreut und hatte einige Mühe, sich zu erinnern, welche Aufgabe er hatte.

Wernekink, dachte Grijpstra und nickte. Er hatte an diesem Morgen bereits etwas wegen Wernekink unternommen, ohne ein Ergebnis zu erzielen. Er hatte sich mit einem Mann unterhalten, dessen Name ihm jetzt nicht einfiel, den er aber in sein Notizbuch geschrieben hatte, um ihn zu gegebener Zeit in seinem Bericht zu verwenden. Ein Mann, der Tom Wernekinks Chef gewesen war. Der Mann hatte nicht viel Neues erzählen können. Die Befragung war reine Routine gewesen, beide hatten kein Interesse gezeigt. Die Adresse der Firma, die Wernekink vor mehr als einem Jahr beschäftigt hatte, war ihm am Vortag von der Rotterdamer Polizei als Antwort auf eine telefonische Anfrage mitgeteilt worden. Er hatte das Büro leicht genug gefunden und war zu einem Mann geführt worden, der über eine Gruppe Angestellter von erhöhter Stelle aus präsidierte, wo er, geschützt durch einen Glaskasten, genau beobachten konnte, was um ihn herum passierte.

Ja, Wernekink hatte dort für einige Jahre gearbeitet. Nein, er wisse nichts über sein Privatleben. Tom Wernekink sei pünktlich gekommen und gegangen, nicht sehr oft krank gewesen und habe seine Arbeit angemessen gut erledigt.

Könne er sich überhaupt an irgend etwas erinnern, das Wernekink betreffe, den Angestellten, der Formulare ausfüllte? Ja. Wernekink sei nie in die Kantine gegangen, wo die Belegschaft ein einfaches Essen kaufen könne, dessen Preis zehn Prozent über den Selbstkosten liege. Er habe an seinem Schreibtisch gegessen. Er habe einen halben Laib Grahambrot, eine Dose Margarine und ein Glas Marmelade mitgebracht. Er habe sein Brot geschnitten, es auf den Schreibtisch gelegt, mit Margarine und Marmelade bestrichen und gegessen. Tee habe er aus einer Thermosflasche getrunken. Dann habe er Zeitung gelesen. Nach dem Zeitunglesen habe er weitergearbeitet, wenn die Angestellten wieder an ihre Schreibtische zurückkehrten.

«Mir gefiel das nicht», sagte der Abteilungsleiter und schüttelte den Kopf, «es gefiel mir überhaupt nicht. Die Firma gibt uns eine gute Kantine und anständiges Essen, und die Burschen sitzen dort, reden miteinander und spielen Karten. Es ist ungesund, ganz allein zu sitzen, irgendwie asozial. Meinen Sie nicht auch?»

«Ja», sagte Grijpstra.

«Und ich hatte etwas gegen die Schweinerei auf seinem Schreibtisch. Diese Margarine und Marmelade. Ich habe ihn zur Rede gestellt und gesagt, er beschmiere möglicherweise seine Formulare. Aber er lehnte es dennoch ab, in die Kantine zu gehen, und man kann keinen dazu zwingen.»

«Sie haben es ihm also durchgehen lassen», sagte Grijpstra und machte ein Gesicht, das eindeutig zeigte, daß Wernekink so nicht hätte davonkommen sollen.

Der Mann breitete die Arme aus. «Was hätte ich tun sollen?»

«Nichts», pflichtete Grijpstra ihm bei.

«Und jetzt hat er sich umbringen lassen, wie? Hat er in Amsterdam Arbeit gefunden?»

«Nein.»

«Faulheit», sagte der Mann, «Saufen, Weiber. Das freie Leben. Es ist schlecht für sie. Wir hatten hier mal einen Angestellten, der Motorrad fuhr, eins von diesen schweren. Er kam immer aufgeputzt in Lederschutzkleidung und mit Helm. Sie kennen diesen Typ – liebäugelt mit den Mädchen und säuft und will immer nur seinen eigenen Kopf durchsetzen. Nein, nein.»

«Was ist aus ihm geworden?» fragte Grijpstra.

«Er ist in Persien oder der Türkei oder sonstwo ums Leben gekommen. Während des Urlaubs.» Der Mann sah erfreut aus.

«Das kommt vom unregelmäßigen Leben», sagte Grijpstra. «Es sieht zwar gut aus, aber es macht sie kaputt.»

«Genau», sagte der Mann und wollte loslegen und dem Adjudant eine lange Geschichte erzählen, die seine einfache, aber interessante Lebensanschauung erklären und rechtfertigen würde. Aber die Geschichte kam nicht. Der Gesichtsausdruck des Adjudant hatte sich verändert und die Absicht des Abteilungsleiters vereitelt. Ein Zwinkern der hellblauen Augen und ein Beben der Wangen.

Grijpstra las den Namen der Straße, die die Bahn soeben überquerte, und legte einen dicken Finger auf den Stadtplan. An der nächsten Haltestelle würde er aussteigen müssen. Er drückte den linken Arm an den Körper und spürte die Schwellung seines Notizbuchs in der Brieftasche. Dann preßte er den rechten Ellbogen an die Hüfte und spürte die Schwellung seiner Pistole. Er faltete den Plan zusammen, stand auf und nickte der kleinen alten Dame zu, die ihn anlächelte.

In seiner Umgebung standen Villen, große Villen, Landhäuser mit großen, parkähnlichen Gärten, Autoauffahrten und Bäumen, sowie Rasen, die gesäumt waren von Sträuchern und Büscheln von Pampasgras, das sich in der frischen Brise wiegte, die die Hitze dieses Sommertages milderte. Grijpstra musterte die Pracht seiner Umgebung und versuchte zu schätzen, wieviel die Bewohner dieser Ecke des Himmels verdienen könnten. Er kam auf eine große runde Summe. Dann versuchte er zu schätzen, was sie verdienen mußten, wenn sie der Steuer ihr wahres Einkommen angeben würden. Die Zahl verdoppelte sich. Er schüttelte staunend den Kopf. Aber die Häuser, die Auffahrten und die Rasenflächen waren noch da. Auch die teuren Autos, wahrscheinlich Zweitwagen für die Ehefrauen, um ihre Einkäufe zu erledigen, sich gegenseitig zu besuchen und vielleicht die Kinder zur Schule zu bringen. Er dachte an sein Haus und an seine Frau sowie an die Farbe, die von der Decke des kleinen Badezimmers abblätterte. Als er das Haus vor fünfzehn Jahren gemietet hatte, war das Badezimmer noch nicht drin gewesen, das ihn die Ersparnisse eines Jahres gekostet hatte. Diese Häuser würden mehrere Badezimmer haben, alle gekachelt.

Er ging weiter, sah auf seinem Wege nach den Hausnummern und fühlte sich immer noch friedlich. Er fand die gesuchte Nummer und bog in einen schmalen Kiesweg ein. Am Ende des Wegs hatte er die Wahl zwischen zwei Häusern, beide klein im Vergleich zu den Villen, die er soeben bewundert hatte. An beiden Pforten waren keine Nummern, also entschied er sich aufs Geratewohl für eine, ging den Weg hinauf und läutete an der Tür.

«Ich bin hier», sagte eine Stimme im Garten. Er drehte sich um und sah eine Frau im Rollstuhl. «Was kann ich für Sie tun?» Sie rollte zu ihm. Er beugte sich zu ihr runter und schützte seine Augen vor der Sonne.

«Guten Morgen, Mevrouw. Ich bin Kriminalbeamter aus Amsterdam und suche das Haus, in dem Mijnheer Wernekink gewohnt hat. Ist es dies?»

«Nein», sagte die Frau, «es ist das Nachbarhaus, aber die Leute, die dort wohnen, sind im Urlaub. Vielleicht kann ich Ihnen helfen.»

«Ja», sagte Grijpstra, «vielleicht.»

«Setzen Sie sich zu mir in den Garten», sagte die Frau und drehte den Rollstuhl um.

Als er den Garten drei Stunden später verließ, hatte er einen guten Lunch gehabt. Die sanfte Stimme der körperbehinderten Frau ging ihm irgendwie noch im Kopf herum und belebte die verschiedenen Teile seines Gehirns. Und im Garten war es so friedlich gewesen, geschützt durch eine Entfernung von gut hundert Metern vor dem Verkehrslärm auf der Hauptstraße. Es war fast so ruhig wie auf einer Lichtung in einem großen Wald. Mehrere Drosseln und ein Paar kleiner schwarzköpfiger Singvögel waren in der Nähe gewesen, als die verkrüppelte Frau und er dort saßen, miteinander sprachen und Spiegeleier mit frischem Brot und einem Salat aßen. Sie hatte das Essen in ihrer altmodischen, aber gut eingerichteten Küche vorbereitet, war in ihrem Rollstuhl umhergefahren, hatte jedoch ihre Bewegungen auf ein Minimum beschränkt, denn sie wußte genau, wo sich alles befand; sie war anscheinend so tüchtig wie eine sehr gut ausgebildete Krankenschwester während einer komplizierten Operation. Er hatte das Tablett hinausgetragen, und sie hatten im Schatten einer alten Eiche gegessen, während die Vögel herumhüpften und Krumen vom Tisch pickten. Einer der Vögel hatte eine Weile auf seinem Arm gesessen und ihn mit glänzenden kleinen Augen angesehen, den Kopf bewegt und gelegentlich einen Flügel gehoben, um das Gleichgewicht zu halten. Ihm tat die verkrüppelte Frau leid, der Gedanke an ihren grotesken und entstellten Körper schmerzte ihn. Sie habe, hatte sie erzählt, Kinderlähmung gehabt, als sie noch sehr jung gewesen sei; die Behandlung sei zu spät gekommen. Die Brust war bis ans Kinn hochgeschoben, eine Schulter reichte hoch bis ans Ohr, das eine Bein war so verkrümmt, daß es nutzlos war – nur ein Gewicht, das mitgeschleppt werden mußte –, das andere war zu kurz. Er bewunderte die Frau, deren Verstand klar war und deren Stimme Verständnis zeigte und erklären konnte, aber am besten hatte ihm der Klang ihrer Stimme gefallen, die wie der einer chinesischen Flöte war. Er konnte sich jetzt nicht erinnern, ob er jemals eine gehört hatte, aber er besaß das Bild eines Mädchens, das eine chinesische Flöte auf einem Balkon spielte, von dem aus man auf einen Steingarten und einen von Büschen umgebenen Teich blickte. Das Bild, Blatt eines Kalenders, der in der Polizeikantine hing, hatte ihn so ergriffen, daß er es mitgenommen hatte, als der Monat vorbei war. Er bewahrte es zu Hause in seinem Schreibtisch in der Mappe mit seiner Versicherungspolice und den Polizeidiplomen auf.

Die verkrüppelte Frau erinnerte sich gut an Tom Wernekink, an den Jungen, der nebenan mit seinem alten Vater wohnte, einem Mann, der sich aus dem Geschäftsleben zurückgezogen hatte und Zeitungen las und sich im Fernsehen Fußballspiele anschaute. Tom war oft gekommen, um sich mit ihr zu unterhalten oder im Haus zu helfen; sie hatten miteinander Tee und Kaffee getrunken, unter derselben Eiche und mit den gleichen Drosseln und anderen Singvögeln.

«Er hat sich mit Ihnen unterhalten?» fragte Grijpstra, denn er hatte den Eindruck, daß der Mann, dessen Leiche ihn vor einigen Tagen angegrinst hatte, nie mit jemand gesprochen hatte. Aber sie versicherte ihm, Tom habe mit ihr gesprochen und sei intelligent und kommunikationsfähig gewesen, obwohl er anscheinend keine Freunde hatte und nie jemand ihn oder seinen alten Vater besuchte. Aber sie erzählte ihm auch von Toms negativistischer Haltung und seiner vegetativen Lebensweise. Sie zeigte auf einen toten Baum, der im Nachbargarten lag. Er war Toms Sitzplatz gewesen; sie hatte ihn dort gesehen, regungslos, stundenlang. Einmal hatte es geregnet, und sie hatte ans Fenster geklopft; Tom hatte aufgeschaut und war ins Haus gegangen, durchnäßt bis auf die Haut.

«Ja», sagte Grijpstra, begann aufzustehen und nach Worten zu suchen, um ihr für den Lunch und die Informationen zu danken. Sie bat ihn zu warten. Dann fuhr sie ins Haus über die Spezialrampe, die ein Zimmermann gebaut hatte, damit sie bequem hinein und hinaus konnte. Sie kam wieder mit einem Brief, den zurückzugeben Grijpstra versprach. Er las den Brief auf dem Weg zum Bahnhof in derselben alten Straßenbahn, die ihn vorher nach Kralingen gebracht hatte.

Liebe Liza,

wie geht es Dir? Wie ist das Wetter. Und was machen die Vögel und die Eiche? Hat das Zeug geholfen, das ich Dir gegeben habe, um die Mücken zu vertreiben? Ich bin sicher, daß Vater nicht daran gedacht hat, den Goldregen zu gießen; ruf es ihm zu, wenn Du ihn mal siehst, ja? Ich habe noch nie Goldregen gehabt, und auf der Anweisung stand, daß er viel Wasser braucht. Ich hab den Samen bei meinem toten Baum in die Erde gesteckt. Wenn er aufgeht, sollten die Blätter den ganzen Baum überwuchern und die Blüten hängenlassen. Es gibt drei Farben: rot, orange und gelb. Vielleicht hätte ich nur den gelben nehmen sollen. So könnte der Baum aussehen wie der Deckel einer Schachtel mit billiger, abscheulicher Schokolade, aber ich kann die anderen Blüten ja immer noch abschneiden. Schließlich bin ich Gärtner und kein Naturfreund. Zum Teufel mit der Natur. Sie kümmert sich nicht um uns, warum sollten wir uns also um sie kümmern? Dieser ganze moderne Quatsch von der Umweltverschmutzung bringt mich zum Lachen; warum sind wir plötzlich so besorgt?

Sollen doch das Meer voller Öl und die Flüsse voller schäumender Seifenlauge werden, mir ist das einerlei. Ich kümmere mich nur um den Garten und den toten Baum. Falls man mir auch das noch nimmt, werde ich ein anderes Fleckchen Erde finden. Und falls alles verhunzt sein sollte, werde ich ein paar Zwergpflanzen in einem Aquarium ziehen. Ah, ich bin wieder einmal negativistisch; Du magst das nicht, wie ich weiß. Verzeihung. So bin ich nun mal. Aber es stimmt, Du hast mich oft aufgemuntert, wofür ich Dir meinen respektvollen Dank übermittle. Es ist nett, manchmal in einer ganz anderen Atmosphäre zu leben. Ich mag Dich, Liza, Du bist so ziemlich der einzige Mensch, den ich mag. Vater, diesen törichten alten Habicht, mag ich nicht, obwohl er mich manchmal amüsiert, besonders wenn sein Verein verliert. Du solltest mal sehen, wie er dann im Haus herumstampft.

Dieser Urlaub geht allmählich zu Ende – zum Glück. Ich bin in Cassis-sur-Mer, wie Du aus dem Poststempel siehst. Ich sollte nicht hier sein, aber anscheinend bin ich immer in einem Ort, wo ich nicht sein sollte. Ich sollte gewiß nicht in dem blöden Büro sein, wo ich Formulare ausfülle, aber ich muß dort wieder hin, was nützt also das Murren? Und dieses Cassis-sur-Mer ist nicht der schlechteste Ort auf Erden. Die Touristen haben ihn noch nicht entdeckt. Ich hab ihn nur gefunden, weil der nagelneue Wagen, den Karel K. sich gekauft hat, es vorgezogen hat, in diesem passenden Ort ganz zusammenzubrechen. Es war wahrscheinlich etwas mit dem Getriebekasten, soviel ich weiß. Karel ist in Marseille; er hat den Wagen nach dort abschleppen lassen – es hat ihn ein Vermögen gekostet – in eine Werkstatt. Er hat sich ein Hotelzimmer genommen und belästigt jeden Tag den Besitzer der Werkstatt. Ein neues Getriebe ist eingetroffen und wird jetzt eingebaut. Mir gefällt Marseille nicht; es ist eine Großstadt wie jede andere, wenn auch nicht so deprimierend wie Rotterdam. Ich hab ihn gebeten, mich hier in diesem kleinen Fischereihafen zurückzulassen. So bin ich wenigstens nahe am Meer. Manchmal fahre ich mit dem Bus nach Marseille und trinke einen mit Karel auf der Terrasse. Wir trinken Pernod, der einen nach einer Weile umhaut, als würde man von einem Maultier getreten, und beobachten die Huren auf der Straße. Wir schließen Wetten ab, ob es ihnen gelingt, sich den einen oder anderen Freier zu angeln. Ich verliere meistens, denn Karel ist ein guter Psychologe. Und wenn wir dann betrunken sind, gehen wir und sehen uns einen Film an. Wir sehen nur französische Filme, und es macht sehr viel Spaß, sich eine eigene Geschichte auszudenken und die verschiedenen Charaktere darin einzufügen, die da über die Leinwand schlurfen oder gleiten. An einem Tag war ich so betrunken, daß ich alles doppelt sah, was sogar noch besser war. Zwei ansehnliche Männer küssen – oder schlagen, man schlägt sich viel in diesen Filmen – zwei schöne Frauen in zwei Wagen. Ich bin froh, daß ich mich nie bemüht habe, Französisch zu lernen. Selbstverständlich hatten wir es in der Schule, sieben Wochenstunden, aber der Lehrer war ein so unglaublicher Trottel, daß ich mich weigerte, ihm zuzuhören. Und dennoch hab ich die Prüfung bestanden. Oh, das Leben ist voller Wunder.

Obwohl ich noch viele Fehler mache, scheine ich die Sprache jetzt zu lernen. Gestern ertappte ich mich dabei, wie ich auf französisch dachte, nicht nur einzele Wörter, sondern ganze Sätze; sogar die Verben habe ich richtig konjugiert. Das erste Französisch, das ich hier gelesen habe, stand auf dem Etikett einer Pernodflasche; die mir unbekannten Begriffe habe ich in Karels Wörterbuch nachgesehen.

Karel ist ein sehr angenehmer Bursche, weißt Du. Seltsam, daß ich länger als ein Jahr an dem Schreibtisch neben ihm gearbeitet und nicht gewußt habe, welchen Spaß es machen würde, mit ihm Pernod zu trinken. Ich glaube, der arme Kerl ist ein wenig wie ich. Aber er ist schwächer und wird es deshalb überstehen. Er sagt, er werde wahrscheinlich heiraten, eine Wohnung mieten und Kinder haben. Er möchte es eigentlich nicht, sagt er, aber das Leben sei zu stark; es habe ihn am Schlafittchen und beutele ihn. Man wird auf ihrer Hochzeit Fotos machen, die sie in ein Album kleben werden, das er Freunden und Verwandten zeigen wird. Oh, armer, sanfter Karel. Aber wer bin denn ich, daß ich über ihn spotte? Vielleicht möchte ich das gleiche, obwohl ich es bezweifle. Ich bezweifle es wirklich, Liza. Und ich zweifle, ob er dieses ganze Familienleben und Glück und Gemütlichkeit und Fröhlichkeit will. Wünscht sich das überhaupt jemand? Einst war das menschliche Lebewesen ein Jäger, der in den Wäldern lebte und seinen Spaß hatte. Das Leben war kurz. Irgendwo hab ich gelesen, daß alle Skelette, die in einem eine Million Jahre alten Grab gefunden wurden, von jungen Menschen stammten. Keiner dieser Menschen habe ein Lebensalter von mehr als fünfundzwanzig Jahren erreicht. Sie liefen herum und erlebten ihre Abenteuer, bis ein Bär sie erwischte oder die Grippe oder die Pest oder der oder die eifersüchtige Geliebte. Man hat ihnen den Schädel eingeschlagen, während sie noch ihren Spaß hatten. Und jetzt bauen wir Betonkästen und betrachten zweidimensionale, sich bewegende Bilder und haben viermal in der Woche früh Feierabend. Das kann nicht richtig sein.

Das größte Rätsel – für mich – ist, daß ich manchmal richtig glücklich bin. Zum Beispiel vor zwei Wochen. Der Abteilungsleiter, ein abgenutzter Tölpel, den Du nicht kennenlernen mußt, brachte mir einen ganzen Stapel Formulare zum Ausfüllen, und ich war tatsächlich dankbar. Kannst Du Dir das vorstellen, liebe Liza? Ich war *dankbar.* Die Formulare waren ein neues Muster, und ich freute mich darauf, sie auszufüllen. Ich armer Verrückter.

Gestern hatte ich ein Abenteuer. Ich ging am Strand umher und suchte eine Frau, die ich am Abend vorher kennengelernt hatte – eine nette Frau mit hübscher Figur. Sie war allein, und ich habe irgendwas über den Mond und das Meer gesagt. Ich hatte eine Flasche Cognac bei mir. Sie trank ein Schlückchen, ich trank ein Schlückchen, und alles endete so, wie ich es mir gewünscht hatte. Sie war anscheinend nicht sehr begeistert, machte jedoch die richtigen Bewegungen – und was will ein Tourist mehr? Liebe im Mondschein an einem einsamen Strand, joho und die Buddel mit Rum. Ich dachte, sie wäre vielleicht wieder am Strand, aber das war selbstverständlich dumm von mir, denn sie hatte mir gesagt, sie sei Krankenschwester und tagsüber im Dienst. Na, jedenfalls schlenderte ich umher und sah eine Düne, eine sehr steile Düne, und ich kletterte hinauf, um den Blick auf das Meer zu genießen. Die Sicht war ausgezeichnet, und ich schlief ein. Als ich erwachte, lag ich am Rand der Düne; plötzlich spürte ich, wie ich hinunterrollte. Zuerst dachte ich, es sei nicht so schlimm, aber dann sah ich, daß ich auf scharfe Felsen zurollte und tatsächlich in *Lebensgefahr* war. Und ich hatte Angst. Ich wollte mein Leben nicht verlieren; ich, Tom Wernekink, wollte leben. War das keine Überraschung? Mir gelang es zu überleben, wie Du siehst, denn dies ist kein Brief aus dem Jenseits, Dir durch die guten Dienste der Madame Raqama übermittelt, die ohne Zögern und für einen Betrag von fünfundzwanzig Gulden in Trance fällt. Ich, Dein Freund Tom, schreibe diesen Brief in meiner dünnen, unleserlichen und krakeligen Handschrift.

Aber es machte mich nachdenklich. Es zerstörte meinen Tagtraum vom idealen Selbstmord. Karel und ich hatten ihn ausgedacht, als wir uns an einem Tag mal anderthalb Flaschen Pernod zur Brust genommen hatten. Es war ein komplizierter Tagtraum, aber kein unmöglicher, glaub ich. Ich werde versuchen, ihn Dir zu beschreiben.

1. Ich erforsche die Strömungen und präge mir die Zeiten des Hoch- und Niedrigwassers ein.
2. Ich kaufe drei Fläschchen Schlaftabletten – es hat keinen Sinn, dabei zu geizen – und eine große Flasche vom allerbesten Cognac.
3. Ich warte auf Vollmond; Selbstmord ist ein Akt des Wahnsinns, auf englisch *lunacy*, und mit den vier ersten Buchstaben LUNA bezeichnen wir unseren alten Freund, den runden, geheimnisvollen, etwas erschreckenden Himmelskörper, der die

Nacht regiert.

4. Ich gehe zum Strand.
5. Ich schwimme – wobei ich den Cognac und die Schlaftabletten irgendwie festhalte – zu einem Felsen; der Felsen ist tatsächlich vorhanden und etwa drei Kilometer vom Ufer hier entfernt.
6. Ich schaffe es, den Felsen zu erreichen und auf die Spitze zu klettern; ich setze mich und singe mein Lieblingslied; den Text kann ich Dir nicht sagen, weil es ein Zauberlied ist, dessen Worte allein mir gehören. Es tut mir leid, Liza, aber so ist es nun mal: jeder Mensch muß mindestens ein Geheimnis haben, meins ist das Lied.
7. Während ich singe, betrachte ich den Mond – was sich von selbst versteht, aber ich gebe Dir das ganze Rezept.
8. Ich schlucke alle Schlaftabletten und trinke den Cognac. Die Flasche ist nicht mehr voll, weil ich schon etwas vor dem Hinausschwimmen getrunken hab.
9. Ich werfe die Fläschchen und die Flasche ins Meer, strecke mich aus und schlafe ein.
10. Die Gezeiten ändern sich. Eine Welle trägt mich vom Felsen in Richtung Horizont.
11. Die Strömung ergreift mich und reißt mich fort.
12. Ich sterbe.
13. Die Haie kommen und fressen mich – Zubeißen-Abreißen-Schlucken-Verschlingen.

Ein schöner, sauberer Tod, meinst Du nicht auch? Kein Dreck, überhaupt nichts. Ich werde keinen Abschiedsbrief hinterlassen. Tom Wernekink ist ins große Jenseits eingegangen.

Aber ich werde es nicht tun. Wie schade. Zuerst glaubte ich, daß ich es nicht tun würde, weil es zuviel Mühe macht. Das Berechnen der Gezeiten und der Strömungen und so. Aber wenn ich komplizierte Exportformulare ausfüllen kann, dann kann ich auch einige einfache Rechnungen ausführen, oder? Nein, es gibt einen anderen Grund. Und der bist Du, Liza. Ich bewundere Dich. Wenn Du leben kannst, kann ich es auch. Ich will verdammt sein, wenn ich weiß, warum ich leben soll, aber ich werde weitermachen. Ich hoffe jedoch, daß ich nicht zu lange leben werde. Ich hab wirklich genug davon. Der Engel sollte kommen und mich holen. Ich frage mich, wie der Todesengel in Holland aussehen mag. Er muß sich selbstverständlich seiner Umgebung anpassen. Weißt Du, was ich glaube? Ich glaube, er wird einen dunklen Anzug tragen, spitze Schuhe und eine dunkle Krawatte. Und er wird mich mit einer Pistole umbringen. Am späten Abend wird er kommen und mich rufen, und wenn ich komme, wird er mich umbringen. Auf respektvolle Weise, weil Engel höflich sind. Sie sind sehr weit entwickelt, und über unsere Argumente, Wünsche, Tagträume und allgemeine Dummheit können sie nur lächeln. Aber wenn wir wirklich wollen, daß sie kommen, werden sie kommen. So ist das Gesetz.

Genug davon. Ich kann Dich mir ganz klar vorstellen. Du sitzt unter der Eiche und liest dies mit Deiner ungewöhnlichen Brille. Ich muß mich beeilen; der Bus fährt in wenigen Minuten, und Karel kann ohne mich nicht trinken. Wir haben unsere Verantwortungen. Vergiß nicht, Vater zu sagen, er soll den Goldregen gießen, und grüß die Vögel, den Milchmann, den Postboten und den Bürgermeister. Auf Wiedersehen, liebe Liza, bis bald.

Der Brief war nicht unterschrieben. Grijpstra faltete ihn sorgfältig und steckte ihn in die Seitentasche. Der Commissaris würde interessiert sein und selbstverständlich de Gier. Er selbst war ebenfalls interessiert. Er seufzte, aber diesmal war es ein trauriger Seufzer. Aber er wurde wieder froh. Er würde zum Abendessen nicht zu Hause sein. Er würde vom Bahnhof aus anrufen und in der Altstadt von Amsterdam essen, ganz allein, in einem billigen chinesischen Restaurant. Dann würde er nach Hause und zu Bett gehen.

Im Zug huschte ihm, kurz bevor er einschlief, ein letzter Gedanke durch den Kopf. «Fang den Engel.» Er gab sich das Versprechen, dies zu tun. Sie würden den Fall lösen. Es war ein seltsamer Fall, aber solche hatten sie auch früher schon gehabt. Der Commissaris würde ihn lösen; de Gier würde ihn lösen; er selbst würde ihn lösen. Aber sie hatten ihn noch nicht gelöst.

7

Grijpstra schlief ruhig, und im Schlaf war der Singvogel mit den glänzenden Augen wieder bei ihm. De Gier schlief, aber er wälzte sich von einer Seite auf die andere, und jedesmal, wenn er sich umdrehte, fuhr Olivier auf und suchte sich geduldig einen neuen Platz, um sich zusammenzurollen. De Gier träumte von Ursula, der er durch endlose Korridore folgte. Der Commissaris schlief nicht. Die Schmerzen hatten ihn an diesem Morgen früher als sonst geweckt. Er saß in seinem Arbeitszimmer bei einer Tasse sehr starken Kaffees und einem Zigarillo. Er hatte die Türen zum Garten geöffnet und beobachtete die kleine Schildkröte, die in einer Holzkiste unter dem Rhododendron lebte. Die Schildkröte ruderte durch das hohe Gras auf ihrem Weg zu den Salatblättern, die der Commissaris auf die Schwelle seines Arbeitszimmers gelegt hatte. Der Commissaris hatte keine Bekannten und wenige Freunde, und von diesen Freunden konnten nur der Staatsanwalt und die Schildkröte zusammen mit ihm schweigen. Der Commissaris schlürfte seinen Kaffee; die Schildkröte pflügte weiter im klaren Licht des frühen Morgens.

Das Motorrad und sein Beiwagen glitten dahin im klaren Licht des frühen Morgens. Es war noch nicht sechs Uhr, und sowohl der Polizist, der die leise BMW fuhr, als auch der Brigadier, der am Rand des Beiwagens saß, waren hundemüde. Sie hatten an einer großen Übung etwa 60 Kilometer nördlich von Amsterdam teilgenommen und wollten jetzt nur Motorrad mit Beiwagen in der großen Garage der Verkehrspolizei abstellen und eine Straßenbahn nach Hause erreichen. Dort würden sie die Ehefrau anbrummen, gleich zu Bett gehen und mindestens zehn Stunden lang schlafen. Der Gedanke, daß sie jetzt zwei Tage frei haben würden, hielt sie in den Grenzen des klaren Verstands, und der Polizist fuhr genau Tempo fünfzig, obwohl kein Verkehr herrschte. Der Brigadier starrte nach vorn. Er versuchte, die endlosen Wiederholungen in der vergangenen Nacht zu vergessen. Sie hatten mit einer kompletten Mannschaft von einem Dutzend Motorrädern, zwanzig Reitern und hundert Polizisten zu Fuß sowie Anwärtern der Polizeischulen von Amsterdam und Den Haag die Bekämpfung von Aufruhr geübt. Sie waren die engen Gassen eines vorgetäuschten Dorfs aus Holzfassaden – Kulissen, die einer Filmgesellschaft gehörten – hinauf und hinunter gerast. Der Brigadier sah immer noch den Feind vor sich, etwa fünfzig Polizisten, die mit Freuden die Rolle übernommen hatten und schreiend und knüppelschwingend auf sie zugelaufen waren. Er wünschte sich jetzt eine Zigarette, aber ein Brigadier in einem Beiwagen darf nicht rauchen. Er muß in seiner weißen Lederjacke, der Schutzbrille und dem Schutzhelm geradesitzen. Der Brigadier saß gerade.

Der Polizist sah die beiden Männer zuerst, sagte aber nichts. Er hätte zum Brigadier mit normaler Stimme sprechen können – die Maschine einer BMW ist leise genug –, aber der Polizist sagte nichts. Er wollte nach Hause. Seine Frau würde im Bett auf ihn warten, und sie war jung und warm und anschmiegsam.

Zwei Männer luden große Kartons von einem Lastwagen, der vor einem Haus am Landsburgerdijk stand. Sie waren zu beschäftigt, um die Motorradkombination zu sehen, die sich ihnen näherte. Der Brigadier hatte die Männer ebenfalls gesehen, und seine Augen, beschirmt hinter der Schutzbrille, wurden plötzlich groß. Die Polizei sieht nur Abweichungen von der Norm: ein Wagen, der sich in Schlangenlinien im Verkehr bewegt, ein nagelneuer Mercedes mit einem schmutzigen Hippie am Steuer, ein Mann, der auf dem Bürgersteig rennt, oder zwei Männer, die frühmorgens einen Lastwagen entladen. Er steckte seine behandschuhte Hand aus und berührte den Körper des Polizisten. Seine andere Hand zeigte auf den Lastwagen und bewegte sich auf und ab. Der Polizist gehorchte.

Als das Vorderrad des Motorrads das Hinterteil des Lastwagens schon fast berührte, sahen die beiden Männer, die drinnen Kartons hin und her rückten, die Helme der Polizeibeamten. Die Männer sprangen herab, jeder an eine Seite der Motorradkombination. Der Polizist versuchte, den Mann an seiner Seite festzuhalten, aber die behandschuhte Hand hatte keine Kraft, so daß dieser entkam. Eine Sekunde später kletterte er den Deich hinab.

Der Brigadier riß an seinen Handschuhen. Der andere Mann rannte den Grashang des Deichs hinunter. Die Polizeibeamten riefen die Flüchtigen an und öffneten die Lederjacken, um an die Pistolen zu gelangen. Es dauerte eine Weile, die Pistolen herauszuholen, und zu diesem Zeitpunkt hatte der am weitesten entfernte Mann bereits den ersten Schuß abgefeuert. Das Geschoß jaulte und traf den Lastwagen. Der Polizist feuerte jetzt ebenfalls; er lag flach auf dem Bauch und spähte über die Deichkrone hinweg. Er zielte sorgfältig, seine Kugel streifte die Schuler des ersten Flüchtigen.

Verrückt, dachte der Brigadier. Verrückt! Morgens um sechs eine Pistole abzufeuern. Er kroch zum Motorrad zurück, drückte auf einen Knopf und sprach in das große Mikrophon, das am Tank befestigt war.

«Präsidium», antwortete eine ruhige Stimme. «Sprechen Sie, Brigadier.»

«Wir erbitten Unterstützung», sagte der Brigadier. «Landsburgerdijk. Wir befinden uns in einem Schußwechsel.»

«Ich werde sehen, was ich für euch tun kann», sagte die Stimme, unfähig, ihr Erstaunen zu unterdrücken, «aber es sind nicht viele Wagen da. Wieviel Männer braucht ihr?»

«Schickt alle», sagte der Brigadier. Er machte zwei Schritte, ließ sich zu Boden fallen und kroch zum Polizisten.

«Dort unten ist jetzt noch ein anderer Mann», sagte der Polizist, «und auch er schießt. Was *ist* dies nur?»

«Hast du noch Patronen?» fragte der Brigadier.

«Eine.»

«Keine Reservemagazine?»

«Eins – und du?»

«Noch zwei Schuß und ein Reservemagazin. Die da unten haben vermutlich ganze Kisten voll Munition.»

Einer der Männer am Fuße des Deichs bewegte sich, der Brigadier feuerte. Der Mann begann zu schreien.

«Ich hab ihn nicht in den Bauch getroffen, oder?» fragte der Brigadier den Polizisten. «Ich hab tief gezielt. Ich kann ihn nicht in den Bauch getroffen haben; es muß sein Fuß oder Knie sein.»

Der Polizist hob den Kopf und rief den Männern zu, sie sollten sich ergeben, aber es wurde ein weiterer Schuß abgefeuert, so daß er sich ducken mußte.

Der Verwundete schrie immer noch. Die anderen hatten sich fallen lassen und waren nicht zu sehen. Sie hörten, wie sich zwei Sirenen näherten.

«Zwei Wagen», sagte der Brigadier, «das sind viel um diese Tageszeit. Wir haben Glück.»

Zwei VW hielten kreischend beim Lastwagen an, vier Polizisten kamen auf sie zugerannt.

«Runter, runter», rief der Brigadier, und die Männer ließen sich fallen.

«Was ist los, Brigadier?» fragte ein junger Polizist, der vorschriftsmäßig auf dem Bauch nach vorn robbte. «Haben die dort unten Schußwaffen?»

«Halt den Kopf runter; da sind zwei Männer mit Pistolen, und eine dritte Pistole muß in der Nähe des Verwundeten liegen. Geh zu deinem Wagen und fordere eine Ambulanz an. Verlange auch einen Polizeizug.»

«Alle von ihnen?» fragte der Polizist. «In der Kaserne müssen vierzig Mann in Reserve sein.»

«Nein, höchstens ein Dutzend; die anderen waren die ganze Nacht mit uns bei einer Übung. Fordere nur ein Dutzend an und sag ihnen, sie sollen keinen schicken, der vergangene Nacht Dienst gemacht hat.»

«In Ordnung», sagte der Polizist und grinste, als er zum Wagen rannte. Der Zug bestand nur aus Anwärtern, die normalerweise wenig zu tun hatten. Er konnte sich die Aufregung in der Kaserne vorstellen, wenn der Alarm ausgelöst wurde. Er erinnerte sich an die drei Monate, die er selbst im Zug Dienst getan hatte – drei Monate zwischen dem Abschluß der Polizeischule und der Ernennung zum Konstabel. Innerhalb von zwei Minuten würden sie umhereilen, sich in ihre Uniformen zwängen, nach Pistolen und Karabinern greifen und nach draußen rennen zu dem gepanzerten Mannschaftswagen, der sie mit heulender Sirene und blitzenden Scheinwerfern zum Deich bringen würde.

«Eine Ambulanz», sagte er ins Funkgerät, «und den Zug. Der Brigadier sagt, nur ein Dutzend Männer und keinen schicken, der in der vergangenen Nacht draußen war. Karabiner mitbringen, wir haben hier draußen eine regelrechte Knallerei.»

«Wer ist verwundet?» fragte das Präsidium. «Ein Polizist?»

«Nein.»

«In Ordnung», sagte das Präsidium. «Haltet uns auf dem laufenden. Ende.»

Der Mannschaftswagen brauchte bis zu seinem Eintreffen genau dreizehn Minuten. Zu diesem Zeitpunkt war eine neue Salve abgefeuert worden, ein Polizist hielt sich den Fuß. Er war sehr bleich im Gesicht und biß die Zähne zusammen. Sein Freund hielt ihn an der Schulter fest und sprach mit beruhigender Stimme auf ihn ein.

Die Anwärter unter dem Kommando von zwei Brigadiers schwärmten am Deich nach zwei Seiten aus. Vier Anwärter feuerten mit dem Karabiner auf einen Holzschuppen, wo man die beiden Männer zuletzt gesehen hatte. Als die Ambulanz den verletzten Polizisten wegbrachte und eine andere Ambulanz an der Kurve parkte, um auf den Verwundeten zu warten, der unten lag, erhöhte ein kurzes Knattern die Spannung.

«Maschinenpistole», sagte der Brigadier vom Motorrad zu seinem Kollegen, «eine verdammte Maschinenpistole. Hast du das gehört?»

Der Polizist zeigte auf den Fluß hinaus. «Das kam von der Yacht dort drüben.»

«Wir werden alles heranschaffen, was wir haben», sagte der Brigadier und sprintete zum Funkgerät auf dem Motorrad.

«Maschinenpistole», rief er in das Funkgerät. «Schickt alles her, was ihr auftreiben könnt. Wir haben bereits einen verwundeten Polizisten, und es wird noch eimerweise Blut fließen, wenn das so weitergeht. Ich weiß nicht, wie gut diese Anwärter ausgebildet sind, aber schickt die Reichswasserschutzpolizei und ein Flugzeug. Die haben dort draußen auch ein Boot, eine schnelle Yacht, und ich will nicht, daß sie verschwindet.»

«Verstanden», sagte das Präsidium. Im Präsidium wurden die Klingelknöpfe gedrückt, und jeder verfügbare Mann, in Uniform und Zivil, reagierte auf den Großalarm. Die Lastwagen auf dem Hof erwachten zum Leben; die Männer in der Funkzentrale telefonierten mit allen verfügbaren Polizeibeamten, die dienstfrei hatten. Die berittenen Polizisten meldeten sich als erste; man sagte ihnen, da die Entfernung zu weit sei, sollten sie ihre Pferde für jetzt vergessen und in die Lastwagen steigen. Ein Adjudant zerrte Karabiner aus einem Ständer und gab jedem einen, der vorbeiging. Die Männer nahmen sich die Patronenmagazine selbst, ohne sich die Mühe zu machen, Formulare zu unterschreiben. Und das niedrige Boot der Reichswasserschutzpolizei tuckerte im Hafen, als auf dem Flughafen Schiphol eine Piper Cub ihren Motor startete. Innerhalb einer Stunde befanden sich vierzig Polizisten am Deich, zehn auf dem Fluß und einer in der Luft. Es kamen immer mehr dazu, und ein Commissaris rechnete später aus, daß etwa neunzig Männer an der Aktion teilgenommen haben.

Aber Grijpstra und de Gier schliefen weiter, und der Commissaris machte sich noch mehr Kaffee und verbrachte die Zeit bei seiner Schildkröte. Ihre Namen standen nicht auf der Liste in der Funkzentrale; sie durfte man nur rufen, wenn ein unerwarteter Vorfall im Zusammenhang mit dem Tod von Tom Wernekink auftrat. Sie hörten von den Geschehnissen, als sie pünktlich um neun in ihren Büros eintrafen. Zu diesem Zeitpunkt befanden sich die Flüchtigen in Gewahrsam. Man hatte fünf Festnahmen vorgenommen sowie eine Uzzi-Maschinenpistole und fünf Pistolen beschlagnahmt. Kriminalbeamte durchkämmten jetzt das Gebiet und durchsuchten Haus für

Haus, und ein Dutzend neue Polizisten patrouillierten am Deich.

Grijpstra ging in die Funkzentrale, um die über Fernschreiber eintreffenden Berichte zu sehen. Der Commissaris war bereits dort.

«Mijnheer», sagte Grijpstra.

«Guten Morgen, Adjudant», sagte der Commissaris fröhlich. «Wo ist dein Assistent?»

«Er liest die Berichte, die bereits verteilt worden sind», sagte Grijpstra. «Da war ganz schön was los! In den Kartons waren Fernsehgeräte und andere Elektroartikel. Wir müssen da auf eine große Sache gestoßen sein.»

«Ja. Auch die Yacht war voll mit gestohlener Ware. Und die Keller mehrerer Häuser ebenfalls. Die Beamten haben noch einige Leute festgenommen.»

«Der Kater», sagte eine Stimme hinter ihm. «Lassen Sie uns gehen, um den Kater zu schnappen. Jetzt!»

«Leise», sagte der Commissaris. Er war durch das plötzliche Rufen an seinem Ohr aufgeschreckt worden. «Leise, de Gier! Ich bin nicht taub.»

«Der Kater», sagte de Gier. «Gehen wir!»

De Gier war schon im Korridor, als Grijpstra ihm nachrannte. Beide waren gleichzeitig am VW, und de Gier hupte ungeduldig, als der Polizist am Tor gemächlich aus seiner Pförtnerbude kam.

«Immer mit der Ruhe», sagte der Polizist. «Der Alarm ist vorbei.»

«Noch nicht», sagte de Gier und raste mit dem Wagen zum Tor hinaus.

«Ich werde alt», sagte Grijpstra, als de Gier die vierte rote Ampel überfuhr. «Ich hab die Berichte gesehen, aber bei mir ist der Groschen nicht gefallen.»

«Unsinn, er wäre schon noch gefallen. Ankauf und Verkauf überzähliger Sachen, Quatsch. Der Schweinehund hat uns gestern bei der Vorstellung, die er uns im Büro des Commissaris gegeben hat, frech ins Gesicht gelogen. Du kannst das nicht wissen, weil du nicht dabei warst. Der gestiefelte Kater, ha, ha!»

«Wie?» fragte Grijpstra.

«Er hat uns gestern aufgesucht. Wir fragten ihn, womit er sein Geld verdient. Er hat uns eine schöne Geschichte erzählt, wie klug er sei. Er kauft alles, was gerade geht, und verkauft es aus seinem Lagerhaus in der Stadt. Gelegenheitsverkäufer, Quatsch! Er verkauft gestohlene Ware; genau das ist es. Er muß mit den Leuten in Verbindung stehen, die heute morgen festgenommen wurden. Der ganze Deich steckt mit drin. Alle stecken mit drin. Auch der Spitzel, die Maus. Er muß seit Jahren mittendrin gesteckt haben, aber er hat uns nie etwas gesagt.»

«Erzähl mir mehr», sagte Grijpstra. «Wie war er? Wo hast du ihn gefunden? Warst du bei ihm im Haus?»

De Gier erzählte ihm alles, so gut er konnte, aber er hatte einige Schwierigkeiten. Sie hatten einen als Polizeiauto gekennzeichneten Wagen genommen und fuhren mit Sirene und Blaulicht, aber Amsterdam ist morgens um Viertel nach neun eine rührige Stadt, so daß sie nicht schnell vorankamen. De Gier versuchte alles, was ihm einfiel; er benutzte den der Bahn vorbehaltenen Teil der Straße, die Bürgersteige und sogar den Fußweg in einem Park, aber er blieb in dem dichten Verkehr immer wieder stecken. Er schaffte es jedoch, und Grijpstra hörte sogar von Ursula und lachte.

«Das mußte dir ja passieren, nicht wahr?»

«Das hätte dir ebenso passieren können», rief de Gier aus. «Die Frau ist nicht hinter einem bestimmten Mann her; sie will einfach einen Mann, einen Bumser, und du bist ein größerer Bumser als ich.»

Grijpstra schlug sich auf die Schenkel. «Niemals!»

«Hier», sagte de Gier und bremste.

Sie sprangen aus dem Wagen und donnerten an die Tür. Niemand öffnete.

«Hinten rum», rief Grijpstra.

De Gier rannte. Die Pistole hatte er in der Hand. Der Kater hatte den Fluß noch nicht erreicht, als de Gier ihn anrief. Der Kater sah mit dem halb abrasierten Schnurrbart lächerlich aus. Er trug nur Jeans und war barfüßig.

«Halt», rief de Gier und feuerte, wobei er die Pistole auf eine Wolke richtete.

Der Kater blieb stehen.

Der Kater ergab sich stilvoll de Gier und vier uniformierten Polizisten, die herbeigeeilt waren, als sie die Aufregung bemerkt hatten.

«Scheiße», sagte der Kater. «Sie waren schnell, nicht wahr, Brigadier? Warum schießen Sie mit Pistolen in meinem Garten? Was werfen Sie mir vor?»

«Warum haben Sie Ihren Schnurrbart abrasiert?» fragte Grijpstra, zog dem Kater die Arme auf den Rücken und ließ die Handschellen zuschnappen.

«Ich war der vielen Haare überdrüssig», sagte der Kater. «Wie lautet die Beschuldigung? Und wer sind Sie?»

«Adjudant Grijpstra, zu Ihren Diensten. Sie werden der Annahme gestohlener Waren und vielleicht des Diebstahls und möglicherweise anderer Verbrechen beschuldigt. Wir werden das alles auf dem Revier feststellen. Es ist wohl besser, Sie kleiden sich an.»

«Mit Eisen an den Handgelenken kann ich mich nicht anziehen», sagte der Kater entrüstet.

«Wir werden sie wieder abnehmen.»

De Gier richtete seine Pistole auf den Kater, als Grijpstra ihm im Schlafzimmer die Handschellen abnahm. Der Kater öffnete Schränke und Schubladen und kleidete sich gemächlich an.

«Möchten Sie nicht Ihren goldenen Anzug und die Stiefel anziehen?» fragte de Gier.

«Nein. Aber ich möchte den Rest meines Schnurrbarts abrasieren.»

«Nein», sagte Grijpstra, «noch nicht. Ich möchte, daß der Commissaris und der Fotograf Sie so sehen. Gefechte am Deich, Festnahme von Dieben, eine Maschinenpistole rattert los, die Straße ist voll von Polizisten und Kriminalbeamten, die von Haus zu Haus gehen, und Sie sind hier und rasieren Ihren Schnurrbart ab. Und Sie laufen – in Jeans und barfuß – davon, wenn wir zu Ihnen kommen. Ich halte das für seltsam. Sie nicht auch?»

«Nein», sagte der Kater, «und ich möchte Kaffee, bevor ich gehe. Ursula!»

Ursula, in einen Morgenmantel gekleidet, kam aus der Küche. Ihre langen Beine waren nicht ganz bedeckt, und ihre vollen Brüste standen vor unter dem dünnen Kleidungsstück.

«Paß auf», sagte Grijpstra, als de Giers Blick abirrte.

«Ja, passen Sie auf, Brigadier», sagte der Kater, «Sie haben eine mörderische Waffe und den Finger sehr nahe am Abzug und den Lauf sehr nahe an meiner Brust. Außerdem gehört sie mir, nicht Ihnen.»

«Mir», sagte Ursula, «welchem mir? Ich bin keine Kuh. Und was soll dies alles, Kater? Bringen sie dich weg?»

«Ich fürchte, ja», sagte Grijpstra.

«Wer sind Sie?»

«Adjudant Grijpstra, Städtische Polizei Amsterdam.»

Ursula verneigte sich, wobei ihr das lange Haar ins Gesicht fiel. Sie schüttelte es wieder nach hinten.

«Kümmern Sie sich um ihn, Adjudant», sagte sie. «Er ist nett und meint es gut. Was wirft man dir vor, Kater?»

«Meinen Verstand», sagte der Kater. «Ihnen gefällt nicht, was in meinem Verstand vor sich geht. Ich bin anders, und sie vertreten das gewöhnliche Recht. Ich bin nicht gewöhnlich; das ist mein Fehler.»

«Waren Sie heute morgen an dieser Schießerei beteiligt?» fragte Grijpstra.

Der Kater lachte. «Ich? So etwas habe ich in meinem ganzen Leben noch nicht getan. Ich kaufe und verkaufe Waren, rede viel und höre gut zu.»

«Aber Sie sind mit den Leuten am Deich befreundet», sagte de Gier, «und die *haben* geschossen. Wie ich höre, haben sie sogar zwei Polizisten verwundet, einen am Fuß und einen am Arm. Die haben drauflosgeballert, als wäre ein Krieg im Gange. Und der Deich ist voller gestohlener Ware. Ich würde mir gern Ihr Haus mal ansehen.»

«Nein», sagte der Kater. «Ihr Dienstgrad ist zu niedrig. Sie können das Haus nicht ohne Befehl durchsuchen. Sie haben Glück, daß ich Sie überhaupt eingelassen hab. Verschaffen Sie sich einen Durchsuchungsbefehl, Brigadier.»

«Sei nicht blöd», sagte Ursula. «Im Haus ist nichts.»

«In Ordnung», sagte der Kater und lächelte. «Durchsuchen Sie hier alles, wenn Sie wollen.»

De Gier fand nichts. «Wo ist Ihr Lagerhaus?»

«In der Stadt, aber es ist zwecklos, dort hinzugehen; es ist abgeschlossen, und ich hab den Schlüssel. Ich werde mit Ihnen hingehen, wenn Sie wollen.»

«Später», sagte Grijpstra.

«Ich möchte meinen Kaffee.»

«Später. Wir haben Kaffee im Präsidium. Entschuldigen Sie unser Eindringen, Juffrouw. Wir müssen jetzt gehen.»

«Seien Sie nett zu ihm», sagte Ursula.

8

Bickerseiland war einmal ein vergessener Winkel der Stadt Amsterdam. Das Labyrinth seiner engen Straßen, die Kais, gesäumt von hohen Lagerhäusern aus dem sechzehnten Jahrhundert, die Werften, wo vor einigen hundert Jahren die Segelprähme und Frachtschiffe gebaut wurden, die Grachten, Gärten und sogar einige herrschaftliche

Kaufmannshäuser waren alle morsch, verfallen und eingestürzt zu bröckelnden Haufen, wo sich die Ratten nicht mehr vor den wenigen Menschen fürchteten, die sich weigerten, dort auszuziehen. Aber die Stadt war zu neuem Leben erwacht und kümmerte sich um sich. Die Insel war wiederentdeckt worden von Architekten und Künstlern, und nach und nach wurden, unterstützt vom Referat für öffentliche Bauten, die Lagerhäuser restauriert, die Gärten gesäubert und mit Sträuchern und Bäumen neu bepflanzt und die Grachten ausgebaggert. Es war jedoch immer noch ein ruhiger Ort, denn er lag abseits; man konnte friedlich und in sich versunken spazierengehen, ohne wie ein wahnsinniger Affe herumzuspringen aus Furcht, von dem Angriff des modernen Verkehrs zermalmt zu werden.

Der Commissaris, der als Subinspecteur von Anfang Zwanzig während eines mörderischen Abenteuers zufällig auf die Insel gestoßen war, hatte sie zu seinem Lieblingsaufenthalt gemacht. Man konnte ihn an Wochenenden und im Urlaub häufig dort finden, wie er die Gassen durchwanderte, auf einer Holzbank in einer öffentlichen Anlage saß, am Kai stand und sich den Nacken verrenkte, um eine Giebelspitze zu bewundern, oder wie er auf dem Hof eines verlassenen Herrschaftshauses träumte. Zum Schluß ging er immer in dieselbe kleine Kneipe, die letzte ihrer Art, in der ein sehr alter Wirt – ein lebendes Skelett – für seine wenigen Gäste immer noch Genever aus einer Tonflasche ausschenkte. Es klingelte fröhlich, wenn er die zarten tulpenförmigen Gläser mit dem bernsteinfarbenen, sirupartigen, fast gefrorenen Sprengstoff füllte. Den klingelnden Ton verursachte eine sich verengende Gießtülle aus Metall, die auf die Flasche geschraubt und so alt wie die Kneipe war. Die Kneipe war dreimal so alt wie ihr jetziger Besitzer, und ihre unheimlich traurige Atmosphäre erregte den Commissaris jedesmal, dessen Vergnügungen sehr intensiv waren, obwohl er nur noch wenige kannte.

Es war fünf Uhr nachmittags an dem Tag nach der Festnahme des Katers sowie der Freilassung Mary van Krompens, die der Commissaris selbst veranlaßt hatte. Er hatte ihr die Tasche zur Tür getragen und sie in seinem Wagen mit Fahrer heimgeschickt. Er hatte an diesem Tag bis jetzt Kleinigkeiten erledigt, die von dem Aufruhr am Deich übriggeblieben waren. Abgesehen vom Kater waren neun Personen festgenommen worden, und die meisten Kriminalbeamten tippten jetzt ihre Berichte, nachdem sie die Verdächtigen verhört hatten. Ein beunruhigter Bürgermeister hatte eine Sitzung ins Rathaus einberufen, wo er dem Hoofdcommissaris einige Fragen stellte, und später wurden der Commissaris und zwei seiner Kollegen telefonisch gebeten, zu kommen und zu erklären, wie ein so ungestümer Akt der Aggression in ihrer freundlichen und toleranten Stadt geschehen konnte. Der Commissaris hatte nicht viel gesagt, abgesehen von der Bemerkung, er werde sich eingehender um die Angelegenheit kümmern.

Die vier Gäste hatten die kleine Kneipe ganz für sich. Auf Bitten des Commissaris hatte der Wirt die Tür abgeschlossen und ein schmutziges, zerknittertes Pappschild rausgehängt, auf dem stand, daß wegen eines Todesfalls geschlossen sei. Der Besitzer hatte das Schild vor dreißig Jahren geschrieben, als seine Frau gestorben war.

De Gier in einem tadellosen neuen blauen Jeansanzug, angefertigt von einem türkischen Schneider – einem illegalen Einwanderer und Freund –, saß auf einem hohen Barhocker und musterte einen kleinen Mann mit einem bleistiftstrichdünnen Schnurrbart und kahlem Kopf, der ihm gegenüber und unter ihm auf einem niedrigen Stuhl saß. Grijpstra lehnte an der Bar, hatte ein kleines Glas Genever in der Hand und verzehrte eine Wurst. Auch er musterte den Mann auf dem niedrigen Stuhl. Der Commissaris schaute zum Fenster hinaus, betrachtete die Form des Wracks eines Fischkutters und stellte sich vor, wie es gewesen sein mochte, aufs Meer zu fahren und mit einem so kleinen, höchstens zehn Meter langen Boot eine Ladung Garnelen zu fangen, und zwar mit nur zwei Mann an Bord und ohne Maschine, die helfen könnte, das Fahrzeug zu manövrieren.

Der Kutter mit dem noch intakten Mast war am Kai festgemacht, seit er sich erinnern konnte, und er hatte oft gedacht, er sollte den Eigentümer ausfindig machen. Er könnte das Boot kaufen, es reparieren lassen – umbauen, falls nötig – und auf dem großen Binnensee mit de Gier und Grijpstra als Mannschaft segeln.

Er lächelte vor sich hin. Selbstverständlich war das ein Traum. Die Schmerzen in seinen Beinen, sein ewiges Rheuma, würden ihm den Spaß verleiden. Auf dem Wasser würde es noch schlimmer sein.

In der Kneipe war es sehr still. Der kleine Mann stand auf und stellte mit einem Blick auf den Wirt das Glas auf den Tresen. Der Wirt ergriff die Flasche und goß den Genever klingelnd in das Glas. Der kleine Mann setzte sich wieder. Niemand sagte etwas.

«Starrt nicht so», quiekte der kleine Mann plötzlich. «Starrt etwas anderes an, ja? Schaut zum Fenster hinaus. Seht euch den hübschen

Kutter an, den der Commissaris bewundert. Er ist doch hübsch, nicht wahr?»

Grijpstra und de Gier starrten.

«Nicht wahr?» sagte der kleine Mann hoffnungsvoll.

«Maus», sagte Grijpstra, dessen tiefe Stimme den kleinen Raum ganz ausfüllte, «erzähl, was du uns noch nicht erzählt hast.»

Die Maus sah Grijpstra an und überlegte, ob er fragen sollte: «Was?» Er tat es nicht, sondern stand auf und wollte das Glas wieder auf die Theke stellen.

Grijpstra hielt ihn auf.

«Darf ich nicht trinken?»

«Nein», sagte Grijpstra. «Sag, warum du uns nichts erzählt hast. Du kannst nachher trinken. Zu Hause oder irgendwo. Hier hast du genug gehabt.»

Die Maus leckte sich die Lippen. «Ich hab Durst; mein Mund ist wie Leder. Kann ich nicht eine Limonade oder so was haben?»

Grijpstra sah den Wirt an und nickte.

Die Maus schlürfte die Limonade.

«Nun?» fragte de Gier.

Aber die Maus sagte nichts.

Der Commissaris wandte den Blick vom Kutter ab und ging zu seinen beiden Kollegen an die Bar, kletterte mühsam auf einen Hocker und rieb sich die Beine, als er das Kunststück vollbracht hatte.

«Nun, Maus?» fragte der Commissaris.

Die Maus setzte das Glas ab und wedelte mit den Händen.

«Sie können mir nichts vorwerfen, Mijnheer», quiekte er entrüstet. «Also gut, ich bin Informant. Aber ich bin nicht *verpflichtet,* Sie zu informieren, oder?»

«Du bist verpflichtet», dröhnte Grijpstra, «die Polizei zu informieren, wenn du Kenntnis von einem Verbrechen hast. Du wohnst am Deich und hast mitten dringesteckt in all den Diebstählen und den Hehlereien und was sonst dort noch alles vor sich geht. Du hast das alles gesehen; du hast ihnen sehr wahrscheinlich geholfen. Und du hast nichts gesagt.»

«Könnt ihr beweisen, daß ich dringesteckt hab?» fragte die Maus ängstlich und gleichzeitig enthusiastisch. «Habt ihr irgend etwas in meinem Haus gefunden? Habt ihr jemand getroffen, der irgendwas über mich gesagt hat, was mich belastet? Habt ihr? Habt ihr?»

Grijpstra schwieg, de Gier rückte das bunte Tuch zurecht, das er sich um den Hals geschlungen hatte.

«Das habt ihr nicht», sagte die Maus triumphierend. «Das habt ihr *nicht.*»

De Gier setzte sein Glas ab, die Geneverflasche klingelte. Grijpstra steckte sich eine Zigarre an, eine dicke schwarze Zigarre, und eine widerliche Qualmwolke schwebte in Richtung des Commissaris, der zu husten anfing.

«Verzeihung, Mijnheer», sagte Grijpstra und klopfte seinem Vorgesetzten den Rücken, «ich werde sie ausmachen.»

«Nein, nein», sagte der Commissaris, als er aufgehört hatte zu husten, und sah die Maus an. «Maus», sagte er, «wir bezahlen dich. Und wenn du Geld nimmst, bist du uns verpflichtet. Du mußt reden. Du hättest das Geld ablehnen sollen, hast es aber genommen. Das Geld der Steuerzahler.»

«Ha», sagte die Maus.

Der Commissaris schüttelte den Kopf. «Nein, Maus. Es kommt dir vielleicht blöd vor, aber das Geld der Steuerzahler ist heilig. Jedenfalls für mich. Und für viele andere. Für mehr, als du denkst. Diese Stadt ist anständig. Wenn man etwas gibt, erwartet man etwas dafür. Du hast versagt. Aber du kannst es noch wiedergutmachen.»

«Was ist, wenn ich das nicht tue?» sagte die Maus trotzig.

«Ich glaube nicht, daß dir viel passieren wird, wenn du es nicht tust», sagte der Commissaris sanft, «jetzt nicht. Vielleicht später.»

«Sie drohen mir.»

«Nein, Maus. Ich drohe nicht. Da gibt es das Recht.»

«Ha», sagte die Maus, aber mit trauriger Stimme.

«Nicht ‹ha›», sagte der Commissaris. «Und ich meine nicht das Recht in unseren Gesetzbüchern. Die Gesetze sind nur ein Schatten des Rechts, wie wir es verstehen, aber unser Verständnis ändert sich immerzu, also ändern sich auch die Gesetze. Ich meine das Recht.»

«Gott?» fragte die Maus. «Sie sprechen von Gott?»

«Nein, Maus. Ich kenne Gott nicht.»

«Ich glaube, Sie sprechen von Gott», sagte die Maus halsstarrig.

«Da ich Gott nicht kennengelernt habe, kann ich nicht von ihm sprechen», sagte der Commissaris, «aber ich habe ein wenig vom Recht gesehen. Das Recht ist sehr schön.»

Die Maus stellte das Glas auf die Theke, wartete und trank die Limonade in einem Schluck. Er setzte sich wieder und rieb sich den kahlen Schädel.

«Das Recht», sagte er zögernd.

De Gier wollte etwas sagen, aber der Commissaris hob seine Hand. Grijpstra zog an seiner Zigarre. Er fing an zu husten, warf die Zigarre auf den Boden und trat sie aus.

«Gut», sagte die Maus, «ich werde reden. Aber ich werde es nicht vor Gericht wiederholen. Es ist keine Aussage. Sie können mich nicht darauf festnageln. Gut?»

«Ja», sagte der Commissaris.

«Und ich will kein Geld. Keine Verpflichtung. Gut?»

«Ja.»

«In Ordnung», sagte die Maus, und die Kneipe veränderte sich. Sie schien jetzt viel heller zu sein, und de Gier kratzte sich den Rücken und grinste. Grijpstra steckte sich eine neue Zigarre an, und der Commissaris lächelte. Sogar das Skelett hinter der Theke entspannte sich, und sogar das Klingeln der Geneverflasche hatte seinen alten, glücklich gluckernden Klang.

«Es ist der Kater», sagte die Maus. «Der Kater ist ein Genie. Ich mag ihn. Ich bewundere ihn sogar. Er ist der Segen des Deichs. Oder er *war* es vielleicht. Jetzt ist alles schiefgegangen, aber das ist nicht die Schuld vom Kater. Und ihr werdet den Kater nicht erwischen. Ihr werdet ihn vielleicht ein bißchen erwischen. Er wird ein paar Monate oder höchstens ein Jahr bekommen. Man wird ihm einen Teil der Strafe erlassen. Alle werden ihn mögen. Ihm wird es im Gefängnis gefallen. Ihr werden sehen.»

Er sah de Gier an, der ihm zunickte. «Hast du ihn kennengelernt, Brigadier?»

«Ja.»

«Magst du ihn?»

«Ich mag ihn», sagte de Gier, «jedenfalls bis jetzt.»

«Ihr konntet ihn nicht kleinkriegen, nicht wahr?»

«Wir haben nicht versucht, ihn kleinzukriegen», sagte Grijpstra. «Wir haben ihm nur ein paar Fragen gestellt.»

«Haben Sie mit ihm über das Recht gesprochen, Mijnheer?» fragte die Maus.

«Nein, Maus. Ich habe ihn noch nicht gesprochen. Und wenn der Kater so nett und klug ist, weiß er vielleicht ein wenig über das Recht.»

Die Maus sah den Commissaris an; der Blick war beinahe hungrig.

«Das Recht», wiederholte er, «ja. Vielleicht. Ich weiß nicht.»

«Sprich weiter, Maus», sagte de Gier.

«Ja. Als der Kater an den Deich zog, herrschte dort ein Durcheinander – alle lebten dort von der Fürsorge, die Häuser verfielen, die Frauen wurden dick und jeden Tag fauler und die Kinder schmutziger. Saufen – mehr taten wir nicht – und reden. Blödes Geschwätz, Prahlerei. Es gab nichts, womit man prahlen konnte, aber wir betrieben dieses Spiel, wißt ihr. Ich höre mir deinen Quatsch an, dann hörst du dir meinen an. Kennt ihr das?»

«Ich kenne das», sagte de Gier.

Grijpstra lachte.

«Kennst du es auch, Adjudant?»

«Er kennt es auch, Maus», sagte de Gier.

Die Maus sah wieder traurig aus. «Ihr meint, wir spielen es alle. Aber es kann nicht so schlimm sein wie am Deich. Es machte mich krank; es machte alle krank.»

«Und dann kam der Kater», sagte der Commissaris.

«Ja, Mijnheer. Der Kater hat sich ein verfallenes kleines Haus gekauft und es hergerichtet. Wir haben dabei zugeschaut und ihm zuerst nicht geholfen, aber er hat um Rat gebeten, wißt ihr. Er kam und fragte, wie er dies und das tun solle. Und ehe wir es merkten, halfen wir ihm alle.»

«Gut», sagte der Commissaris.

«Ja. Und wir lernten ihn kennen und er uns. Und sein Mädchen Ursula servierte uns Tee im Garten. Wir saßen dort und tranken ihn und gingen dann wieder an die Arbeit. Wir hatten das Haus innerhalb weniger Wochen hergerichtet: neue Balken, ein neues Dach, sogar eine neue Mauer – richtig gemauert und verputzt. Und wir haben das ganze Holz gestrichen und auf dem Fußboden Fliesen verlegt. Und immerzu fragte uns der Kater, was wir am Deich täten.»

«Ihr habt nicht nur getrunken und geprahlt», sagte de Gier, «sondern auch gestohlen und eingebrochen.»

«Gewiß, gewiß», sagte die Maus. «Wohlgemerkt, ich nicht. Ich hab meine Rente und bin ruhig. Das waren die anderen.»

«Gewiß», sagte Grijpstra.

«Wir haben es ihm also erzählt, und er hat sehr aufmerksam zugehört und nicht viel gesagt. Monatelang hat er nicht viel gesagt. Nicht einmal, als wir anfingen, unsere Häuser herzurichten, und er *uns* dabei half.»

«Woher hattet ihr das Material?» fragte der Commissaris.

«Gestohlen, Mijnheer. Einiges kam vom Fluß, aber die guten Sachen haben wir gestohlen, und so fing alles an. Er sagte, wir sollten uns organisieren. Wir brauchten zum Beispiel viel Farbe. Früher hätten wir hier und da eine Dose voll gestohlen, aber er sagte, wir sollten nicht blöd sein. Wenn man nur eine armselige Dose Farbe klaut und wird erwischt, ist es auch Diebstahl, und sie hauen einem das Strafgesetzbuch um die Ohren. Er sagte, wir sollten alles, was wir brauchten, auf einmal klauen, und wir machten einen Plan – oder vielmehr, er machte ihn. Wir begannen, eine Großhandlung in der Stadt zu beobachten; wir stellten fest, wann ihre Lieferwagen fuhren. Dann klauten wir einen ganzen Wagen. Wir wußten, was er geladen hatte, bevor wir ihn klauten. Es war ein schönes Stück Arbeit. Jemand machte die Schlüssel nach, während der Fahrer in einem Café saß, und zwar Wochen vor der eigentlichen Arbeit. An dem betreffenden Tag brauchten wir nur noch darauf zu warten, daß der Fahrer eine kleine Lieferung machte, in den Wagen springen und wegfahren. Hübsch und ruhig. Ohne Eile. Ohne rote Ampeln zu überfahren. Wir hatten einen anderen wartenden Lieferwagen, in den wir umluden. Den gestohlenen Wagen ließen wir ordentlich an einem Straßenrand stehen und fuhren mit dem anderen Wagen nach Haus. Mit einem gemieteten Wagen. Für den Job benötigten wir wenig Zeit und Geld, aber er brachte uns einen großen Profit ein. Wir konnten die Farbe nicht alle gebrauchen, also hat der Kater den Rest verkauft. Und er erzielte einen guten Preis. Und er hat geteilt.»

«Wieviel hat er für sich behalten?» fragte Grijpstra.

«Ein Viertel.»

«Er war redlich zu euch, nicht wahr?»

«Gewiß», sagte die Maus entrüstet.

«War er am eigentlichen Diebstahl beteiligt?»

«Nein. Er hat uns von Anfang an gesagt, er werde nie stehlen. Er verkaufte das Zeug nur, und nur, wenn er selbst den Job richtig geplant hatte.»

«Mach weiter.»

«Nun, dies gab uns etwas Selbstachtung, genau was uns fehlte. Und von da an machten wir weiter. Wir erwischten ein paar Wagenladungen Bauholz und einige Dachziegel. Wir erwischten sogar Werkzeuge, herrliche Werkzeuge. Wir bezahlten nur den Zement, da wir keinen Zementtransporter klauen wollten; mit ihren rotierenden Behältern fallen die zu sehr auf.»

«Und keiner hat geredet?» fragte de Gier.

«Nein. Nie. Ich auch nicht. Der Kater gab mir ein schlechtes Gewissen.»

«Hat er gewußt, daß du ein Informant bist?» fragte Grijpstra.

«Nein. Das weiß keiner. Meine Frau weiß es nicht. Ich selbst weiß es nicht einmal. Ich will es nicht wissen. Und ich werde euch nie mehr informieren.»

«Du hast deinen alten Freund ans Messer geliefert», sagte Grijpstra, «was noch gar nicht so lange her ist. Und du hast uns von dem geflohenen Einbrecher erzählt.»

«Ich weiß, ich weiß», quiekte die Maus. «Gelegentlich mußte ich etwas tun, aber damit ist es vorbei. Nie wieder. Und die hatten nichts mit uns oder dem Kater zu tun. Ihr hättet sie sowieso geschnappt.»

«Der Kater ist geschnappt worden», sagte der Commissaris.

«Ja. Da ging etwas schief. Er hat sie gewarnt, wißt ihr.»

«Was ist schiefgegangen?»

«Die Prahlerei. Sie hörte nie auf. Der Kater konnte sie nicht unterbinden. Wir bekamen unsere Selbstachtung wieder und machten wirklich gute Arbeit, aber das genügte nicht. Einigen nicht, wohlgemerkt; einige von uns wußten, wie sie mit der neuen Situation fertig werden. Aber einige konnten das nicht. Sie wollten richtige Gangster sein und gingen immer in die Stadt, um sich Filme anzusehen. All die alten französischen Gangsterfilme. Diese ruhigen Typen mit Schußwaffen. Pistolen und Maschinenpistolen, schnelle Wagen und hübsche Frauen mit kurzen Röcken und großen Titten. Sie meinten, daß sie auch so sein müßten. Alles blöde Einbildung und Kino-Unsinn. Solche Leute gibt es gar nicht. Der Kater hat es ihnen gesagt, ich hab es ihnen gesagt, aber sie wollten es nicht glauben. Sie klauten ganze Wagenladungen, große Wagenladungen dann schon. Container. Teures Zeug. Farbfernseher und elektrische Haushaltsgeräte. Tiefkühltruhen und große Stereo-Anlagen und Heizgeräte und Waschmaschinen. Alles. Der Kater verkaufte es gegen bar und verteilte das Geld, sobald er es hatte. Sie trafen sich alle bei irgend jemand im Haus – wie zu einer Party –, und er sagte dann: ‹Du hast das und das getan, also denke ich, du kriegst soviel. Und du hast dies gemacht, also denke ich, du kriegst soviel.› Dann warf er einen Blick in die Runde, und wenn jeder einverstanden war, verteilte er das Geld.»

«Hat irgendeiner mal Stunk gemacht?» fragte Grijpstra.

«Nein. Die Vorschläge vom Kater waren gut. Sie wollten nur, daß er sie nach ihrer Meinung fragt. Mehr wollten sie nicht. Und das tat er.»

«Was hast *du* gemacht?» fragte der Commissaris.

«Ich beobachtete die Lastwagenfahrer, folgte ihnen, stellte fest, wo sie auf ihrer Tour anhielten. Ich besorgte auch die Schlüssel und ließ sie nachmachen. Einer der Männer war Schlosser. Wir stiegen in meinen Wagen und folgten dem Lastwagen; ich klaute die Schlüssel und brachte sie schnell zum Wagen, wo er einen Abdruck machte. Ich brachte sie dann wieder zurück. Aber ich machte nie die schwere Arbeit.»

«Bist du jemals in Schwierigkeiten geraten?»

«Nein, Mijnheer», sagte die Maus stolz. «Ich hab einen gewöhnlichen Wagen und sehe gewöhnlich aus. Ich falle keinem sehr auf.»

«Trink einen.»

«Danke, Mijnheer.»

Die vier Gläser wurden in einer Reihe aufgestellt, der Wirt schenkte ein. Sie hoben die Gläser und tranken.

«Also erzähle, was schiefgegangen ist.»

«Ja, Mijnheer. Die Prahlerei, wie ich schon sagte. Groß angeben. Einige begannen zu renommieren. Die Häuser bekamen alle Teppichböden, Farbfernseher, neue Vorhänge und Möbel und so weiter. Und die Gärten wurden in Ordnung gebracht. Und dann kauften sie Kleidung. Und Wagen, hübsche Wagen. Und dann fingen sie an, Schußwaffen zu kaufen. Jemand ging nach Belgien und kam mit einer Automatic-Pistole zurück. Er zeigte sie herum, und dann wollten einige andere auch eine haben. Wir hatten an einer alten Yacht gearbeitet, eine neue Maschine eingebaut, und sie dachten, sie könnten auf Schiffen etwas klauen; deshalb besorgten sie eine Maschinenpistole. Sie hatten Angst vor den groben Seeleuten, denke ich. Der Kater war strikt dagegen. Seine Pläne erforderten nie Schußwaffen. Keine Gewaltanwendung. Nicht einmal, als ich einem bestimmten Lastwagenfahrer die Schlüssel nicht abluchsen konnte. Auf ihn setzte der Kater ein Mädchen an. Ich stellte fest, daß der Fahrer gern Anhalterinnen mitnahm. Also suchte der Kater eine hübsche Nutte in Amsterdam, machte sich an sie ran und bot ihr einen guten Anteil. Sie lief dem Fahrer in den Weg, und er nahm sie mit. Sie schlug vor, den Lastwagen an einer geeigneten Stelle zu parken und in die Büsche zu gehen. Während sie beschäftigt waren, machten wir den Lastwagen leer.»

«Wir?» fragte der Commissaris.

«Nein, ich nicht. Ich fuhr mit meinem Auto hinter dem Lastwagen her, aber ich lungerte nur so herum, falls etwas schiefgehen sollte. Aber es ging nichts schief. Er kam mit dem Mädchen zurück und merkte nicht einmal, daß er seine Ladung verloren hatte. Ich nahm das Mädchen beim nächsten Halt mit, als er auf der Toilette war. Ha, muß der ein Gesicht gezogen haben, als ihm klarwurde, daß das Mädchen weg war und seine schöne Ladung Waschmaschinen ebenfalls. Vierzig Waschmaschinen. Der Kater hatte seine ganze Mannschaft auf diesen Job angesetzt.»

«Und der Kater war nicht dabei?»

«Nein, Mijnheer. Nie. Er dachte es sich zu Hause aus, arbeitete mit den Informationen, die wir lieferten. Wir hatten nichts dagegen. Er gab uns etwas zu tun und zahlte gut. Wir wollten nicht, daß er den Kopf hinhielt.»

«Und Schußwaffen hat er nicht gebilligt, wie?»

«Nein. Aber ich glaub nicht, daß er sich große Sorgen machte. Seine Pläne erforderten nie Schußwaffen, und es gab genug ältere und ruhigere Leute, um die anderen in Schach zu halten. Erst als eure blöden Bullen mit dem Motorrad zufällig auf uns stießen, ging alles schief.»

«Eure Leute haben zwei Polizisten verwundet», sagte der Commissaris.

«Ja», sagte die Maus, «wie geht es ihnen? Den Polizisten?»

«Dem einen gut; seine Schulter ist verletzt, jedoch nicht ernst – er wird in einigen Wochen wieder Dienst tun –, aber dem anderen geht's schlecht. Einige Knochen im Fuß sind zerschmettert. Er wird für den Rest seines Lebens hinken und bei der Polizei ausscheiden müssen.»

«Eine Schande», sagte die Maus und machte ein Gesicht, als meine er dies auch.

«Aber warum haben sie angefangen zu schießen?» fragte de Gier. «Das war verdammt blöde, nicht wahr? Diebstahl ist selbstverständlich ein Verbrechen, aber eure Leute haben nie jemand bedroht oder verletzt oder ein schweres Verbrechen verübt. Hätten sie sich den Beamten der motorisierten Polizei ergeben, würden sie nur des Diebstahls angeklagt. Warum Schußwaffen verwenden? Verdammt idiotisch! Der Staatsanwalt wird Gehacktes aus denen machen; die werden jetzt für viele Jahre ins Gefängnis kommen.»

«Ja, ich weiß», sagte die Maus traurig, «die wollten nicht hören.

Prahlerei. Ich hab's euch ja gesagt. Sie sagten, sie würden sich den Bullen nie ergeben. Wißt ihr, die jüngeren sprachen davon, sie wollten abhauen und das Geld ins Ausland bringen und sich ein schönes Leben machen. Alles Unsinn. Das kommt von den Filmen; man sollte solche Filme nicht zeigen. Einige Leute können sie nicht vertragen.»

«Eine Maschinenpistole, tatsächlich», sagte Grijpstra.

Die Maus lächelte plötzlich.

«Warum lächelst du, Maus?»

«Ich dachte an dies Schießeisen», sagte die Maus. «Das war sehr dramatisch. Ich erinnere mich, wie der Mann, der sie in Belgien gekauft hat, damit hereinkam. Er trug so einen Anzug und Hut genau wie die französischen Gangster, und die Maschinenpistole war in zwei Teilen. Er stand mitten im Zimmer und steckte das Magazin rein. Es knackte, so eine starke Art von Knacken. Und plötzlich schwiegen alle und sahen ihn an. Es war sehr eindrucksvoll, wißt ihr. Sogar ich war beeindruckt.»

«Ich bin froh, daß er mit dem Instrument keinen getroffen hat», sagte der Commissaris.

«Er hat nur einen Feuerstoß abgegeben und nach oben gezielt. Er wollte nur Krach machen, Mijnheer.»

«Hat er dir das gesagt?»

«Ich hab's gehört», sagte die Maus. «Ich hab's gehört.»

«Wieviel Geld ist durch die Hände des Katers gegangen?» fragte Grijpstra.

Die Maus machte ein vorsichtiges Gesicht. «Ich hab's mal ausgerechnet, so um die zwei Millionen, glaub ich. Aber er hatte auch noch andere Dinge an der Hand. Er sprach davon, er werde sich im nächsten Jahr zur Ruhe setzen und wollte das auch von uns. Er wollte ins Ausland.»

«He», sagte de Gier, «die Frau, von der du erzählt hast – die den Lastwagenfahrer verführt und für eine Weile in den Büschen festgehalten hat –, das war doch wohl nicht Ursula, oder?»

«Nein, nein», sagte die Maus, «nicht Ursula. Eine Nutte aus der Stadt. Hab ich das nicht gesagt?»

«Doch», sagte de Gier, «aber du hättest ein wenig verwirrt sein können.»

«Nein. Ich war nicht verwirrt. Ich werde nur verwirrt, wenn ihr alle dasitzt und mich anstarrt, als wäre ich ein blödes Tier im Zoo oder ein Fisch in einem Aquarium. Ursula wäre nicht geeignet, wißt ihr; sie ist zu groß. Der Lastwagenfahrer würde sie in der Stadt sehen und wiedererkennen.»

De Gier sah erleichtert aus, und die Maus bemerkte es und grinste.

«Dir gefällt sie, nicht wahr, Brigadier?» Die Maus drohte mit dem Finger. «Vorsicht.»

«Vorsicht vor was?»

«Sie ist sehr groß. Sie wird sich öffnen, und wutsch, da wird nichts mehr von dir übrigbleiben.»

Grijpstra und der Commissaris lachten; die Maus, glücklich über den Erfolg, krümmte sich vor Vergnügen.

«Schon gut, schon gut, schon gut», sagte de Gier.

«Mach dir nichts draus, Brigadier», sagte die Maus, «ich hab nur Spaß gemacht. Sie ist ein nettes Mädchen. Du solltest es versuchen, weißt du, vielleicht hast du Glück. Sie ist nicht treu, und dem Kater macht es nichts aus.»

«Er wird für eine Weile verschwinden», sagte Grijpstra nachdenklich und sah de Gier an.

Der Commissaris winkte ab mit seiner kleinen Hand.

«Schon gut, wir kennen die Schwäche des Brigadiers. Danke, Maus; jetzt wissen wir etwas mehr. Du hast uns noch nicht gesagt, was dir deine Informationen wert sind.»

«Nein, Mijnheer», sagte die Maus nervös, «kein Geld. Ich bin damit fertig. Wenn Sie mal wieder einen freundlichen Rat brauchen, lassen Sie es mich wissen, aber wenn ich ihn gebe, dann gratis. Umsonst. Und ich werde ihn nur Ihnen oder dem Adjudant oder dem Brigadier geben. Keinem anderen.»

«Was wirst du jetzt tun, Maus?» fragte Grijpstra.

«Angeln», sagte die Maus. «Du angelst auch, ich weiß. Ich hab ein paar gute Stellen entdeckt; wir können gelegentlich mal zusammen hingehen. Nicht am Deich. Ich will nicht mit der Polizei zusammen gesehen werden.»

«Was sonst noch?»

«Nichts», sagte die Maus. «Ich werde alt. In zwei Jahren bin ich siebzig.»

Die Maus sah jetzt glücklich aus, seine kleinen Augen glänzten. Er bestellte eine Runde und legte einen Geldschein auf die Theke. «Sie auch», sagte er zu dem Skelett, das noch ein Glas einschenkte und es feierlich hob.

«Fühlst du dich jetzt besser, Maus?» fragte Grijpstra mit fast zärtlicher Stimme. So spricht er mit seinem kleinen Sohn, dachte de Gier. Grijpstra hatte seinen Sohn gern, der oft ins Präsidium kam, wenn er und de Gier gerade Feierabend machen wollten. Dann zog er an Grijpstras Jacke und zwang ihn, seine Papiere in Ruhe zu lassen und heimzugehen.

«Da gibt es noch eine letzte kleine Frage, Maus», sagte der Commissaris.

«Ich weiß», sagte die Maus. «Ich hab mich schon gewundert. Ich dachte, Sie würden sie gleich am Anfang erwähnen, als Sie mich in die Ecke getrieben hatten.»

«Wernekink», sagte der Commissaris.

Die Maus schüttelte den Koof. «Ich weiß nichts, Mijnheer. Das hab ich Ihnen schon vorher gesagt, nicht wahr? Niemand am Deich kannte ihn gut, bis auf den Kater, und der mordet nicht.»

«Bist du sicher?»

«Absolut. Der Kater war über Wernekinks Tod bestürzt. Wirklich bestürzt. Ich bin zu ihm gegangen, da ich ebenfalls neugierig war. Ich dachte, einige der schnellen Jungs könnten verdächtig sein – die Jungs mit diesen Anzügen, Hüten und Schießeisen –, aber die konnten es nicht getan haben. Ich kenn sie alle, sie schießen nicht gut. Sie haben keine Übung. Keiner von ihnen war beim Militär. Das Militär wollte sie nicht. Es sind alles Asoziale. Sie können abdrücken, aber keinen zwischen die Augen treffen.»

«Die Polizisten haben sie jedoch getroffen», sagte Grijpstra.

«Reiner Zufall. Sie haben ein Magazin nach dem anderen leergeschossen, und auf diese Weise wird man immer etwas treffen; der Deich war blau von Uniformen.»

«Ja», sagte der Commissaris, «der Ballistiker hat mir gesagt, die Polizisten seien von Querschlägern getroffen worden.»

«Sehen Sie», sagte die Maus.

«Welche Theorie hast du über Wernekinks Tod?» fragte de Gier.

Die Maus schüttelte wieder den Kopf. «Ich weiß nicht. Keine Ahnung. Ich hab immer wieder nachgedacht, aber es gab keinen Grund. Kein Motiv. Wer würde einen Mann umbringen wollen, der niemand kannte und nichts wollte. Er wollte nicht einmal das Nachbarmädchen, und das war hübsch genug.»

«Du glaubst nicht, daß die lesbische Frau es getan hat?»

«Nein, nein», sagte die Maus. «Mary ist in Ordnung. Sie ist eine nette, freundliche Seele, die sich um die Leute kümmert. Und sie ist glücklich mit dieser anderen Frau; sie sind immer zusammen, sie kaufen gemeinsam ein, machen gemeinsame Autofahrten. Sie rudern sogar zusammen auf dem Fluß.» Die Maus schüttelte sich.

«Hast du das Zittern gekriegt?» fragte Grijpstra. «Du trinkst doch wohl nicht zuviel, oder?»

«Nein. Es sind diese Lesbierinnen. Sie verwirren mich. Ich verstehe das nicht. Es ist unnatürlich, nicht wahr?»

De Gier lachte über das Unbehagen der Maus. «Ich glaube, fünf Prozent aller Menschen auf Erden haben homosexuelle Neigungen», sagte er. «Das sind fünf von hundert, eine Menge Menschen. Zu viele, um unnatürlich zu sein.»

«Mir gefällt das nicht», sagte die Maus.

«Warum nicht?»

«Es gibt mir ein blödes Gefühl. Ich bin ein Mann, und die Frauen brauchen Männer. Aber diese Frauen brauchen keine Männer.»

«Du bist fast siebzig», sagte der Commissaris. «Wirst du nicht ein bißchen zu alt dafür, Maus?»

«Ja, Mijnheer», sagte die Maus, «aber es ist einfach die Vorstellung davon.»

Der Commissaris kletterte von seinem Hocker. Sie standen in einer Gruppe an der Theke und tranken einen letzten Schnaps. Die Maus setzte das Glas ab und zeigte auf den Kutter, der draußen in der Gracht lag. Er erzählte eine interessante Geschichte über das Boot und forderte sie auf, sich das Ornament auf dem Ruder anzusehen, einen liegenden Löwen, lang ausgestreckt, den Kopf auf den Tatzen. Reste von goldener Farbe waren auf der Skulptur noch zu sehen. De Gier sagte etwas über den Löwen, der Commissaris und Grijpstra hörten zu. Als sie sich umdrehten, war die Maus fort. Sie hatten die Tür nicht gehört. Auch der alte Wirt hatte nicht gesehen, wie er gegangen war.

«So verschwindet er immer», sagte Grijpstra, «dieser kleine Schleicher.»

«Er ist kein schlechter Kerl», sagte de Gier.

«Nein», sagte der Commissaris, «aber er hätte uns wegen der Schußwaffen warnen sollen. Er hätte es auf taktvolle Art tun können, dann hätten wir eine kleine Razzia organisieren und die Pistolen und die Maschinenpistole beschlagnahmen können. Der Polizist kann seinen Fuß vielleicht nie mehr gebrauchen. Ich wollte, ich hätte wegen der Schußwaffen Bescheid gewußt.»

«Die Farbe und die Fernseher und die Waschmaschinen machen Ihnen nichts aus, nicht wahr, Mijnheer?» fragte Grijpstra. «Ich meine, sie machen Ihnen nicht sehr viel aus.»

Der Commissaris brummte.

9

Der Commissaris brummte. Sein Kopf pochte, und er war durstig. Die Beine taten ihm weh, aber die Schmerzen im Kopf waren schlimmer, viel schlimmer. Er hatte Ameisen im Kopf, die in sein Gehirn enge Tunnels gruben. Er spürte, wie sie an der Innenseite seiner Schädeldecke kratzten und sich umdrehten, um neue Tunnels zu graben. Er hatte bereits eine Literflasche Orangensaft geleert, aber das trockene, unangenehme Gefühl in seinem Mund war unverändert. Er hatte an diesem Morgen noch kein Wort gesprochen, und er war sich nicht ganz sicher, ob er es überhaupt konnte.

Grijpstra und de Gier saßen. Sie hatten zuerst gestanden, aber als der Commissaris gewinkt und genickt hatte, hatten sie sich jeder einen Stuhl genommen. Sie hatten guten Morgen gesagt und warteten. Jetzt war der Commissaris an der Reihe, etwas zu sagen, aber er hatte noch eine Gnadenfrist von einigen Sekunden. Er nutzte diese wenigen Sekunden, um Selbstkritik zu üben. Er hätte es sich nicht erlauben dürfen, betrunken zu werden. Aber es war geschehen. Selbstverständlich war es ein schlimmer Tag gewesen – ein Tag voller Schmerzen –, aber an Schmerzen sollte er allmählich gewöhnt sein.

Er war nach der Zusammenkunft mit der Maus heimgegangen und um acht Uhr abends eingetroffen, rechtzeitig für ein spätes Mahl und die Gesellschaft von zwei Schwestern seiner Frau. Auf dem Tisch hatte Wein gestanden, und der Commissaris hatte sich von den beiden Flaschen den größten Teil selbst eingeschenkt. Die Frauen hatten so viel geredet, daß seine Trunkenheit unbemerkt geblieben war. Und zum Kaffee Weinbrand – eine viertel Flasche? Oder vielleicht eine halbe Flasche? Er hatte das Bett noch allein erreicht, aber seine Frau mußte ihn ausgezogen haben. Er konnte sich nicht erinnern. Aber er erinnerte sich, daß er sich nicht selbst ausgekleidet hatte.

Es geschah nicht oft, einmal oder zweimal im Jahr. Aber es sollte überhaupt nicht passieren, dachte der Commissaris. Aber da waren selbstverständlich die Schmerzen. Die ewigen Schmerzen in seinen Beinen. Alkohol stillt die Schmerzen; er versagt nie. Vielleicht konnte er sich damit entschuldigen.

«De Gier», krächzte der Commissaris.

«Mijnheer», sagte de Gier fröhlich.

«Etwas Orangensaft», krächzte der Commissaris. «Dort drüben im Kühlschrank. Gieß ihn bitte für mich ein und besorgt mir auch Kaffee!»

De Gier goß den Orangensaft ein, Grijpstra verließ das Zimmer. Er kam mit einem Tablett und drei Pappbechern wieder.

Der Commissaris fühlte sich etwas besser. «Also», sagte er, «einer der Inspecteurs, die gestern abend Dienst hatten, hat mich heute morgen angerufen. Es scheint, ihr habt zwei Leute festgenommen. Ich dachte, ihr seid nach Hause gegangen. Erzählt.»

Er sah Grijpstra an, der sich aufrichtete. «Das hat nichts mit dem Tod am Deich zu tun, Mijnheer.»

«Nein?» fragte der Commissaris. «Aber das ist doch der Fall, den wir bearbeiten.»

«Ich weiß, Mijnheer, aber wir sind nicht nach Hause gegangen. Wir sind hierher zurückgekommen.»

«Schlagzeug gespielt?» fragte der Commissaris und brachte ein Lächeln zustande. Er hatte den Orangensaft getrunken und sah de Gier hilflos an, der aufstand und das Glas wieder füllte.

«Ja, Mijnheer», sagte Grijpstra. «De Gier hat für eine Weile die Flöte gespielt, und ich habe ein wenig getrommelt. Außerdem haben wir die Tagesberichte gelesen.»

«Ja, ja. Also was ist passiert?»

«Erinnern Sie sich an die alte Frau, die in der Gracht gefunden wurde, Mijnheer?»

«Ja, ich habe davon gelesen, aber die Leiche nicht gesehen.»

«Ich hab die Leiche gesehen», sagte de Gier.

Der Commissaris schüttelte den Kopf.

«Ich weiß, Mijnheer», sagte de Gier, «ich mag keine Leichen, aber als ich den Bericht las, kam mir der Name der toten Frau bekannt vor. Und schließlich fiel mir ein, daß ich sie kannte.»

Der Commissaris machte ein interessiertes Gesicht.

«Sie hat sich über den Mann beschwert, bei dem sie wohnte», sagte de Gier. «Vor etwa sechs Wochen. Ich habe den Fall bearbeitet. Sie sagte, er habe sie bedroht.»

«Und hat er?»

«Ja, Mijnheer. Er hat sie auch geschlagen. Sie hatte ein blaues Auge. Aber es gab keinen Fall. Als ich sie in ihrer Wohnung aufsuchte, sagte sie, sie habe sich geirrt.»

«Und das blaue Auge?»

«Der Türpfosten», sagte Grijpstra. «Sie laufen immer gegen Türpfosten. Amsterdam ist voller Türpfosten.»

«Ja», sagte de Gier, «der Türpfosten. Ich sprach mit ihr und versuchte, sie zur Vernunft zu bringen, aber sie war eine komische alte Frau. Sie war damals etwas betrunken.»

«Es gab also keinen Fall», sagte der Commissaris und stellte mit einiger Freude fest, daß die Worte jetzt ziemlich leicht herauskamen. «Keine Beschuldigung, kein Fall.»

«Aber dann starb sie», sagte de Gier, «und ich sah die Leiche. Sie hatte eine Wunde am Kopf. Die Wasserschutzpolizei meinte, die Wunde könnte durch die Schraube eines ihrer Patrouillenboote oder eines Lastkahns verursacht worden sein. Sie wurde in der Nähe der Brücke Brouwersgracht/Prinsengracht gefunden. Dort herrscht viel Verkehr.»

«Die Touristenboote», sagte der Commissaris.

«Ja. Ich dachte, sie könnten recht haben, es sei kein Fall für uns; also habe ich nichts unternommen. Aber gestern abend haben wir die Berichte noch einmal gelesen und gesehen, daß der Tod als Unfall abgetan worden war.»

«Und?»

«Wir dachten, wir könnten uns dennoch darum kümmern», sagte Grijpstra. «De Gier sagte, die Frau gehöre nicht zu denen, die in die Gracht fallen. Und da war die Wunde.»

«Aber der Inspecteur sagt, ihr habt zwei Männer festgenommen, die gestanden haben», sagte der Commissaris und versuchte, eine Zigarre anzustecken. Seine Hand zitterte. Grijpstra sprang auf und knipste sein Feuerzeug an.

«Ein sehr leichter Fall, Mijnheer», sagte Grijpstra. «Wir sind zu dem Haus gegangen, wo sie gewohnt hatte, aber der Mann war nicht dort. Er ist Maler, ein großer Mann mit langen grauen Haaren. Ich bin sicher, Sie kennen ihn. Er malt auf der Straße und verkauft seine Werke an Touristen. Gefällige Porträts – etwas kitschig, aber gut genug, um Geld dafür zu verlangen – und auch Häuser und Brücken.»

«Trägt er eine Halskette aus bunten Kieselsteinen?»

«Das ist der Mann, Mijnheer.»

«Ich kenne ihn», sagte der Commissaris. «Er hatte nie einen Gewerbeschein und mußte mehrmals Bußen zahlen, aber jetzt hat er eine Konzession. Ein Mann mit roter Nase. Er trinkt.»

«Stimmt, Mijnheer», sagte Grijpstra.

Den Commissaris durchlief eine leichte Welle des Mitgefühls.

«Also gingen wir in die nächste Kneipe und fanden ihn.»

«Ja», sagte de Gier, «mit seinem Freund, einem jungen Burschen.»

«In welcher Kneipe?» fragte der Commissaris.

«Im *De Keizer*, Mijnheer.»

Der Commissaris verzog das Gesicht. Er kannte den *De Keizer*, einen langen, schmalen Raum, ausgestattet mit dem Neuesten an schlechtem Geschmack. Eine Kneipe mit Rüschen, Kretonnelampenschirmen, rosa Glühbirnen, Verzierungen aus imitiertem Kristall, mannshohen Spiegeln und Tischen mit Plastikplatten, die ein wenig wie Marmor aussahen. Der Commissaris kannte auch den Ruf des *De Keizer*.

«Sie kennen den Laden, nicht wahr, Mijnheer?» fragte Grijpstra.

«Ja. Wo die flotten Burschen die Ladenbesitzer aus der Provinz aufgabeln.»

«Aber die flotten Burschen sind überhaupt nicht flott», sagte de Gier. «Das sind Strolche, die die Leute vom Lande ausquetschen und erpressen, wenn sie können.»

«Hat der Eigentümer nicht seine Konzession verloren?» fragte der Commissaris.

«Ja, Mijnheer. Aber der neue Besitzer ist genauso schlimm.»

«Vielleicht sollte der Hoofdinspecteur den Laden schließen lassen», sagte der Commissaris. «Ich werde ihn mal darauf ansprechen.»

«Dann gehen sie woanders hin, Mijnheer.»

«Stimmt», sagte der Commissaris. «Erzähl weiter. Ein junger Bursche, sagtest du.»

Die beiden Kriminalbeamten schauten zum Fenster hinaus.

«Wir hatten eine Theorie, Mijnheer», sagte Grijpstra nach einer Weile.

«Ganz recht. Der alte Mann mochte den jungen Burschen, und zusammen haben sie die alte Frau umgebracht. Wo wohnte der junge Bursche?»

«Beim Maler, Mijnheer. Er hat dort seit mehr als einem Jahr gewohnt.»

«Und die alte Frau hatte Einwände; sie haben sie also zusammengeschlagen, und sie ist zu uns gekommen. Dann haben sie noch mal mit ihr geredet, und sie hat die Klage zurückgezogen.»

«Und sie haben sie sechs Monate danach ermordet», sagte de Gier, «aber das mußten wir beweisen.»

«Hat er sich an dich erinnert?» fragte der Commissaris.

«Das machte es schwierig, Mijnheer», sagte de Gier. «Er erinnerte sich an mein Gesicht in dem Augenblick, als ich mich neben ihn setzte.»

«Dachte er, daß du hinter ihm her bist?»

«Nein, das machte es wiederum leicht. Ich gab einen für ihn aus, Grijpstra gab einen für ihn aus, der junge Bursche gab einen für uns aus. Und wir haben viel gelacht.»

«Ihr habt selbstverständlich die alte Frau nicht erwähnt», sagte der Commissaris. Er fühlte sich jetzt viel besser; die Ameisen waren verschwunden, und er war nicht mehr durstig. Er rieb sich die Beine.

«Nein, Mijnheer. Wir ließen sie reden. Sie wollten uns gegenüber die alte Frau erwähnen, weil sie wußten, daß die Wasserschutzpolizei bereit war, den Fall abzuschließen oder dies bereits getan hatte.»

«Er hat angegeben», sagte Grijpstra, «der junge Bursche hat geprahlt. Er dachte, er sei schrecklich schlau. Der Maler macht eine Menge Geld, und ich bin sicher, daß er das meiste davon einsteckte. Er war toll angezogen, dieser Junge. Lederjacke zu vierhundert Gulden, von Hand besticktes Hemd, schwere goldene Armbänder, Uhr zu sechshundert Gulden, Ringe, Wildlederstiefel und ein Haarschnitt zu fünfzig Gulden. Er hat viel geredet, der Junge.»

«Und er hat sich selbst ein Bein gestellt, oder?»

«Ja, Mijnheer», sagte de Gier. «Es war unglaublich einfach. Er erzählte uns, wo die Leiche gefunden wurde – die genaue Stelle –, an der Brücke Brouwersgracht/Prinsengracht. Im Bericht stand, es sei nur mitgeteilt worden, daß die Leiche irgendwo in der Prinsengracht gefunden wurde. Die Prinsengracht ist lang. Sie beginnt an der Amstel und endet am IJ. Wir hatten den Bericht der Wasserschutzpolizei über das Verhör gelesen. Die Brücke war darin nicht erwähnt, also konnte er es nicht wissen.»

«Habt ihr sie auf der Stelle festgenommen?»

«Ich schnappte mir den jungen Burschen, Grijpstra bekam für den Maler einen Streifenwagen.»

«Haben sie schnell gestanden?»

«Der Maler hat im Streifenwagen ein Geständnis abgelegt, Mijnheer», sagte Grijpstra. «Bei dem jungen Burschen dauerte es eine Stunde. Sie haben sie gemeinsam umgebracht, weil sie sie auf andere Art und Weise nicht loswerden konnten. Sie hatte gedroht, sie werde zum Finanzamt gehen und das wahre Einkommen des Malers verraten. Er gibt selbstverständlich nur ein Zehntel von dem an, was er einnimmt.»

«Ich glaube nicht, daß die Leute von der Steuer sehr interessiert gewesen wären», sagte der Commissaris. «Die sind auf größere Fische aus.»

Grijpstra seufzte.

«Ich glaube, sie liebte den alten Kerl», sagte de Gier. «Sie hat nur gedroht in der Hoffnung, er werde dem Jungen sagen, daß er gehen soll.»

«Wie alt ist der Junge?» fragte der Commissaris.

«Über einundzwanzig.»

«Der Fall ist hieb- und stichfest?»

«Ja, Mijnheer. Die Geständnisse sind unterzeichnet. Wir haben auch die Waffe gefunden. Die Wasserschutzpolizei hat sie heute morgen herausgefischt. Ich habe es gesehen. Zuerst fanden sie zwölf Fahrräder, dann einen Kinderwagen und dann eine halbe Tonne Blechbüchsen und Fahrräder und Flaschen und Möbel. Aber sie fanden auch das Rohr, ein solides Metallrohr von dreißig Zentimeter Länge. Der Arzt sagt, es paßt zu der Wunde.»

«Woher wußtet ihr, wo ihr suchen mußtet?»

«Der alte Mann hat es uns gesagt; sie hatten es mit der Leiche reingeworfen. Die Leiche hätte abtreiben sollen, aber sie blieb an irgendwas hängen, vermutlich an einem Fahrrad.»

«Meinen Glückwunsch», sagte der Commissaris. «Damit wäre ein Todesfall gelöst. Das Mädchen mit dem Heroin ist ebenfalls kein Problem; der Arzt ist sicher, daß es sich eine Überdosis verpaßt hat.»

«Damit bleibt uns nur noch Wernekink», sagte Grijpstra.

«Ausgezeichnete Arbeit», sagte der Commissaris, «aber uns bleibt immer noch ein Mörder. Ein Mörder ohne offensichtliches Motiv. Geht und denkt darüber nach. Wenn ihr ihn nicht finden könnt, dann kann es keiner. Ich werde hier sitzen und ebenfalls nachdenken, aber ich werde alt und habe Kopfschmerzen. Ist noch Orangensaft da, de Gier?»

Eine Minute später waren sie im Korridor, wo de Gier vor einem großen Spiegel stehenblieb, den der Hoofdinspecteur hatte anbringen lassen, damit die Männer ihr Aussehen prüfen konnten. Er stand und winkte sich zu. Grijpstra stand neben ihm und salutierte.

Ein Polizist blieb stehen und fragte, ob bei ihnen alles stimme.

«Nein», sagte Grijpstra, «wir sind verrückt. Hähähähähä.»

Der Polizist stand stramm und ließ einen fahren.

«Laß das!» sagte de Gier.

«Ich bin auch verrückt», sagte der Polizist. «Hähähähähä.»

10

«Ja», sagte Grijpstra laut und schlug kräftig auf die größte Trommel.

De Gier machte ein gepeinigtes Gesicht.

«Laß das», sagte er. «Bitte.»

Grijpstra legte den Trommelstock weg. «Nein?» fragte er schwerfällig und fuhr sich mit der Hand durch die kurzen grauen Stoppeln auf seinem Schädel.

«Nein», sagte de Gier und machte eine Bewegung, als halte er ein großes schlankes Mädchen an der Taille und schüttle es. «Nein, Grijpstra.»

Grijpstra stand auf und ging in die Mitte ihres großen Zimmers, das de Gier mit seiner eleganten Erscheinung beherrschte.

«Nein», sagte de Gier noch einmal. «Wir sind jetzt in der richtigen Stimmung. Den anderen Fall haben wir gut hingekriegt. Du hast es zwar heruntergespielt, um den Commissaris zu beeindrucken, aber Tatsache ist, wir haben gut gearbeitet. Und wenn wir den einen Fall schaffen, dann schaffen wir auch den anderen. Diese Angelegenheit Wernekink ärgert mich; sie ärgert dich ebenfalls und *hat* auch den Commissaris geärgert. Er hat jetzt etwas anderes im Kopf, also bleibt alles uns überlassen. Und wir sind in der richtigen Stimmung. Wenn wir gründlich überlegen und die uns verfügbaren Informationen richtig nutzen, können wir den Fall knacken. Ich bin sicher. Aber wir werden nichts ausrichten, wenn du mit aller Kraft auf die Trommel haust.»

Grijpstras Mund stand offen.

«Mach die Klappe zu», sagte de Gier.

«Was ist los mit dir?» fragte Grijpstra. «Was soll plötzlich diese ganze Schlaumeierei? Wir haben zwei stupide Mörder festgenommen, weil sie einen stupiden Mord verübt haben, und wir haben dabei die übliche einfache Polizeiroutine angewendet. Wozu bläst du dich so auf? Und was ist mit dem Commissaris?»

«Er hat einen Kater», sagte de Gier. «Er muß sich gestern betrunken haben, nachdem wir die Maus verlassen haben. Sein Rheuma muß schlimmer als sonst gewesen sein; er ist in letzter Zeit sehr krank gewesen. Er will jetzt nur noch hinter seinem Schreibtisch sitzen, Orangensaft und Kaffee trinken und vielleicht ein paar Zigarren rauchen. Er wird nachher nach Hause und ins Bett gehen. Er wird schlafen, weil seine Frau ihm eine Tablette geben wird.»

«Er wird sich dennoch damit beschäftigen», sagte Grijpstra. «Er wird nachdenken und dabei etwas ausbrüten.»

De Gier lächelte und legte seine lange Hand auf Grijpstras Schulter. «Er wird nachdenken, aber wir können etwas tun. Was wollen wir tun?»

«Na, sag schon», sagte Grijpstra. «So sag schon.»

«Du kannst dein Schlagzeug spielen, aber leise. Und du kannst auch dies spielen, schau mal.»

De Gier war in die Ecke des Zimmers gegangen und stand vor einem Vorhang, der eine Nische verhüllte, in die sie im Winter ihre Mäntel hängten. Grijpstra starrte ihn mit gerunzelter Stirn an.

«Du irritierst mich, de Gier.»

«Ich weiß. Schau.»

De Gier zog den Vorhang zur Seite; Grijpstra stieß einen tiefen, kehligen Laut aus.

«Weißt du, was das ist?»

Der Gegenstand, befestigt an einer Metallstange auf einem dreibeinigen Ständer mit Gummikappen, sah aus wie eine dicke Gurke mit einer Reihe Kerben.

«Hübsch», sagte Grijpstra und nahm seinen Trommelstock wieder auf.

«Nein, nein», sagte de Gier. «Dazu gehört ein eigener Stock.»

Er gab ihm einen schweren kurzen Stock und stellte das Instrument nahe ans Schlagzeug. «Setz dich und sieh mal zu, ob du etwas damit anfangen kannst. Ich hab's versucht, aber das ist nichts für mich. Vielleicht kann ich die Flöte dazu spielen. Fang an.»

Grijpstra raschelte mit der linken Hand auf der mittleren Trommel, probierte einen Wirbel auf der kleinsten Trommel, schlug auf ein Becken und plötzlich auf die Gurke. Der Klang war elektrisierend und verwandelte die Atmosphäre des Zimmers sofort und völlig. De Gier hatte seine Flöte an den Lippen und hauchte eine tremolierende Begleitung zu dem rauhen Wechsel von Trommeln und Gurke. Grijpstra richtete sich auf und bearbeitete mit raschen Schlägen die große Trommel; de Gier setzte seine Begleitung fort, die jedoch weniger kompliziert wurde und sich in den nächsten Takten zu einer schleppenden Melodie entwickelte, die etwa zehn Minuten anhielt, wobei der Klang der Gurke der zentrale Anhaltspunkt war. Sie hörten auf, weil jemand ins Zimmer gekommen war. Sie brachen gleichzeitig in Lachen aus.

«Schön zu sehen, daß ihr so glücklich seid», sagte der junge Cardozo, «aber der Hoofdinspecteur wäre dankbar, wenn ihr für eine Weile leise glücklich sein könntet.»

«Gewiß», sagte Grijpstra und stand auf. «Danke, de Gier – ein höchst ungewöhnlicher Klang.»

«An was erinnert er dich?» fragte de Gier.

«Wer, der Klang?»

«Der Klang.»

«An einen Traum», sagte Grijpstra nach einer Weile, «aber an einen Traum, an den ich mich nicht erinnern konnte, wenn ich aufwachte. Ich erinnerte mich, daß ich einen Traum hatte – einen sehr wichtigen Traum –, aber jedesmal, wenn ich versuchte, mich an eine Einzelheit zu erinnern, entglitt er mir. Langsam, aber schnell genug, um unerreichbar zu sein. Man weiß, er ist da, kann ihn aber nicht fassen.»

Cardozo war noch im Zimmer. De Gier wandte sich dem jungen Kriminalbeamten zu und lächelte. Cardozo sah reizend aus mit dem langen Haar, dem Cordanzug und den großen Rehaugen.

«Macht weiter», sagte Cardozo, «kümmert euch nicht um den Hoofdinspecteur. Wenn ihr etwas leiser spielt, kann er euch nicht hören. Tut mir leid, daß ich euch gestört habe. Was ist das für ein neues Instrument?»

«Weiß nicht», sagte de Gier. «Ich hab's in einem Musikalienladen gefunden, aus zweiter Hand. Der Mann sagte, er habe es von einer Popgruppe gekauft, die sich wegen ihrer Schulden aufgelöst hat.»

«Teuer?» fragte Grijpstra.

«Ziemlich.»

«Gut», sagte Grijpstra. «So viel ist es wert.»
«Ich habe bezahlt», sagte de Gier.
«Selbstverständlich.» Grijpstra funkelte Cardozo an. «Hast du nichts zu tun, Cardozo?»
«Nein, aber ich würde gern etwas tun.»
«Das ist die richtige Haltung», sagte de Gier. «Dann hol mal Kaffee. Du bist der Jüngste in der Mordkommission und kannst deshalb Kaffee holen und ihn auch bezahlen.»
«Klar», sagte Cardozo. «Wird sofort erledigt.»
Er kam mit dem Kaffee zurück; Grijpstra nippte daran und sah die beiden jüngeren Männer an.
«Wißt ihr», sagte er nachdenklich, «wir stehen nicht sehr gut da.»
«Nein?» fragte de Gier.
«Nein. Und ich werde euch den Grund sagen. Zunächst einmal haben wir den Kater, oder vielmehr, wir haben ihn nicht. Er ist zwar noch in unserer Hand, aber morgen müssen wir ihn laufenlassen, wenn wir keine bessere Erklärung finden können. Der Staatsanwalt will nicht, daß wir ihn noch länger nur wegen des halb abrasierten Schnurrbarts festhalten. Wir können nicht wirklich beweisen, daß er flüchten wollte, als wir ihn erwischten. Und er ist seit seiner Festnahme sehr ruhig und beherrscht gewesen.»
«Sonst habt ihr ihm nichts vorzuwerfen?» fragte Cardozo.
Grijpstra, der gerade einen langen Satz anfangen wollte, hielt inne und sah den jungen Mann an.
«Bearbeitest du diesen Fall jetzt, Cardozo?»
«Ich habe den Todesfall des jungen Mädchens bearbeitet», sagte Cardozo. «Des Mädchens, das im Park gefunden wurde. Aber alle denken anscheinend, daß es sich eine Überdosis verpaßt hat, und jetzt ist der Fall abgeschlossen.»
«Und was denkst *du*?» fragte de Gier.
«Ich denke nicht viel.»
«Also hast du jetzt nichts zu tun, wie?» fragte Grijpstra. «Bist du uns zugeteilt worden?»
«Der Commissaris meinte, ich könnte euch mal aufsuchen.»
«Schon gut, schon gut», sagte Grijpstra hitzig.
«Wir nehmen dich», sagte de Gier, «wenn du versprichst, uns nicht im Wege zu stehen, das zu tun, was man dir sagt, und nur zu reden, wenn man dich etwas fragt, und . . .»
«Ich verspreche es», sagte Cardozo.

«Gut», sagte Grijpstra. «Du hast soeben eine Frage gestellt. Hier ist die Antwort. Sonst haben wir dem Kater nichts vorzuwerfen. Einen halben Schnurrbart und viele Gedanken, unsere Gedanken. Und die Maus. Weißt du über die Maus Bescheid?»

«Ich habe den Bericht gelesen», sagte Cardozo. «Der Commissaris hat mich seine Akte lesen lassen. Ich komme soeben aus seinem Büro. Und der Hoofdinspecteur hat mich auf dem Korridor angehalten und aufgefordert, euch zu bitten, weniger Krach zu machen.»

«Wir machen keinen Krach», sagte Grijpstra. «Wir haben das Lager des Katers geprüft, und es ist voll mit Waren aller Art. Wir haben seine Bücher geprüft, und er hat die Waren ordnungsgemäß gekauft. Er darf Waren kaufen, um sie zu verkaufen, da er Geschäftsmann ist und ein eingetragenes Geschäft besitzt. In seinem Lager sind keine Fernsehgeräte, keine Waschmaschinen, keine Farben, kein Baumaterial, nichts von dem, was die Maus aufgezählt hat. Der Kater ist immer noch schuldlos.»

«Ein anderes Lager», gab Cardozo zu bedenken.

«Kann sein, aber wo? Vielleicht hat er die Waren in den Häusern der Diebe gelagert. Wir haben eine Menge am Deich gefunden, genug, um alle Verdächtigen weiter festzuhalten, auch wenn wir sie nicht mit Schußwaffen in der Hand erwischt hätten.»

«Stimmt», sagte de Gier, «das ist schlimm. Aber wir werden uns heute darum kümmern. Was ist sonst noch schlimm?»

«Der Mann, den der Brigadier von der motorisierten Polizei angeschossen hat, liegt im Sterben, glaube ich. Man hat ihn operiert, und die Wunde schien in Ordnung zu sein, aber ihm geht es jetzt viel schlechter. Das ist schlimm für uns alle. Wir sollen keine Menschen umbringen, wir sollen sie vor sich selbst schützen.»

«Zum Teufel», sagte Cardozo, «die haben mit einer Maschinenpistole auf uns geschossen, oder? Und der Brigadier war müde. Er war die ganze Nacht über draußen. Ich kenne ihn; er ist ein umsichtiger Mann. Ich bin sicher, er hat auf die Beine des Kerls gezielt.»

«Gut», sagte de Gier, «das ist also auch schlimm. Was noch?»

«Wernekink», rief Grijpstra und sprang auf. «Er ist tot und bleibt tot, und nur der Mörder weiß, wer es getan hat.»

De Gier seufzte.

«Und der Fall wird allmählich abgestanden.»

Cardozo hörte kopfnickend zu.

«Hör auf zu nicken», sagte Grijpstra. «Du siehst blöd aus, wenn du nickst. Und du irritierst mich. Wir sollen zusammen arbeiten, nicht einander irritieren.»

«Er hat den Kaffee bezahlt, nicht wahr?» fragte de Gier.

«Sicher, sicher. Aber er sollte nicht nicken. Du willst doch auch nicht, daß er nickt, oder?»

«Hör auf zu nicken, Cardozo», sagte de Gier.

Cardozo stand auf. Er sah sehr freundlich und ergeben aus. «Ich werde gehen und ein wenig arbeiten. Was soll ich tun, Adjudant?»

Grijpstra sagte nichts. «Such das zweite Lagerhaus», sagte de Gier. «Die Maus hat nie ein anderes Lager erwähnt, aber es muß irgendwo sein. Die haben ganze Containerladungen mit Waren geraubt, zuviel, um sie in den kleinen Häusern am Deich zu lagern.»

«Nein», sagte Grijpstra, «der Meinung bin ich nicht. Und ich möchte nicht, daß Cardozo den ganzen Tag über vergebens herumrennt. Ich glaube, die *haben* die Waren am Deich gelagert. Der Kater ist intelligent; er würde es nicht wagen, damit zuviel herumzukarren. Ich glaube, die brachten die Waren frühmorgens zum Deich, lagerten sie in und unter ihren Häusern – die haben alle Keller, wo wir Waren gefunden haben – und brachten sie dann direkt zu den Adressen, die ihnen der Kater gab. Die hatten einen kleinen Lastwagen und auch die Yacht auf dem Fluß. Ich glaube, der Kater hat nur ein Lagerhaus – das er uns gezeigt hat –, und in dem war nichts.»

«Du hast den Kater gesprochen, bevor er festgenommen wurde, nicht wahr?» fragte Cardozo de Gier.

«Ja.»

«Wo?»

«Es steht in meinem Bericht», sagte de Gier. «Du hast ihn gelesen.»

«Sharif Electric», rief Grijpstra und sprang auf. «Kluger Cardozo! Ausgezeichneter Cardozo! Hervorragender Cardozo!»

«Herzblatt Cardozo», sagte de Gier.

Cardozo lächelte.

«Elektrogeräte», rief Grijpstra. «Sharif Electric. Und die haben elektrische Haushaltsgeräte gestohlen. Wer ist Sharif?»

«Ich weiß es», sagte de Gier.

«Sag's uns!»

«Sharif ist der Besitzer einer Kette von Discountläden. Er verkauft elektrische Haushaltsgeräte. Man muß bar bezahlen, aber seine Preise sind sehr niedrig. Er verkauft auch Campingausrüstungen und Boote.»

Grijpstra hörte aufmerksam zu.

«Persönlich kenn ich ihn nicht», sagte er langsam. «Sein Name fällt mir jetzt ein; ich glaube, ich habe in einem seiner Läden mal einen Schlafsack gekauft. Für meinen Sohn. Ein Geburtstagsgeschenk. In einem Laden nahe beim Hauptbahnhof, stimmt das?»

«Ja», sagte de Gier, «das ist seine Hauptfiliale, aber er hat noch andere in der Stadt und einige in Rotterdam und Den Haag sowie auf dem Lande, glaube ich.»

«Sharif, was ist das für ein Name?»

«Ein arabischer», sagte Cardozo. «Ich kenn seinen vollen Namen. Mehemed el Sharif. Er ist reich und besitzt eine schöne Villa in Nieuw Zuid mit einem Garten an der Amstel. Ich bin einmal dort gewesen.»

«Warum? Liegt von uns etwas gegen ihn vor?»

«Nein. In dem Haus wurde eingebrochen, während Sharif und seine Familie fort waren. Die Einbrecher entkamen mit Teppichen und Silber und einigen anderen Wertgegenständen, aber sie konnten den Safe nicht knacken. Ich habe Sharif gesprochen, als er von seinem Ausflug zurückkam. Er war nicht sehr bestürzt; es war alles versichert. Er war besorgt wegen seiner Katze, wie ich mich erinnere. Er hatte die Katze im Haus gelassen, und die Nachbarn sollten sie füttern. Sie hatten einen Schlüssel. Er dachte, die Einbrecher könnten die Katze verscheucht haben. Aber sie ist zurückgekommen.»

«Gut», sagte de Gier.

«Haben wir die Diebe geschnappt?»

«Ja, Adjudant. Später. Sie wurden erwischt, als sie in ein anderes Haus einbrachen, und haben eine ganze Reihe von Einbrüchen gestanden. Wir haben auch einiges vom Diebesgut gefunden und es Sharif zurückgegeben.»

«Die Nachbarn hatten nichts damit zu tun?»

«Nein.»

«Wie sah er aus, dieser Sharif?»

«Ein großer, stattlicher Mann mit Bart. Er trug ein arabisches Gewand – ich glaube, man nennt es Burnus –, als ich ihn aufsuchte in seinem Haus.»

«Ein netter Kerl?»

«Ich denke schon. Mit sanfter Stimme und ruhig. Er reichte mir einen starken Kaffee in einer kleinen Tasse, und ich setzte mich auf den Fußboden. Er hat auch ein aufregendes Haus, wunderschön eingerichtet. Überall Teppiche. Er mußte während unseres Gesprächs beten. Sie haben bestimmte Zeiten für ein Gebet, wißt ihr. Er holte sich einen kleinen Teppich, verbeugte sich und richtete sich wieder auf, wobei er etwas vor sich hin murmelte. Wunderschön!»

«Das ist nett», sagte de Gier.

«Hat er eine Frau? Eine Familie?» fragte Grijpstra.

«Eine arabische Frau, die nicht Holländisch spricht, und zwei Kinder, kleine Kinder.»

«Spricht Sharif Holländisch?»

«Fließend.»

«Seit wann ist er hier?»

«Ich habe ihn gefragt. Er ist nach dem Krieg gekommen. Der erste Gastarbeiter in diesem Land, sagte er. Er witzelte darüber. Er sagte, er sei tatsächlich nur als Gast gekommen, nicht als Arbeiter. Er sagte, er arbeitet nicht gern.»

Grijpstra wandte sich an de Gier. «Hast du in deinem Bericht nicht gesagt, daß der Kater gebrauchte Teppichfliesen von ihm gekauft hat, und zwar, weil Sharif keine Verwendung mehr dafür hatte? Waren sie nicht auf einer Ausstellung oder so was verwendet worden?»

«Ja. Ich habe die Teppichfliesen im Lager des Katers gefunden. Er wollte sie zum doppelten Preis an die Händler auf den Straßenmärkten verkaufen. Es war ein großes Geschäft, sagte er, an die sechstausend Gulden.»

Grijpstra griff nach dem Telefon und wählte die Nummer des Commissaris. Das Gespräch war kurz. «Er kommt runter», sagte Grijpstra. «Gute Arbeit, Cardozo. Wir brauchen einen mit neuen Ideen. De Gier wird fett und ich alt; wir sehen schon nicht mehr, was uns ins Gesicht starrt.»

De Gier sprang auf. «Fett?»

«Vielleicht bin ich dicker», sagte Grijpstra, «aber ich habe überall Fett. Hübsch verteilt. Aber du hast es nur an einer Stelle. Da.» Er knuffte de Gier in den Magen.

«Ich sehe nichts», sagte Cardozo.

«Atme aus, de Gier», sagte Grijpstra. «Siehst du? Da ist es. Eine Schwellung. Eine Art Ball. Das machen die gebratenen Nudeln und die anderen stärkehaltigen Speisen, die er ißt. Er sollte Äpfel essen und Judo trainieren.»

De Gier wurde rot. «Ich trainiere zweimal . . .»

«Meine Herren», sagte der Commissaris.

Das Gespräch dauerte eine gute Stunde, aber schließlich waren alle einer Meinung. Es würde ihnen nicht gelingen, die Verbindung mit dem Kater und den meisten seiner inhaftierten Helfer aufzudecken, aber sie würden vielleicht etwas finden, wenn sie bei Sharif anfingen.

«Wenn er die Waren bekommen hat», sagte der Commissaris, «muß er sie mit Geld von dunkler Herkunft bezahlt haben. In seiner Buchhaltung können keine Rechnungen auftauchen. Aber die Geräte müssen in seinen Läden sein, also sollten wir dort nachsehen. Es könnte die niedrigen Preise von Sharif Electric erklären. Nehmen wir an, er hat hundert Fernsehgeräte, fünfzig offiziell zum normalen Preis eingekauft und fünfzig vom Kater zum halben Preis. Sein durchschnittlicher Einkaufspreis wäre fünfundsiebzig Prozent vom normalen Wert. Er schlägt einen Gewinn von fünfzig oder sechzig Prozent drauf – je nachdem wie hoch die Spanne in seiner Branche ist – und macht mehr Geld als seine Konkurrenten, obwohl er ungefähr um fünfundzwanzig Prozent unter ihren Preisen liegt.»

De Gier, dessen Verständnis für abstrakte Zahlen gering war, hatte die Augen geschlossen.

«Kannst du folgen, de Gier?»

De Gier öffnete die Augen. «Ja, Mijnheer. Wer wird die Buchführung in seinen Läden prüfen? Sharif bewahrt die Bestandsaufzeichnungen und Rechnungen vermutlich in seinem Hauptbüro auf, in dem Lagerhaus, wo ich den Kater das erste Mal getroffen habe. Jemand sollte hingehen, während andere die Läden prüfen.»

«Ihr drei nicht», sagte der Commissaris. «Wir haben Spezialisten. Ich werde jetzt mit ihrem Chef sprechen und feststellen, ob sie gleich anfangen können. Vielleicht kommen wir zu spät, wie die Dinge liegen. Sharif weiß so gut wie wir, was los ist, und hat seine Angestellten vielleicht angewiesen, die gestohlenen Geräte wegzuschaffen.»

«Es sollte uns gelingen, ihn zu erwischen», sagte Grijpstra, «er hat mehrere Läden, und um das ganze Zeug wegzubringen, müßte er viele Leute bemühen. Einer von denen wird reden, vor allem wenn man andeutet, daß sie selbst in Schwierigkeiten geraten könnten, wenn sie vorgeben, nichts zu wissen.»

«Was werden *wir* tun, Mijnheer?» fragte de Gier.

«Ich denke, Grijpstra sollte gehen und mit Sharif reden, und du und Cardozo, ihr könnt herumschnüffeln. Fangt bei seinem Haus an und prüft dann seine Akte in der Ausländerabteilung. Er ist noch kein niederländischer Staatsbürger, nicht wahr, Cardozo?»

«Nein, Mijnheer, er hat einen ägyptischen Paß. Das hat er mir gesagt, als ich in seinem Haus war. Aber er besitzt seit vielen Jahren eine Aufenthaltsgenehmigung.»

«Vielleicht haben wir einige Informationen über ihn», sagte der Commissaris. «Viel Glück. Laßt es mich wissen, wenn ihr etwas findet. Ich werde vielleicht zu Hause sein, aber ihr habt meine Nummer.»

Grijpstra traf im Hauptbüro von Sharif Electric gleichzeitig mit den Beamten vom Dezernat für Wirtschaftskriminalität ein. Es waren zwei, mit denen er in das Büro des Arabers marschierte.

Ihr Gastgeber war reizend und ruhig. Er bat die Polizisten, sich zu setzen, während er den Durchsuchungsbefehl las. Er rief über Telefon seinen Buchhalter herbei und gab ihm die Erlaubnis, die Akten zu zeigen. Der Buchhalter kam und bat die beiden Beamten, ihm zu folgen.

«Nun, Adjudant, darf ich fragen, wozu diese Untersuchung stattfindet?» fragte er freundlich.

Grijpstra fühlte sich unbehaglich. Das ruhige Gesicht des Arabers, der dünne, gepflegte Bart und die Hände – lang und zart –, die ruhig auf dem Schreibtisch lagen, entnervten ihn.

Er wartete und versuchte, die richtigen Worte zu finden.

Sharif wartete ebenfalls.

«Nun, Mijnheer», sagte Grijpstra schließlich, «es hat in letzter Zeit einige Unregelmäßigkeiten gegeben. Eine Menge elektrischer Haushaltsgeräte sind gestohlen worden. Man hat Lastwagen überfallen und geraubt in Amsterdam und anderen Teilen des Landes sowie in Belgien und Westdeutschland. Bisher ist es uns nicht gelungen, die Waren aufzuspüren, aber jetzt haben wir Grund anzunehmen, daß es eine Verbindung zu Ihrem Unternehmen gibt. Einige dieser Waren könnten in Ihren Läden sein oder gewesen sein.»

Der Araber lächelte.

«Adjudant, der Mann, dem Sie jetzt gegenübersitzen, ist ein Fremder in diesem Land, ein Gast. Die Niederländer sind meine Gastgeber seit 1949, als ich mit einem bißchen Kapital nach hier gekommen bin. Ich bin gut behandelt worden und dafür dankbar. Die Niederländer haben mir eine Chance gegeben, meinen Lebensunterhalt zu verdienen, und mein Geschäft blüht. Mir gehören neun Läden neben dem Gebäude, in dem Sie jetzt sind, und ich handle mit vielen Artikeln. In gewisser Weise bin ich zu einem Bindeglied zwischen diesem Land und der arabischen Welt geworden. In den sechsundzwanzig Jahren, die ich hier leben durfte, habe ich nie Kontakt mit der Polizei gehabt. Ich habe nicht einmal ein Strafmandat wegen einer Verkehrsübertretung bekommen. Meine Steuern sind immer pünktlich bezahlt worden. Ich bin gut bekannt in den Botschaften aller Länder, die meine Sprache sprechen, und ich kenne mehrere Mitglieder Ihrer Regierung. Sie haben einen Durchsuchungsbefehl und das Recht, hier zu sein. Sie sind mein Gast, Adjudant. Aber ich glaube, man hat einen Fehler begangen.»

Grijpstra schwieg.

Der Araber ließ das Schweigen eine volle Minute andauern.

«Vielleicht», sagte er langsam, «sollte ich Sie bitten, sich Ihre Untersuchung noch einmal zu überlegen. Hier ist ein Telefon. Möchten Sie sich mit Ihrem Chef in Verbindung setzen?»

Grijpstra holte tief Atem.

«Nein, Mijnheer. Die Untersuchung wird fortgesetzt, bis wir zufriedengestellt sind.»

«Sie handeln gemäß einem Befehl, Adjudant. Ich verstehe Ihre Lage.»

«Durchaus nicht, Mijnheer.»

«Sie handeln durchaus nicht befehlsgemäß?» fragte der Araber und zog die Augenbrauen hoch.

«Ich bin Niederländer», sagte Grijpstra mit seiner normalen dröhnenden Stimme. «Die Niederländer arbeiten nicht gern auf Befehl. Es stimmt, ich bin gebeten worden, hierher zu gehen, aber man hat es mir nicht befohlen. Ich bin gekommen, weil ich dachte, der Vorschlag ist richtig. Wir haben Grund, anzunehmen, daß es eine Verbindung zwischen den gestohlenen Waren und Ihrem Unternehmen gibt, wie ich Ihnen bereits sagte. Vielleicht irren wir uns. Falls ja, werden wir uns für die Unannehmlichkeiten entschuldigen und sofort gehen.»

Der Araber lächelte und griff nach dem Telefon.

«Kaffee, Adjudant?»

«Gern.»

«Zwei Kaffee, bitte», sagte Sharif und legte den Hörer auf, sehr sanft, als könne er zerbrechen.

Er lächelte. «Ja, ich sollte die Niederländer ein wenig kennen. Ich gebe zu, daß ich das falsche Wort gebraucht habe. Nun arbeite ich schon so lange mit Niederländern, aber ich übersetze immer noch aus meiner eigenen Sprache, wenn ich versuche, etwas zu sagen. Ich gebe meinen Angestellten nie Befehle, denn dann stecken sie die Hände in die Tasche und funkeln mich an. Ich bitte sie, gewisse Dinge zu tun. Ich verstehe jetzt, daß Sie gebeten worden sind, hierher zu kommen. Also gut, Adjudant, gibt es etwas, was Sie mich fragen möchten?»

Der Kaffee gab Grijpstra die Möglichkeit, sich die richtige Antwort oder die richtigen Fragen zu überlegen, aber ihm fielen keine ein. Er konnte nur daran denken zu fragen, ob Sharif tatsächlich gestohlene Waren gekauft habe, aber er glaubte nicht, daß ein so plumpes Vorgehen einen Sinn hatte.

«Mijnheer Diets», sagte er schließlich, «oder der Kater, wie er von einigen Leuten genannt wird . . . kennen Sie diesen Mann gut, Mijnheer Sharif?»

«Der Kater ist mir bekannt», sagte Sharif, «aber es ist sehr schwer, einen Menschen gut zu kennen. Der Kater spielt eine Rolle und ist ein guter Schauspieler. Ein bewußter Schauspieler. Wir sind selbstverständlich alle Schauspieler, aber wir wissen nicht immer, daß wir agieren. Wir tragen Masken, auch wenn wir glauben, daß wir offen und ehrlich sind. Manchmal frage ich mich, was hinter diesen Masken steckt. Wissen Sie es, Adjudant?»

Grijpstra stellte seine Kaffeetasse so sanft ab wie Sharif zuvor den Telefonhörer. Er sah Sharif mit starrer Miene an.

«Ich glaube nicht, daß Sie es wissen, Adjudant», fuhr Sharif fort, «und ich weiß es auch nicht. Aber ich frage mich manchmal. Ich habe mich wirklich gefragt, ob überhaupt etwas hinter diesen Masken steckt. Wir legen sie bei der Geburt an, und vielleicht nimmt man sie uns ab, wenn wir sterben. Es ist ein erschreckender Gedanke, daß vielleicht *nichts* hinter diesen Masken steckt – meinen Sie nicht auch?»

«Mijnheer Diets», sagte Grijpstra, «der Kater.»

«Ja. Ich habe Ihre Frage nicht vergessen. Ich schweife gelegentlich gern ein wenig ab; es hilft, die Wahrheit zu finden. Es muß eine Wahrheit geben. Und wir müssen fähig sein, sie zu finden. Der Prophet hat sie gefunden, und der Prophet war ein Mensch, kein Gott. Ich habe gedacht, ich hätte einen Schimmer der Wahrheit erkannt, aber wenn ich versuche, mich daran zu erinnern, entschlüpft sie mir. Es macht mich gleichzeitig glücklich und traurig.»

Grijpstra schauderte es.

«Ist Ihnen kalt, Adjudant? Soll ich die Fenster öffnen? Die Sonne wird bald heiß sein. Es ist jetzt fast elf Uhr, und sie hat dieses Zimmer fast erreicht. In einer Minute wird sie hier sein.»

«Mir geht's gut, Mijnheer.»

«Oder hat Ihnen vor dem geschaudert, was ich sagte? Sie sind ein Mensch wie ich, Adjudant. Wir leben auf demselben Planeten und unter nicht wesentlich anderen Bedingungen. Vielleicht hat es Sie berührt, was ich sagte. Wir haben beide unsere Träume; vielleicht sind sich unsere Träume soeben begegnet.»

Verdammt, dachte Grijpstra, verdammt, *verdammt!* Neuerdings kriege ich zuviel davon. Er hat recht. Da war der Klanq der Gurke heute morgen. Der Klang hat mich bewegt. Er ließ mich von meinem Traum sprechen, von dem Traum, der mir entgleitet. Jetzt dies. Was? *Was?*

«Mijnheer Diets», sagte die sanfte Stimme des Arabers, «kauft Teppichfliesen von mir, sehr billig. Er ist geschäftstüchtig. Er verkauft sie an die Händler auf den Straßenmärkten und macht dabei einen guten Gewinn. Er hat auch schon andere Artikel von mir gekauft. Ich sagte Ihnen, daß ich mit verschiedenen Waren handle. Ich kaufe gebrauchte Kleidung und exportiere sie nach Afrika. Ich importiere aromatische Öle. Ich habe mehrere regelmäßige Partien von Waren. Aber manchmal kaufe ich außergewöhnliche Güter, weil ich glaube, ich könnte sie verkaufen, aber ich mache Fehler. Wenn ich einen Fehler mache, kommt Mijnheer Diets – der Kater, wie Sie und ich ihn nennen – und kauft. Die Transaktionen sind nicht immer in meinen Büchern aufgezeichnet. Bargeld wechselt den Besitzer, und das Geschäft ist vergessen. Ich glaube, die Regierung zieht es vor, solche Geschäfte nicht zu bemerken. Die Straßenmärkte haben eine Funktion: sie halten die Preise niedrig. Wenn die Straßenmärkte zu aufmerksam überwacht und die Steuergesetze zu strikt angewendet werden, dann dörren die Märkte aus; am Ende werden sie verschwinden! Das wäre nicht gut für das Land.»

«Ich bin Kriminalbeamter, Mijnheer», sagte Grijpstra, glücklich, sich wieder auf vertrautem Boden zu bewegen. «Wenn Sie mit Geld, das nicht über die Bücher läuft, bezahlen oder welches erhalten, wird das die Steuerinspektoren interessieren. Das Finanzamt hat seine eigenen Fahnder.»

«Ja. Sie erwähnten gestohlene Waren.»

«Ja, Mijnheer.»

«Ich habe keine gestohlenen Waren gekauft. Ich habe keine verkauft.»

Grijpstra erhob sich. «Also gut, Mijnheer.»

De Gier und Grijpstra betrachteten das Haus.

«Was jetzt?» fragte Cardozo.

«Da ist es», sagte de Gier. «Hübsches Haus!»

«Hübsches Haus! Das Haus ist drei- oder vierhunderttausend Gulden wert. Es hat einen Garten wie einen Park, ist drei Stockwerke hoch, muß zwanzig oder mehr Zimmer haben und eine Garage, die groß genug für vier Wagen ist.»

«Es gibt Dutzende solcher Häuser in Amsterdam», sagte de Gier.

Cardozo knurrte.

«Du magst keine reichen Leute?»

«Eigentum ist Diebstahl», sagte Cardozo mit fester Stimme.

De Gier seufzte. «Noch ein Kommunist. Grijpstra sagt das gleiche.»

«Bist du nicht dieser Meinung?»

«Nein», sagte de Gier mit fester Stimme, «ich bin weder dieser Meinung noch gegenteiliger. Es ist mir egal!»

Cardozo drehte sich um. «Kümmert dich das wirklich nicht?»

«Nein.»

«Was kümmert dich denn?»

«Nichts», sagte de Gier. «Nein. Ich kümmere mich um meinen Kater. Aber wenn er stirbt, dann stirbt er eben. Ich kümmere mich um ihn, solange er da ist.»

«Um nichts sonst?»

«Nein.»

«Wernekinks Tod?»

«Nein», sagte de Gier, «Wernekinks Tod kümmert mich nicht.»

«Du willst nicht herausfinden, wer ihn erwischt hat?»

«Selbstverständlich will ich das herausfinden», sagte de Gier. «Was meinst du wohl, warum ich hier bin? Wernekink kannte den Kater, und der Kater hat irgendeine Verbindung zu Sharif, und Sharif wohnt in diesem Haus. Und es sind Waren gestohlen worden. Also bin ich hier und bewundere das Haus.»

Cardozo kratzte sich in seinem dichten Haar. «Ich bin angeblich intelligent, Brigadier, aber ich kann dir nicht folgen.»

«Es ist mir egal, ob du mir folgen kannst oder nicht», sagte de Gier, «aber wir können jetzt ebensogut gehen. Wir können nicht im Garten herumschnüffeln; da ist ein Schild ‹Vorsicht! Bissiger Hund›, und wir würden sowieso unbefugt eindringen. Hier gibt es keine Läden, bis auf den Supermarkt im nächsten Häuserblock, und ich werde nicht hingehen und fragen, ob sie Sharif kennen, denn das werden sie verneinen. Ich gehe einen Imbiß nehmen. Kommst du mit?»

«Ja, ja», sagte Cardozo, «aber es muß eine Möglichkeit geben. Er muß Freunde haben, Gewohnheiten, Örtlichkeiten, die er aufsucht. Gibt es einen arabischen Club in der Stadt? Arabische Cafés? Araber trinken keinen Alkohol, glaub ich.»

«Sie dürfen nicht», sagte de Gier, «aber Amsterdam ist die Stadt, in der man tut, was man nicht darf.»

«Solange man nicht zuviel Wirbel macht», sagte Cardozo.

«Ja. Ich sag dir, was wir tun werden. Wir werden uns von der Ausländerabteilung oder sonstwo eine Liste aller arabischen Lokale besorgen. Die Leute von der Ausländerabteilung waren nicht sehr hilfreich. Sie sagten, von ihrer Seite liege nichts gegen Sharif vor. Ich habe oft den Verdacht, daß sie versuchen, ihre Schützlinge zu beschirmen.»

«Das sollen sie auch.»

«Sicher, sicher. Unterbrich mich nicht immer. Wir besorgen uns eine Liste und teilen sie auf. Du übernimmst die Hälfte oder ein Drittel, wenn Grijpstra mitmacht. Aber vor sieben Uhr heute abend werden wir nirgendwo hingehen. Dann werden wir uns um zehn Uhr auf dem Dam treffen, bei dem Löwen auf der Nordseite des schrecklich großen Penis, der in der Mitte aufragt. Und jetzt essen wir. In einem chinesischen Restaurant. Gebratene Nudeln. Du zahlst, Cardozo.»

«Warum ich?» fragte Cardozo. «Ich habe heute morgen den Kaffee bezahlt. Du bist dran.»

«Nein», sagte de Gier, «ich bin richtig hungrig, und wenn ich so richtig hungrig bin, zahlst du. Du bist jünger.»

«Läßt der Adjudant dich bezahlen, wenn er richtig hungrig ist?»

«Immer. Da ist eine Straßenbahn. Die müssen wir haben.»

«In Ordnung. Ich zahle. Es wird mir ein Vergnügen sein.»

Sie rannten, aber der Straßenbahnfahrer war zu schnell für sie; die automatischen Türen schlossen sich in dem Augenblick, als sie die Haltestelle erreichten.

«Hast du ‹Vergnügen› gesagt?» fragte de Gier.

«Ja.»

«Wenn du ‹Vergnügen› sagst, solltest du versuchen, vergnügt auszusehen. Versuch's mal.»

Cardozo versuchte es.

«Nicht schlecht», sagte de Gier, «aber das könnte besser sein. Du brauchst Übung.»

«Nein», sagte Cardozo leise, «nein, nein, nein.»

«Wie bitte?» fragte de Gier, aber Cardozo versuchte, in der Zeitung seines Nachbarn zu lesen.

«Gehen Sie», sagte der Mann. «Ich hasse es, an Straßenbahnhaltestellen zu warten, und ich hasse es, eine Zeitung festzuhalten, wenn der Wind weht, und ich verabscheue andere Leute, die versuchen, in meiner Zeitung zu lesen. Kaufen Sie sich selbst eine.»

«Kein Geld», sagte Cardozo.

«Dann gehen Sie doch betteln.»

«Haben Sie bitte fünfzig Cent?» wimmerte Cardozo. «Bitte, Mijnheer?»

«Nein», sagte der Mann.

11

Es war halb vier am Nachmittag desselben Tages, als der Commissaris – er hatte sich krankgemeldet und war früher gegangen, hatte aber hinterlassen, daß er in dringenden Fällen zur Verfügung stehe – die Temperatur seines Badewassers prüfte. Die Schmerzen in seinen Beinen waren im Laufe des Vormittags stärker geworden, bis er das Gefühl hatte, er würde ohnmächtig werden oder losschreien. Er wußte aus bitterer Erfahrung, daß nur ein sehr heißes Bad seine Schmerzen lindern würde, und dieser Augenblick war nahe. Er prüfte das Wasser noch einmal, die Temperatur war richtig. Das Wasser war sehr heiß. Er ließ sich langsam hineingleiten und seufzte vor Erleichterung. Die Schmerzen ließen nach. Er war jetzt von allem ganz losgelöst. Er wußte nicht mehr, wer er war. Und genau in diesem Augenblick der fast völligen Befreiung wußte er, daß Tom Wernekink irrtümlich ermordet worden war, daß man ihn für jemand anders gehalten hatte.

Zu dieser Meinung kam de Gier zwei Stunden später. Er hatte die Liste mit den Treffpunkten der Araber in der Stadt bekommen und sich beim Adjudant am Empfang gemeldet. Grijpstra hatte den Plan gebilligt und bedauert, daß er sich seinen beiden Assistenten nicht anschließen konnte. Er hatte versprochen, seine Frau zur Geburtstagsparty ihrer Schwester zu begleiten.

«Du möchtest doch nicht zu der Geburtstagsparty gehen, nicht wahr?» fragte de Gier.

«Nein.»

«Warum gehst du also?»

Grijpstra hatte ihn mit einer Handbewegung aus dem Zimmer gescheucht.

«Komm mit uns», sagte de Gier an der Tür. «Es wird dir gefallen. Wir können anschließend irgendwo einen trinken.»

Grijpstra hatte weiter abgewinkt.

Und jetzt war de Gier zu Hause und lief in einem Kimono herum, Olivier auf dem Arm. Olivier schnurrte.

«Verrückter Kater», sagte de Gier und drückte den Siamesen. Olivier schrie, versuchte aber nicht, sich aus de Giers Griff zu befreien. De Gier drückte noch einmal, und Olivier legte ihm eine Pfote auf die Nase.

«Wir werden ein bißchen schlafen», sagte de Gier und streckte sich auf dem großen antiken Krankenhausbett aus, das zwei Drittel seines kleinen Schlafzimmers einnahm. Er ließ den Kater los, der ihm auf den Bauch sprang, sich eine bequeme Lage suchte und sich entspannte. De Gier lächelte und tastete nach den Stangen am Fußende des Betts. Seine Zehen krümmten sich um die dünnen Messingstangen, er streckte seinen Körper aus, brummend vor Behagen.

«Das ist's», sagte er zu Olivier, der ihn beobachtete. «Das ist's, Olivier. Weißt du, daß ich heute gesagt hab, ich kümmere mich nur um dich?» Olivier bewegte die Ohren. «Tue nicht so, als ob du mir zuhörst. Du brauchst nicht auf meine Worte zu hören. Du verstehst. Vermutlich besser als ich, aber auf eine Art und Weise, die ich nicht lernen kann. Ich sagte, daß ich mich nur um dich kümmere, aber das stimmt nicht. Es gibt etwas, um das ich mich kümmere, aber ich kann es nicht greifen, wie Grijpstra seinen Traum nicht fassen kann.»

De Giers Augen schlossen sich. Der Schlaf war noch nicht gekommen, aber er war auch nicht wach. Seine Konzentrationskraft wurde durch irgend etwas gestärkt, wozu der Kater beitrug. Und dann wußte auch de Gier, daß Tom Wernekinks Tod ein Irrtum war. Das Rätsel war ihm seit einiger Zeit im Kopf herumgegangen, bis plötzlich die Antwort kam. Ein Irrtum.

Auch Grijpstra war dieser Meinung. An Grijpstras Verfassung gab es in diesem Augenblick nichts, was man hätte besonders nennen können. Er saß in seinem Büro an seinem Schreibtisch und las eine Liste mit gestohlenen Motorrädern. Sein Verstand registrierte keine der Marken oder Nummern. In seiner rechten Hand hielt er einen Trommelstock, mit dem er die kleinste Trommel berührte, ohne viel Lärm zu machen.

«Ein Irrtum», sagte Grijpstra leise. «Er dachte, er bringt jemand anders um, jemand, der wichtig ist, jemand, der seine Pläne vereitelt. Der Mann war verwirrt, gefangen in einer Intrige.»

Er schlug etwas härter zu.

«Eine Intrige. Was für eine Intrige? Sie hat selbstverständlich etwas mit dem Deich zu tun, mit den Überfällen und den Diebstählen und der Hehlerei.»

«Elise», rief der Commissaris.

«Ja, Schatz?»

Seine Frau stand neben der Wanne und beugte sich zu ihm hinunter.

«Was machen die Schmerzen jetzt, Schatz?»

«Sie sind weg, Elise. Würdest du . . .»

«Ja, Schatz», sagte seine Frau lächelnd und ging hinaus. Nach einer Minute kam sie mit einem Tablett zurück. Darauf standen ein großes Glas Orangensaft mit Eiswürfeln, ein Aschbecher, eine Blechdose mit Zigarren und eine Schachtel Streichhölzer. Sie nahm eine Zigarre und steckte sie an, wobei sie versuchte, keinen Rauch in den Mund zu bekommen, indem sie ihn wegpaffte.

«Schande», sagte der Commissaris, «du brauchst das nicht zu machen, das weißt du. Du kannst mir die Zigarre in den Mund stecken und anzünden.»

«Nein, sie könnte naß werden. Und ich tu gern etwas für dich; es ist nur, daß ich den Geschmack nicht mag. Zigaretten sind nicht so schlimm. Hier.»

Sie steckte ihm die Zigarre zwischen die dünnen Lippen und stellte den Aschbecher auf einen Schemel.

«Ich koche gerade Kaffee. Ich bringe ihn, wenn er fertig ist.»

«Ja, Schatz.»

Ich hab's, dachte der Commissaris. Irgend etwas jedenfalls. Es ist der alte Trick, der Trick des gerissenen Führers. Er lächelte, die Zigarre bewegte sich und wäre beinahe ins heiße Wasser gefallen. Es ist der Trick, den ich manchmal selbst anwende. Ich werde sagen: «Gewiß, ich werde Ihre Idee dem Hoofdcommissaris vortragen.» Und später werde ich sagen: «Oh, ja, ich habe dem Hoofdcommissaris Ihre Idee nahegelegt, aber er ist nicht dafür, nicht zu diesem Zeitpunkt.»

Er streckte die Hand aus und griff nach dem Glas Orangensaft. Aber ich hätte nie mit dem Hoofdcommissaris gesprochen. Es ist immer gut, ein Hindernis zu errichten, ein Hindernis, das sie selbst nicht überwinden können. Das muß auch der Kater getan haben. Jemand muß ihm etwas vorgeschlagen haben. Er konnte nicht gleich nein sagen, aber er würde auch nicht tun, was man von ihm verlangte. Also hat er sie vertröstet und gesagt, er werde seinen Chef fragen. Im Falle des Katers war diese Methode sogar noch besser als das, was ich manchmal zu tun versuche. Die Kriminalbeamten kennen den Hoofdcommissaris, aber sie werden ihn nie direkt um etwas bitten; sie werden über uns gehen, ihre unmittelbaren Vorgesetzten. Aber der Kater hat einen Chef gefunden. Er hat keinem gesagt, wer der Chef ist. Er hat gesagt, er werde den Chef fragen, aber den gab es nicht. Und später würde er sagen, der Chef sei nicht dafür, nicht zu diesem Zeitpunkt.

«Danke, Schatz», sagte der Commissaris, und seine Frau stellte die Tasse auf dem Tablett ab und ging wieder.

Der Commissaris setzte sich aufrecht hin, stellte das leere Glas zurück und begann, den Kaffee zu trinken. Er fuhr in seinem Gedankengang fort. Also wurden sie unangenehm. Sie beschatteten den Kater und stellten fest, daß er häufig Tom Wernekink besuchte. Sie sahen Wernekinks feschen Sportwagen und müssen durchs Fenster geschaut und den Reichtum im Innern erblickt haben. Ein sehr reicher Mann ohne Beschäftigung. Und der Kater besucht ihn immer. Sie wollten etwas vom Kater. Vermutlich wollten sie, daß er sich ihnen anschließt, irgendwie nachgibt, auf einen Teil seines Profits verzichtet, indem er die Preise senkt. Der Kater hielt sie hin und war noch zu stark, um angegriffen zu werden. Also beschlossen sie, ihm einen Schock zu versetzen.

Der Commissaris krümmte seinen Zeh um den Warmwasserhahn

und nahm die Beine zur Seite, um nicht vom plötzlichen Strahl des kochendheißen Wassers verbrüht zu werden. Er veränderte seine Lage, und die Wärme breitete sich bis in seine Knochen aus. Die Schmerzen waren jetzt weg, aber er fühlte nicht das übliche Wohlbehagen, das ihn erfüllte, wenn die Schmerzen nachließen. Er empfand Grauen, das Grauen, das der Kater gespürt haben mußte, als er von Tom Wernekinks Tod erfuhr. Sie hatten gewollt, daß er Grauen empfand, nicht nur Furcht. Sie hatten gewollt, daß er wach wurde gegenüber den stillschweigenden Folgen ihres Verhaltens. Sie wollten den Kater wissen lassen, daß sie bereit seien, einen Mann auf Grund unvollständiger Beweise zu ermorden.

Der Commissaris manövrierte mit seinem Fuß und schloß den Warmwasserhahn. Er steckte sich noch ein Zigarillo an, nachdem er die Hände sorgsam an dem Handtuch abgetrocknet hatte, das seine Frau auf dem Fußboden hatte liegenlassen.

Ja, dachte de Gier auf dem Weg zur Küche. Er hatte geschlafen, und jetzt war es Zeit zu essen. Bald würde er in die Stadt gehen, um Cardozo zu treffen. Wernekink wurde irrtümlich ermordet. Die haben sich das ganz falsch vorgestellt, diese Hunde. Die haben nur *geglaubt*, Wernekink könnte mit der Bande am Deich verbunden sein. Die haben sich nie bemüht, ihre Theorie zu beweisen. Vielleicht war es ihnen sogar egal. Aber welches Gehirn hat diesen Akt des Terrorismus ersonnen? Die wollten selbstverständlich den Kater treffen, haben aber seinen Freund ermordet. Sein Freund nützte ihnen nichts. Er war nicht aktiv an der Bande beteiligt. Sie brauchten den Kater, aber sie brauchten einen eingeschüchterten Kater, keinen selbstsicheren.

Vielleicht war es mein Freund Sharif, dachte Grijpstra, als er sich vor dem kleinen Badezimmerspiegel ankleidete. Mein Freund Sharif, der weise Mann aus dem Orient. Der Mann, der in einem fremden Land Millionär geworden ist, indem er gestohlene Haushaltsgeräte mit einem Discount von fünfundzwanzig Prozent verkaufte, aromatische Öle importierte und gebrauchte Kleidung an die Schwarzen in Afrika exportierte.

Er bürstete sein kurzes Haar und tätschelte die kahle Stelle, die von den Haaren, wie er sie auch bürstete, nicht mehr verdeckt wurde. Dick, alt und kahl, sagte Grijpstra zu seinem Spiegelbild, und dumm.

Kannst du dir Sharif vorstellen, wie er in Wernekinks Garten am Fluß herumkriecht, zielt, eine Pistole abfeuert und sich wieder davonschleicht?

Wieder sah er vor sich den konzilianten Ehrenmann mit den großen, beinahe wässerigen Augen. Grijpstra schauderte es, wie es ihn heute in Sharifs Büro geschaudert hatte. «Was steckt hinter der Maske, Adjudant? Ich glaube nicht, daß Sie es wissen. Ich weiß es auch nicht. Wir sind beide Menschen, wir leben beide auf demselben Planeten. Wir haben die gleichen Fragen. Sie haben einen Traum, der Ihnen entgleitet, obwohl er so nahe scheint. Der Prophet hatte den Traum, und er war ein Mensch wie wir, Adjudant.»

Würde ein solcher Mann, ein Mann, der Grijpstras Traum deuten konnte, dessen Blick so sanft und tief und dessen Hände so lang und schlank und ruhig waren, Tom Wernekink – einen harmlosen Sonderling – nur so aus Mutwillen ermorden? Nur um einen anderen Mann zu erschüttern, der ihm in einem Projekt von rein materiellem Gewinn nützlich sein könnte? dachte Grijpstra.

Vergessenes Wissen tauchte in Grijpstras Gedächtnis wieder auf. Ungläubige, dachte er, das sind wir nach ihrer Auffassung. Ihr Glaube ist tief, aber er wird anderen aufgedrängt. Sie sind bereit, ein Schwert zu ziehen, mit einer Pistole zu zielen, nur um zu bekehren. Sie werden töten, wenn der Ungläubige es ablehnt, bekehrt zu werden. Das Töten bedeutet ihnen nichts; es ist immer noch ein Sport, eine Geste. Empfange den Glauben oder verliere den Kopf.

Er versuchte, sein Haar zur anderen Seite zu bürsten, aber die kahle Stelle war immer noch da. Aber das ist der Glaube, sagte er zu seinem widerspenstigen Spiegelbild, und der Glaube ist keine Waschmaschine oder ein Profit von fünfundzwanzig Prozent. Hatte Sharif nicht erst vor wenigen Stunden zu ihm gesagt: «Adjudant, wir sind beide Menschen.» Wäre der Philosoph Sharif bereit, Grijpstra eine Kugel in den großen, schweren Kopf zu schießen, wenn der ein Geschäft mit gebrauchter Kleidung vereiteln sollte?

Er kannte die Antwort auf diese Frage nicht und schüttelte hilflos den Kopf. Er hatte ein Gefühl, als müsse er kotzen. Die Ungereimtheit dieses Falls gab ihm das Gefühl, er wandere in einer Wüste des Zwielichts umher.

Bewirb dich um die Versetzung in eine Kleinstadt, sagte er zu sich. Amsterdam ist zu spitzfindig für dich. Was weißt du über Araber? Oder über Chinesen?

Er seufzte. Was weißt du über Niederländer? fragte er sich, band seine Krawatte und stampfte in den Korridor, wo seine Frau ihn anschrie.

«Ja», schrie er zurück. «Ich *komme* schon. Und wenn dein verdammter Schwager das Fernsehen anmacht, werde ich das ganze Bier im Haus austrinken, dann kannst du mich nach Hause tragen.»

«Das werde ich nicht», schrie seine Frau.

«Das wirst du doch», sagte er. «O ja, das wirst du tun, denn wenn du das nicht tust, hast du keinen, den du morgen früh anschreien kannst.»

12

Zehn Uhr an einem Sommerabend in Amsterdam. Der Sommer ging in den Herbst über, aber das warme, schwüle Wetter hielt sich, und die Stadt war lahm nach einem ermüdenden Tag. Die Terrassen waren voll und die Geschäfte leer gewesen. Die Mädchen auf den Metall- oder Rohrstühlen auf den Terrassen hatten ihre übereinandergeschlagenen Beine gezeigt, aber die Männer waren zu verschwitzt und gereizt gewesen, um viel Interesse zu bekunden. Nicht einmal die Miniröcke, die alles zeigten, die Bauchnabel, die nackte, mit goldenen Kettchen geschmückte Hüften betonten, nicht einmal die rosa, braunen, gelben und schwarzen Brüste, raffiniert durch unsichtbare Plastikgefüge gestützt, hatten mehr als einen flüchtigen Blick auf sich gezogen. Die aus Gewohnheit gekauften Zeitungen waren auf den Tischen von Cafés und auf den Sitzen von Straßenbahnen und Bussen liegengeblieben. An den Kinos hatten keine Schlangen gestanden, Theater und Konzertsäle waren an diesem Abend leer gewesen. Nur Bierwagen und Karren mit italienischem Eis hatten zu tun. Das Wasser in den Grachten war grün und stand still. Die Tauben auf dem Dam rührten sich nur, wenn ein menschlicher Fuß sie fast zertrat. Nicht einmal dann machten sie sich die Mühe, wegzufliegen, sondern rückten nur mit einem ärgerlichen oder aufgeschreckten kurru, kurru zur Seite.

De Gier lehnte am Postament des nördlichen Löwen, eines unwahrscheinlich aussehenden Tiers. Zusammen mit seinem Gefährten, dem südlichen Löwen, war er von einem wohlmeinenden Architekten geschaffen worden, der den riesigen weißen Betonphallus entworfen hatte, welcher zum Himmel zeigte, um jedermann daran zu erinnern, daß der Krieg schrecklich gewesen war und das Leben vieler Niederländer gefordert hatte. Die grauen Stufen um den Phallus waren wie immer mit Hippies bevölkert, Hippies mit sanften Augen, Rauschgifthändlern in Lederjacken und Jugendlichen, die high waren und sich umarmten, um einander nahe zu sein. Einige Gitarren erklangen in trauriger Disharmonie, und mehrere elegante schwarze Schönheiten unterhielten sich im Dialekt von Surinam, der letzten niederländischen Kolonie auf dem südamerikanischen Kontinent. Jetzt, von der Unabhängigkeit bedroht, verlor es seine Bevölkerung stetig auf dem Weg über den Flughafen Schiphol in einem Tempo von mindestens einer vierstrahligen Düsenmaschine pro Tag. Die niederländischen Fürsorgeämter verschafften diesen jungen Leuten Hosen mit weitem Schlag, gestreifte Hemden und hochhackige Stiefel. Und jetzt waren sie hier im Schatten des Phallus, genossen ihre Befreiung aus den Klauen des Hungers und der Krankheit und versuchten, sich an ihre neue Umgebung zu gewöhnen, die bisher nur wenig zu erkennen gegeben hatte, daß sie sie akzeptierte. De Gier hatte sie eine Zeitlang beobachtet, die Ururenkel von Sklaven, die arabische und niederländische Schiffe vor Jahrhunderten von Afrika in die neue, vielversprechende Kolonie mit ihren Zuckerrohr- und Baumwollfeldern gebracht hatten – Sklaven, die wie Ratten auf Schiffen und Plantagen verreckt waren, die man jedoch durch immer neue Lieferungen ersetzt hatte. De Gier seufzte.

Zwei Rauschgiftdealer kamen gemächlich auf ihn zu. Sie sahen ihn zwar nicht an, aber sie bewegten die Lippen. «Haschschschschschschschsch. Haschschschschschschsch.»

Das Zischen klang unheimlich und irgendwie bedrohlich. Die Händler waren jung, breitschultrig und langhaarig. Üble Yogis, pervertierte Fakire mit schwarzen Seelen voller Haß, Habgier und Bosheit.

«Verpißßßßßßßt euch, verpißßßßßßßt euch», zischte de Gier.

Die Händler drehten sich um und kamen direkt auf ihn zu. In einem blauen VW-Bus, der am Straßenrand parkte, zeigte man leichtes Interesse. Die drei uniformierten Polizisten im Bus hatten die Händler beobachtet; sie setzten sich aufrecht hin, bereit, ihre Tür zu öffnen. De Gier bewegte sich ebenfalls. Er stellte sich breitbeinig hin und ließ die Fäuste baumeln. Das Kinn hatte er eingezogen. Er hatte seinen Angriff bereits geplant. Ein rasches Scheinmanöver gegen den links von ihm und ein Tritt gegen das Schienbein des rechts von ihm stehenden, der den jungen Mann zu Boden schicken und ihn für einige Sekunden kampfunfähig machen würde. Dann würde er dem an der linken Seite einen Schlag mit dem Handrücken ins Gesicht versetzen und ihn voll in den Magen boxen. Daraufhin würde er sich wieder dem auf der rechten Seite zuwenden, der bis dahin wieder auf den Beinen stehen sollte; er würde den bestmöglichen Judowurf anwenden: dem Mann im Sprung den rechten Fuß auf die Brust setzen, ihn an den Schultern packen, sich zurückfallen lassen und den Körper über seinen Kopf hinweg schleudern. Der Mann könnte sich das Genick brechen, wenn er nicht wußte, wie er fallen mußte, aber das war de Gier einerlei. Er hätte die Sympathie der Nation auf seiner Seite. Es gab keine Möglichkeit, diese Leichenräuber zu fassen. Sie trugen keine Drogen oder richtige Waffen bei sich. Sie benutzten vielleicht einen Schraubenzieher oder Farbkratzer, Waffen, die töten, wenn sie nicht verstümmeln, und die legal sind, solange damit keine Gewalttaten verübt werden. Wenn er ihnen folgte, würden sie zu einem Wagen oder zu einer Maueröffnung gehen und ihm Rauschgift verkaufen. Möglicherweise würden sie ihn auch ausrauben.

Kommt schon, dachte de Gier, greift mich an. Bitte.

Aber die Dealer spuckten vor ihm aus und drehten ab. Sie hatten die Polizisten im Bus gesehen. Sie hatten auch gesehen, wie de Gier auf sie wartete. Sie würden nicht angreifen. Sie gingen nur auf die Schwachen los, auf die Hilflosen, die Hoffnungslosen. De Gier sah auf seine Uhr. Fünf nach zehn. Kein Cardozo. Eine Schar Hippies zog vorbei und leierte ein Lied auf die Liebe herunter. Als es nur noch wenige waren, sah er Cardozo, der am Postament des südlichen Löwen lehnte.

De Gier ging hinüber und näherte sich lautlos auf seinen dicken Gummisohlen Cardozo von hinten. Cardozo drehte sich um, unmittelbar bevor de Giers Hand seine Schulter berührte. Cardozo war ebenfalls bereit, breitbeinig und mit baumelnden Fäusten.

«Du bist's», sagte Cardozo, «du hast dich verspätet. Komische Atmosphäre heute abend, nicht wahr? Ich wette, es wird bald eine Schlägerei geben. Die Rauschgifthändler wandern hier herum und sind anscheinend noch ekelhafter als sonst. Ein paar Mädchen wollten sich auch schon an mich heranmachen; Heroin muß plötzlich sehr knapp geworden sein. Wenn die den Preis anheben, wird die Aktivität sofort größer. Heute abend werden sie auf dem Polizeirevier mehr als sonst zu tun haben.»

«Ich hab mich nicht verspätet», sagte de Gier. «Du stehst an der falschen Stelle. Hier ist der südliche Löwe; wir wollten uns am nördlichen Löwen treffen.»

Cardozo lächelte. «Tut mir leid, Brigadier. Ich hab mir den Unterschied nie merken können.»

«Da ist Süden», sagte de Gier und zeigte hin, «und dort ist Norden. Richtung Hauptbahnhof. Hat man euch auf der Polizeischule nie gelehrt, wie ihr euch zurechtfindet?»

«Das hat man», sagte Cardozo, «und zwar gründlich. Mich haben sie von einem fahrenden Lastwagen mitten ins Nichts geworfen.»

«Und was ist passiert? Hat man dich ein paar Tage später im Wald gefunden? Wo du wie betäubt herumgewandelt bist?»

«Nein», sagte Cardozo.

«Sondern?»

«Ich hab immer Geld bei mir», sagte Cardozo, «und es gibt fünfhundert Niederländer pro Quadratkilometer. Ich konnte immer fragen, nicht wahr?»

«Du solltest nicht fragen und du solltest kein Geld bei dir haben.»

«Sollte», sagte Cardozo.

«Jeder Mensch hat seine Schwächen», sagte de Gier. «Du wirst meine herausfinden, wenn du lange genug lebst. Wie ist es bei den Arabern gelaufen?»

«Gar nicht», sagte Cardozo. «Ich hab nichts. Hast du was?»

De Gier schüttelte den Kopf. «Gehen wir. Dort drüben fangen sie gerade ein neues Lied über die Liebe an, und ein paar andere Rauschgifthändler kommen auf uns zu. Wenn wir hier noch länger herumlungern, werden uns die Polizisten wegen Stadtstreicherei festnehmen. Wir fallen auf wie Fischreiher in einem Schwarm Enten.»

Cardozo kicherte. «Die würden uns nicht festnehmen. Die kennen mich. Mit zwei von denen war ich auf der Polizeischule. Und ich bin nicht unbedingt ein Fischreiher. Du vielleicht, vor allem mit deinem Jeansanzug. Ich sehe eher wie eine Rohrdommel aus.»

«Eine Rohrdommel?» fragte de Gier. «Sind das nicht die kleinen dicken Vögel, die gelegentlich explodieren? Man sieht sie nie, aber man hört sie in den Sümpfen schreien. Ich habe vor einigen Wochen eine gehört, als wir nach einer gestohlenen Flußyacht suchten.»

«Es sind häßliche Vögel», sagte Cardozo.

«Die Natur ist niemals häßlich», sagte de Gier. «Du hattest also kein Glück bei den Arabern?»

Cardozo rülpste. «Ich hab etwas gegessen», sagte Cardozo. «Kuskus nennen sie es. Es sieht aus wie brauner Grießpudding und ist scharf. Es wird mit Fleisch serviert. Mir sitzt es immer noch im Magen.»

«Und Sharif?»

«Sie rannten zum Telefon, wenn ich seinen Namen nannte. Ich hab ihn nur zweimal erwähnt – in einem marokkanischen Restaurant und in einem libyschen Café. Sie behaupteten, sie hätten den Namen nie gehört, aber beide Male sah ich, wie ein Mann zum Telefon schlich.»

«Ja», sagte de Gier nachdenklich, «das gleiche ist mir passiert. Nur hab ich keinen Kuskus gegessen. Mir haben sie ein Stück Ziegenkeule mit Haaren dran und halbgare Paprikaschoten gegeben. Ich habe früher schon in arabischen Lokalen gegessen, und das Essen war köstlich. Aber diesmal wurde ich wie der Teufel behandelt. Sharif muß für sie ein heiliger Name sein – ein Führer, der sie beschützt –, vielleicht ein Idol. Er ist Millionär geworden und hat einen weißen Lincoln mit Fahrer. Ich glaube, er verkörpert ihre Selbstachtung.»

«Und wenn die verletzt wird, rotten sie sich gegen uns zusammen?»

«Sie werden nichts sagen», meinte de Gier. «Sie haben dir nichts gesagt; sie haben mir nichts gesagt. Viele von ihnen sind illegale Einwanderer ohne jede Sicherheit. Wenn wir sie schnappen, fliegen wir sie direkt nach dort zurück, woher sie gekommen sind. Aber manchmal erhalten sie Hilfe – jemand hinterlegt eine Sicherheit für sie, während sie ein Visum beantragen. Sharif hat viel Geld und ist ein frommer Moslem.»

«Wir können ihn also nicht erwischen?»

De Gier blieb plötzlich stehen. Sie befanden sich in einer Gasse hinter dem Dam; die Gasse war eng und nur schwach beleuchtet. Cardozo stieß mit ihm zusammen.

«He», sagte Cardozo.

«Selbstverständlich werden wir ihn erwischen», sagte de Gier. «Heute abend haben wir Pech gehabt, aber wenn wir es weiter versuchen, werden wir Glück haben. Sharif hat Glück gehabt, aber das wird sich ändern.»

«Heute abend?» fragte Cardozo.

«Heute oder morgen abend. Oder irgendwann nächste Woche.»

«Was sollen wir also jetzt tun?»

«Ich hab keine Ahnung», sagte de Gier, «aber an der nächsten Ecke ist eine Kneipe. Ich gebe einen aus.»

«Nein», sagte Cardozo. «Ich hab deinen Kaffee bezahlt und dein Essen. Laß mich jetzt nicht mit dieser Gewohnheit brechen.»

«Also gut», sagte de Gier. «Wenn du darauf bestehst.»

De Gier starrte schwermütig auf sein Glas.

«Kopf hoch, Brigadier. Denk an das Glück. Es kann jeden Moment kommen.»

«Erzähl mir eine Geschichte», sagte de Gier, «irgend eine, Hauptsache sie ist lustig.»

«Trink aus, Brigadier, ich geb einen aus.»

«Genever ist nicht lustig.»

«Ich weiß eine Geschichte», sagte Cardozo. «Ich hab sie Adjudant Geurts mal erzählt, als wir eine Reifenpanne hatten und auf einen Abschleppwagen warteten. Das Reserverad war nicht im Wagen und der Adjudant erregt. Die Geschichte brachte ihn zum Lachen. Vielleicht richtet sie bei dir ebenfalls etwas aus.»

De Gier hob das Glas, leerte es und hielt es zum Nachschenken hoch.

«Im vorigen Monat war ein Zirkus in der Stadt», sagte Cardozo. «Sie machten einen Umzug mit den Tieren, und die Elefanten überquerten eine Brücke. Die Straßen waren wie üblich verstopft. Und ein Mann in einem VW fuhr hinter dem letzten Elefanten und versuchte verzweifelt, den Zug zu überholen. Er beschleunigte und riß das Steuer herum, aber ihm kam ein Lastwagen entgegen, so daß er sich wieder hinter den Elefanten einordnen mußte. Sein Fuß rutschte auf dem Gaspedal aus, und der VW traf den Elefanten am Hinterbein. Da es ein Zirkuselefant war, dem sein Dompteur beigebracht hatte, sich zu setzen, wenn sein Hinterbein an einer besonderen Stelle berührt wird, setzte er sich, und zwar genau auf die Schnauze des Volkswagens.»

«Ha», sagte de Gier.

«Ja. Aber der Wagen fuhr noch. Der Mann wohnt in Amsterdam-Noord und muß durch den großen Tunnel, in dem du mal liegengeblieben bist, wie man mir erzählt hat. Du hattest ein paar Leute im Wagen, und dann ist dir das Benzin ausgegangen, nicht wahr? Mitten im Tunnel?»

«Ja», sagte de Gier.

«Ziemlich dumm, nicht wahr? Prüfst du denn nicht den Benzinstand, bevor du losfährst?»

«Doch, mein Lieber», sagte de Gier. «Mach weiter mit deiner lustigen Geschichte.»

«Gut. Der Mann fuhr also los, aber kurz vor dem Tunnel war ein Unfall, und beide Fahrspuren wurden gesperrt. Die Polizei kam und ging hin und her, um die beschädigten Wagen aufzuschreiben. Es war eine Kettenkollision, etwa zwanzig Wagen waren beschädigt. Als sie zu seinem Auto kamen, konnten sie nicht verstehen, wie es in den Unfall verwickelt worden war, da der Wagen vor ihm und der hinter ihm in Ordnung waren. Aber der VW war vorn ganz zerknautscht. Sie fragten ihn, was geschehen sei, und er sagte, ein Elefant habe sich auf seine Haube gesetzt.»

«Ha.»

«Sie zogen ihn also aus dem Wagen. Sie waren wegen der Hitze und des Lärms im Tunnel bereits ziemlich gereizt, und auch weil alle herumliefen und schrien, daß ihr schöner Wagen ganz verhunzt sei. Und hier kommt dieser Blödmann mit seinem Elefantenwitz. Sie setzten ihn auf den Rücksitz eines Motorrads, fuhren mit ihm durch den Tunnel und beschuldigten ihn der Trunkenheit am Steuer. Er hatte ein Gläschen gekippt und eine Fahne.»

«Und?»

«Es endete alles gut. Als sie ihn aufs Polizeirevier brachten, blieb er dabei, daß da ein Elefant gewesen sei, der sich auf seinen Wagen gesetzt habe. Sie lachten alle, aber schließlich kam ein Polizist, der die Elefanten in der Stadt gesehen hatte. Sie riefen im Zirkus an, und dort bestätigte man die Geschichte des Mannes.»

De Gier lachte.

«Laß uns gehen», sagte Cardozo, «ich habe drei Gläschen gehabt und fange gewöhnlich an, beim vierten betrunken zu werden. Wenn ich das vierte habe, höre ich nicht mehr auf. Morgen werde ich Kopfschmerzen haben.»

«Willst du nach Hause?» fragte de Gier.

«Nein. Sehen wir uns noch ein bißchen bei den Nutten um. Es sind einige Neue da. Einige dieser Mädchen aus Surinam sind hübsch. Sie werden von purpurnen Neonröhren beleuchtet und tragen weiße Spitzen.»

Sie betrachteten die Auslagen in den Fenstern, als sie durch das Bordellviertel gingen. In einer Snackbar aßen sie Rouladen und tranken Kaffee.

Cardozo zeigte auf ein hochgiebliges, schmales Haus gegenüber der Snackbar. «Das Haus hat mich immer geärgert. Jahrelang hat es leergestanden. Wir haben den Besitzer immer wieder darauf aufmerksam gemacht, daß die Hippies dort einbrechen würden, was sie selbstverständlich auch taten, und wir konnten sie nicht wieder rauskriegen.»

«So ist das Recht», sagte de Gier. «Wohnungsmangel. Der Mann hat selbst schuld.»

«Ich weiß, aber das Recht ist lächerlich. Die Hippies wurden von den Rauschgifthändlern vertrieben, und jetzt ist es ein wahres Höllenloch. Als ich noch in Uniform war, hab ich mehrmals an Razzien gegen das Haus teilgenommen. Wir fanden Kinder dort – vollgeschossen mit Heroin –, alte Männer, die in ihrer eigenen Scheiße pennten, fünfzehnjährige Nutten, die Surinam erst eine Woche zuvor verlassen hatten, und säckeweise imitierten Hasch und gestohlene Waren und was du willst.»

«Sehen wir uns das mal an», sagte de Gier.

Sie schlenderten hinüber und sahen ein junges Mädchen in der Tür stehen. Sie gingen weiter.

«Hör mal», sagte Cardozo, «wir haben sowieso nichts zu tun; laß uns etwas unternehmen. Ich geh allein zurück und mit dem Mädchen rein. Einer meiner alten Freunde hat mir erzählt, daß in dem Haus jetzt Leute ausgeraubt werden. Ich glaube, das Mädchen ist keine Nutte, sondern ein Lockvogel. In meinen Klamotten und mit diesem schlechten Haarschnitt halten sie mich vielleicht für einen Burschen vom Lande. Ich werde es denen schon vorspiegeln mit ländlichem Akzent und allem. Vielleicht sind einige Männer drin, die mir das Messer an die Kehle setzen und nach meiner Brieftasche greifen. Komm in einigen Minuten nach, dann nehmen wir den ganzen Haufen fest und bringen ihn aufs Revier.»

«Gut», sagte de Gier, «aber es ist ein großes Haus; vielleicht sind viele Leute drin. Ich habe soeben zwei Kriminalbeamte gesehen; sie streiften ebenfalls nur so herum. Wir werden sie holen und das ganze Haus durchsuchen.»

Sie fanden die beiden Beamten, die grinsten und sagten, ihnen sei es recht. Sie hatten an diesem Abend zwar keinen Auftrag zu einer Razzia, aber wenn der Brigadier es vorschlug . . .

«Ich schlage es vor», sagte de Gier und nahm Cardozos Pistole und Brieftasche an sich.

Cardozo ging zu dem Haus, während de Gier und die beiden Beamten um die Ecke warteten.

«Liebling», sagte das Mädchen.

Cardozo kratzte sich am Ohr.

«Guten Abend.»

«Komm rein. Fünfundzwanzig Gulden. Ich zieh mich nackt für dich aus, und du kannst tun, was dir gefällt.»

Das Mädchen war weiß, noch keine zwanzig Jahre alt und trug einen langen weißen Rock und eine weiße Bluse, deren oberste Knöpfe offen waren. Ihre Brüste waren voll entwickelt und milchig weiß. Sie stand so nahe bei Cardozo, daß er die Mischung aus Schweiß und Parfum riechen konnte. Sie bewegte sich ein wenig, so daß sich der Schlitz in ihrem Rock öffnete und er ihr Bein bis hinauf zum Oberschenkel sehen konnte. Sie legte ihm eine Hand auf die Schulter und lächelte. Einer ihrer Vorderzähne fehlte.

«Ich habe mehr als fünfundzwanzig Gulden», sagte Cardozo.

«Wieviel?»

«Hundert.»

«Für hundert kannst du die ganze Nacht bleiben. Was soll ich für dich tun? Kennst du ein paar aufregende Tricks?»

«Gut. Ich gehe mit dir», stotterte Cardozo.

«Komm, Liebling.»

Die Männer warteten am Ende des Korridors auf ihn. Einer von ihnen griff sich den kleinen Kriminalbeamten und schlug ihn seitlich an den Kopf. Es war ein böser Schlag, der ihn fast betäubte. Er wurde an die Wand gedrückt, ein Messer berührte seine Kehle, während flinke Hände seine Taschen durchsuchten.

«Scheiße», sagte eine Stimme. «Er hat nichts bei sich. Nichts! Was bildest du dir ein, hier reinzukommen, ohne einen Cent in der Tasche, du Affe. Willst du, daß wir dir die Eier abschneiden?»

Das Messer wurde ihm jetzt etwas kräftiger an die Kehle gedrückt. Bald würde es die Haut zerschneiden.

«Polizei!» Im Korridor rannten Füße. Das Messer klapperte zu Boden, als der Leichenräuber zurückfuhr und zusammenklappte. De Gier hatte ihn mit der flachen Hand genau unter das Ohr geschlagen. Die Kriminalbeamten waren hinter dem anderen Mann her und erwischten ihn, als er versuchte, den Hof zu erreichen. Die beiden Männer wurden mit Handschellen aneinander und an ein Gasrohr gefesselt. De Gier drückte Cardozo die Pistole in die Hand, dann rannten sie die Treppe hinauf.

Alle Zimmertüren oben standen offen, bis auf eine. De Gier trat mit solcher Wucht dagegen, daß das Schloß aus dem vermoderten Holz fiel. Die Tür krachte nach innen, traf den jungen Mann dahinter und warf ihn zu Boden. Das Mädchen kauerte in einer Ecke. Ein anderer Mann versuchte, aus dem Fenster zu klettern, und ein dritter, der eine Pistole in der Hand hielt, sah die beiden Beamten an, die auf ihn zustürzten. Er ließ die Pistole fallen, als Cardozo ihn fast erreicht hatte. De Gier zog den anderen Mann am Jackenkragen vom Fenster weg und knallte ihn an die Wand.

«Hübscher Fang», sagte der wachhabende Brigadier zwanzig Minuten später im Polizeirevier Warmoesstraat. «Sehr hübsch. Fünf Strolche, ein weiblicher Lockvogel, fünf Messer und eine Schreckschußpistole. Wozu die ganze Energie, de Gier? Meinst du, wir können nicht selbst auf unseren Bezirk achtgeben? Das Haus war sowieso reif für eine Razzia, weißt du.»

«Tut mir leid, Brigadier», sagte de Gier. «Wir wurden allmählich unruhig, weil wir nie etwas zu tun haben.»

«Nein», sagte der Brigadier, «mal ernsthaft, wodurch ist es zu all dem gekommen? Arbeitet ihr an einem speziellen Fall?»

«Wernekinks Tod», sagte de Gier. «Die Leiche am Deich im Norden. Der Fall hat eine Verbindung zu eurem Bezirk, glauben wir.»

«Uns erzählt ja keiner was.»

«Keine Zeit. Hast du etwas einzuwenden, wenn ich einen der Verdächtigen verhöre? Deine Beamten können ja das Protokoll aufnehmen, aber vielleicht ist für uns etwas drin.»

«Ich hab nichts dagegen.»

«Du bist Araber, nicht wahr?» fragte de Gier den Verdächtigen, einen kleinen, untersetzten Mann von etwa dreißig. Der Mann massierte seinen Hals, wo de Gier ihn bei der Festnahme getroffen hatte.

«Ja. Aus Casablanca.»

«Hast du eine Aufenthaltserlaubnis für Holland?»

«Nein.»

«Wie kommt's, daß du Niederländisch sprichst?»

«Ich bin seit fünf Jahren hier.»

«Bist du noch nie geschnappt worden?»

«Doch. Vor zwei Jahren haben sie mich mit dem Flugzeug zurückgebracht.»

«Und du bist gleich wiedergekommen?»

Der Mann lächelte. «Ich war zurück, ehe die Militärpolizisten, die mich nach Hause gebracht hatten, wieder auf dem Flughafen Schiphol waren. Ich bin mit der nächsten Maschine zurückgekommen.»

«Du bist jetzt in Schwierigkeiten», sagte de Gier, «in ernsten Schwierigkeiten. Du hast einem Polizisten das Messer an die Kehle gesetzt. Raubüberfall. Und wegen Zuhälterei kriegen wir dich auch dran. Und wegen Rauschgift. Es sind jetzt Kriminalbeamte in dem Haus und nehmen es auseinander. Sie werden Drogen finden, meinst du nicht auch?»

«Vielleicht.»

«Du wirst im Gefängnis sitzen für eine Weile, für eine ganze Weile.»

Dem Mann war das Lächeln vergangen. Er starrte auf den Fußboden. «Für wie lange, Mijnheer? Wie lange werde ich sitzen?»

De Gier gab dem Mann eine Zigarette und Feuer. Sie waren in einem kleinen weißgetünchten Raum und saßen in niedrigen Sesseln. Cardozo kam mit drei Pappbechern voll Kaffee herein. Ein Kalender an der Wand gegenüber vom Fenster zeigte ein Farbfoto von einem Wald.

«Ich weiß nicht», sagte de Gier. «Zwei Jahre, vielleicht drei, das hängt von dir und dem Richter ab.»

«Lassen Sie mich gehen», sagte der Mann. «Ich werde gehen und diesmal nicht zurückkommen, das verspreche ich. Ich hab ihm nichts getan.»

Er zeigte auf Cardozo. Cardozo befühlte seine Kehle.

«Aber fast», sagte Cardozo. «Du hast mit dem Messer gedrückt, du elendes Luder. Wie oft hast du das Messer gegen einen Gimpel benutzt, den das Mädchen ins Haus gelockt hat?»

Der Mann antwortete nicht.

«Nun?» fragte de Gier.

«Einige Male.»

«Es hat Beschwerden über das Haus gegeben, weißt du. Wir können die Leute finden, die Anzeige erstattet haben, und jedes Opfer wird einen separaten Anklagepunkt darstellen. Noch länger im Gefängnis.»

«Kennst du einen Mann namens Sharif? Mehemed el Sharif?»

«Ja», sagte der Mann.

«Was weißt du über ihn?»

«Er ist sehr reich, sehr bedeutsam, sehr mächtig.»

«Arbeitest du für ihn?»

«Nein.»

«Erzähl uns von ihm.»

Der Mann blickte auf. Er rieb sich wieder die Seite seines Halses.

«Wollen Sie, daß ich in die Gracht falle? Was wollen Sie wissen? Und was tun Sie, wenn ich es Ihnen sage?»

«Wohin geht er abends? Wer sind seine Freunde? Wo finden wir ihn, wenn er weder zu Hause noch in seinem Büro ist?»

«Was werden Sie für mich tun, wenn ich es Ihnen sage?»

«Sag mal», sagte Cardozo, «sind auch die anderen Männer Araber, die wir im Haus geschnappt haben?»

«Holländer», sagte der Mann, «und Spanier – zwei Holländer und zwei Spanier.»

«Du bist also der einzige Araber?»

«Ja.»

«Wir werden das Messer vergessen», sagte de Gier, «und erweisen dir damit einen großen Gefallen. Wir haben nie ein Messer gesehen. Dies Messer.»

Er hielt ein Stilett hoch und drückte auf den Knopf. Die lange, dünne Klinge kam herausgeschossen.

«Das wird dir einige Zeit im Gefängnis ersparen.»

«Vergessen Sie alles», sagte der Mann, «und ich werde Ihnen sagen, wie Sie Sharif schnappen können. Und geben Sie mir Geld; ich werde es brauchen. Ich kann nicht in Holland bleiben und nicht nach Hause gehen. Sharif hat einen zu langen Arm. Ich werde nach Frankreich gehen müssen und nicht einmal dort sicher sein.»

«Nein», sagte de Gier, «wir werden nur das Messer vergessen. Und Sharif wird es nie erfahren.»

«Er wird es erfahren. Ich sage nichts.»

«Gut», sagte de Gier und stand auf.

«Nein», sagte der Mann. «Warten Sie!»

De Gier und Cardozo warteten. Der Mann schluckte mehrmals. «Es gibt da einen Club, ein Bordell. Glücksspiele finden dort ebenfalls statt. Sharif ist zwar nicht Eigentümer, aber er geht einmal in der Woche hin, um sich mit einigen Männern zu treffen, die für ihn arbeiten. Er wird morgen abend dort sein, um zehn Uhr. Sie reden miteinander in einem abgesonderten Raum. Und dann trinken die Männer und tummeln sich mit den Huren und zocken. Sharif trinkt nicht, aber er tändelt mit den Weibern herum. Er bleibt vielleicht bis zwei Uhr.»

«Die Adresse.»

«Prins Alexanderstraat 63 in Amsterdam-Zuid; es ist ein großes Haus. Nur für Mitglieder.»

«Hast du ihn dort jemals getroffen?»

«Nein», sagte der Mann. «Mehr sag ich nicht. Das reicht. Wenn Sie Sharif sagen, daß ich es Ihnen erzählt hab, bin ich tot. Vergessen Sie das Messer und sagen Sie mir Ihren Namen. Es ist für mich ein schlechtes Geschäft. Ich gebe mehr, als ich bekomme.»

«Brigadier de Gier», sagte de Gier, «und der Eerste Konstabel Cardozo. Polizeipräsidium. Wir werden das Messer vergessen und verlieren; es wird im Bericht über dich nicht auftauchen. Bitte den Brigadier, er möge anrufen, wenn du uns brauchen solltest.»

Er stand auf und öffnete die Tür. Ein Polizist kam und führte den Araber ab. Der Araber sah nicht auf. Er stolperte.

«Er hat Angst», sagte de Gier, «wirkliche Angst.»

«Die hatte ich auch», sagte Cardozo, «als er das Messer an meiner Kehle hatte. Du hast dir Zeit gelassen, nicht wahr? Und ich mußte auch noch seinen Knoblauchatem riechen.»

«Ja», sagte de Gier. «Ich hab den Kriminalbeamten die Geschichte von deinem Elefanten erzählt. Wir haben sehr gelacht und hätten dich fast vergessen.»

13

«Die sind nicht hier, Mijnheer», sagte Grijpstra. «De Gier hat heute früh angerufen und gesagt, daß er um elf kommt und auch Cardozo sich verspäten werde. Die hatten gestern abend einige Erlebnisse, Mijnheer.»

«Was für Erlebnisse?»

Grijpstra erzählte, was er wußte. De Giers verschlafene Stimme hatte alles nur in groben Umrissen geschildert, und Olivier, der noch nicht gefüttert worden war und auf de Giers Brust stand, hatte während des Gesprächs geschrien.

«Hmm», sagte der Commissaris, «das hört sich vielversprechend an. Wenn sie kommen, möchte ich euch alle sprechen.»

Die drei Kriminalbeamten sahen erschöpft aus, als sie schließlich um halb zwölf im Büro des Commissaris eintrafen. Grijpstra sah schlimmer aus als die anderen. Die Geburtstagsfeier seiner Schwester war kein Erfolg gewesen. Er hatte einen halben Kasten Bier getrunken, während er auf dem Bildschirm komische Leute sah und sich die politischen Ideen seines Schwagers anhörte. Er hatte anschließend auf dem ganzen Nachhauseweg und dann noch eine Stunde lang im Schlafzimmer einen fürchterlich lauten Streit gehabt. Und ihm war übel gewesen. Als alles vorüber und er schließlich im Bett war, hatte seine Frau angefangen zu schnarchen. Er war wieder aufgestanden und hatte seine Zigarren gesucht. Er war gestolpert und hatte sich das Bein an der offenen Tür des Nachttisches aufgeschlagen. Das Schienbein blutete, die Wunde machte ihm jetzt noch zu schaffen. Er rieb daran.

«Schmerzen in den Beinen, Grijpstra?» fragte der Commissaris, dessen Stimme ein ungewöhnliches Interesse verriet.

«Ich hab mir das Schienbein verletzt, Mijnheer.»

«Aber du warst bei der Schlägerei gestern abend nicht dabei, oder?»

«Nein, Mijnheer. An der Tür vom Nachttisch.»

De Gier grinste. «Wie war die Geburtstagsfeier, Grijpstra?»

Grijpstras Augen funkelten.

«Warst du auf einer Party, Grijpstra?» fragte der Commissaris.

«Ja, Mijnheer, bei meiner Schwägerin.»

«War es schön?»

«Nein, Mijnheer.»

Der Commissaris nickte. Er ging seit zehn Jahren nicht mehr zu Parties, seit sein Rheuma von einem gelegentlichen schmerzhaften Reißen in ein schlimmeres und andauerndes Gefühl des Stechens wie von heißen Nadeln übergegangen war. Er hatte seinen Entschluß nie bedauert.

«Ich gehe nie zu Geburtstagsfeiern», sagte de Gier. «Zum Teufel mit ihren Geburtstagen, den Sahnetorten und dem lauwarmen Genever. Ich ziehe einen ruhigen Abend mit Olivier vor.»

«Und du, Cardozo?» fragte der Commissaris.

«Ich komme aus einer großen Familie, Mijnheer, und wir stehen uns sehr nahe. Ich kann mich nicht ausschließen.»

«Möchtest du jemals wegbleiben?»

«Nein, Mijnheer, eigentlich nicht. Ich langweile mich manchmal, aber ich mag meine Familie, und das Essen ist immer ausgezeichnet.»

«Gut», sagte der Commissaris. «Die Familie ist der Kern unserer Gesellschaft. Eine glückliche Familie sorgt für ein glückliches Land.»

De Gier sah dem alten Mann ins Gesicht. Der Commissaris sah aufrichtig aus, aber de Gier traute dem unschuldigen und freundlichen Gesichtsausdruck seines Chefs nicht.

«Nun, raus damit», sagte der Commissaris und rieb sich energisch die Hände. «Was ist gestern abend passiert, de Gier?» De Gier erstattete umfassend Bericht und ließ nichts aus, bis auf die Verwechslung des nördlichen mit dem südlichen Löwen. Der Commissaris saß vornübergebeugt auf seinem Stuhl. «Gut», sagte er zum Schluß, aber wir werden einige Schwierigkeiten mit dem Hoofdinspecteur in der Altstadt bekommen. Ich bin sicher, er hat es nicht gern, wenn wir in seinem Bereich jagen. Ich rufe ihn wohl besser an, bevor er mich anruft. Ich hoffe, wir haben seine Pläne nicht gestört. Ich weiß, sie wollten Razzien gegen einige ihrer Unruheherde veranstalten. Die Baubehörde sollte etwas wegen des Hauses unternehmen, es abreißen oder die Restauratoren daransetzen. Sobald es repariert ist, kann es an anständige Leute vermietet werden.»

«Anständige Leute mögen die Gegend nicht sehr, Mijnheer», sagte Cardozo.

«Ja. Vielleicht sollten wir die Stadtverwaltung etwas unter Druck setzen. Sie hat Pläne, irgendwo ein großes staatliches Eros-Center einzurichten, aber bis jetzt hat man nur davon geredet. Es würde unsere Aufgabe sehr erleichtern. Eine hohe Mauer drum herum und Polizisten an die Eingänge postieren. Wir würden den Daumen drauf haben. Aber dafür ist es noch zu früh.»

«Es wäre schade», sagte Grijpstra bedrückt.

«Du magst das Hurenviertel, nicht wahr?»

«Es ist seit siebenhundert Jahren in der Stadt, Mijnheer. Bis jetzt waren wir immer in der Lage, es einigermaßen gut zu kontrollieren.»

«Sie sehen hübsch hinter ihren Fenstern aus», sagte de Gier. «Ich kann mir keine halbnackten Frauen in einem Betonkasten und hinter Stacheldraht vorstellen. Es wäre schrecklich.»

«Ja, vielleicht. Jedenfalls werden wir abwarten und weitersehen. Das tut die Polizei immer, abwarten und weitersehen. Und jetzt sehen wir weiter. Was habt ihr für Pläne, meine Herren?»

Er sah Grijpstra an.

Grijpstra räusperte sich und tastete die Taschen nach seiner Zigarrendose ab. Der Commissaris bot ihm eine aus der Kiste auf seinem Schreibtisch an. De Gier zündete mit scheinbarer Unterwürfigkeit ein Streichholz an, und Cardozos junges Gesicht hellte sich mit einem aufblitzenden Lächeln auf, als er sich auf Grijpstra konzentrierte.

Grijpstra sah mißtrauisch aus.

«Ähem, ähem, wir wollen es nicht übertreiben», murmelte er.

«Was nicht übertreiben, Adjudant?» fragte de Gier. «Wir hören.»

«Ja», sagte Grijpstra. «Nun, ich meine, zwei von uns sollten heute abend in das Bordell gehen, oder einer, während der andere im Wagen wartet. Er sollte zum Pförtner gehen, seinen Polizeiausweis zeigen und bei ihm bleiben, wenn er nach dem Chef telefoniert oder ihn ruft. Dann sollte er den Chef zum Wagen bringen und ihm sagen, daß wir Sharif wollen und wissen, er wird heute abend kommen. Wir können noch etwas einfließen lassen über illegales Glücksspiel und andere ungesetzliche Aktivitäten in dem Haus, damit der Chef ruhig und behilflich ist. Dann gehen wir unter dem Vorwand hinein, Kunden zu sein. Wir sollten Geld mitnehmen; der Laden wird nicht billig sein, und wir wollen keine Getränke gratis.»

«Ja», sagte der Commissaris. «Wer geht?»

«Ich nicht», sagte Grijpstra. «Sharif kennt mich. Und er könnte sich an Cardozos Gesicht erinnern, da der ihn voriges Jahr wegen des Einbruchs in seinem Haus aufgesucht hat. Deshalb würde ich Geurts oder Sietsema und de Gier vorschlagen.»

«Ich glaube, ich würde gern gehen», sagte der Commissaris.

«Das wäre sogar noch besser, Mijnheer. Die Kunden des Ladens werden keine jungen Männer sein; dort werden ältere Herren sein, so daß Sie gerade richtig wären.»

«Danke», sagte der Commissaris. «Freundlichen Dank. Ich sehe also aus wie ein alter Hurenhengst, wie? Also das ist wirklich reizend von dir.»

Grijpstra errötete, de Gier und Cardozo machten ein amüsiertes Gesicht.

«Verzeihung, Mijnheer. So habe ich das überhaupt nicht gemeint, Mijnheer.»

Der Commissaris lächelte. «Schon gut, Grijpstra; ich hab nur Spaß gemacht. Ich glaube, du hast recht. Ein solcher Laden wird Leute anziehen, die aussehen wie ich. Rede weiter.»

«Also Sie und de Gier, Mijnheer. Sie werden an der Bar sein und können sich umsehen. Der Chef wird Ihnen Bescheid sagen, wenn Sharif in das separate Zimmer geht, wo er seine Leute trifft. Dann müssen Sie eine Stelle finden, wo Sie lauschen können. Vielleicht ist dort ein Guckloch. Puffs haben alle ein Guckloch, glaube ich. Und Sie könnten ein Tonbandgerät benutzen.»

«Ja. Wir werden das mit dem Chef klären. Vielleicht können wir uns in einem Schrank verstecken. Was dann, Grijpstra?»

«Das hängt davon ab, was sie sagen. Vielleicht finden Sie auch Wernekinks Mörder.»

«Das ist de Giers Idee, nicht wahr? Hast du nicht heute morgen am Telefon gesagt, de Gier glaube, daß Sharif oder einer seiner Männer Wernekink umgebracht habe?»

«Ja, Mijnheer.»

Der Commissaris stand auf und ging um seinen Schreibtisch herum. Er lehnte sich gegen die Vorderseite des Schreibtisches und musterte seine Assistenten.

«Ich glaube, de Gier hat recht. Wernekinks Tod muß ein dummer Irrtum gewesen sein. Aber es ist vielleicht verständlich. Es ist schwer zu verstehen, daß es Menschen gibt, die vergebens leben, die keine Ziele, keine Ideen, keine Bestrebungen haben. Ich hatte einige Zweifel in bezug auf Tom Wernekink, aber der Brief, den du aus Rotterdam mitgebracht hast, hat mich überzeugt. Habt ihr alle den Brief gelesen?»

«Ja, Mijnheer», antworteten de Gier und Cardozo gleichzeitig.

«Ein seltsames Dokument. Was hast du davon gehalten, de Gier?»

De Gier lachte. «Ich dachte, es ist ein guter Brief, Mijnheer.»

«Warum?»

De Gier sah zum Fenster hinaus.

«Warum?» fragte der Commissaris noch einmal.

«Ein guter Brief», wiederholte de Gier.

«Und du, Cardozo?»

«Mich hat er ein wenig irritiert, Mijnheer. Der Mann hatte viele Möglichkeiten, nicht wahr? Intelligenz, einen Vater mit Geld, und dennoch hat er nichts aus seinem Leben gemacht. In gewisser Hinsicht war es der Brief eines Selbstmörders, eine Einladung an den Todesengel. Ich halte das Leben für lebenswert.»

«Er hat seinen eigenen Tod vorausgesagt», sagte der Commissaris bedächtig, «und vermutlich sehr genau. Die Einzelheiten könnten stimmen. Ein Mann in dunklem Anzug und spitzen Schuhen, der ihn mit einem Pistolenschuß tötet. Wie konnte er das wissen?»

Grijpstra setzte sich aufrecht hin. «Das hat mich ebenfalls beunruhigt, Mijnheer, wirklich beunruhigt. Ich hatte vermutet, er könnte seinen Mörder gekannt haben, aber als ich den Brief las, habe ich wieder geschwankt. Was denken Sie, Mijnheer?»

Der Commissaris wartete eine Weile, bevor er antowrtete.

«Nur ein Gedanke», sagte er schließlich. «Nagelt mich nicht darauf fest. Ich glaube, der Mann hat gelitten, und zwar bewußt gelitten. Es könnte möglich sein, daß man sehr klare Visionen hat, wenn man sich selbst in eine solche Situation hineinsteuert. Die meisten von uns leben einfach nur so. Wir tun, wozu uns der Lebenslauf bestimmt. Wir glauben, daß wir Entscheidungen treffen, aber in Wirklichkeit ist das nicht so. Wernekink traf eine Entscheidung – er lehnte es ab, sich anzupassen, und dabei blieb er. Ich glaube, der Brief und auch seine Lebensweise beweisen es. Er lehnte es ab, das Mädchen in sein Haus einzuladen, obwohl es sich ihm an den Hals warf. Er lehnte es ab, vernünftig zu sein.»

«Hältst du das für bewundernswert?» fragte Cardozo de Gier.

De Gier antwortete nicht.

«Sei nicht zu vernünftig, Cardozo», sagte der Commissaris sanft. «Denn wenn du das bist, wirst du immer nur die Oberfläche ankratzen. In unserer Arbeit müssen wir manchmal tiefer eindringen. Ich glaube, Wernekink war ein ganz ungewöhnlicher Mensch, und es würde mich nicht überraschen, wenn er einige ungewöhnliche Eigenschaften entwickelt hätte.»

De Gier sah Cardozo an und lächelte schwach.

14

Um halb neun Uhr abends hielt der schwarze Citroën des Commissaris in der Prins Alexanderstraat bei Nummer 63, direkt vor einem großen, würdevoll aussehenden Herrenhaus, das von einem Garten mit Lärchen und Kiefern umgeben war. Der Wagen bewegte sich sanft auf und ab, zuerst vorn, dann hinten, als der Druck aus dem Hydrauliksystem mit einem langen, beinahe leidenschaftlichen Seufzer entwich.

De Gier irritierte das aufgesetzte Lächeln unter dem dichten Schnurrbart des am Steuer sitzenden Polizisten mit dem schläfrigen Blick.

«Du hast es wieder mal geschafft, wie?» fragte de Gier.

«Ja, Brigadier. Wenn ich einen Parkplatz brauche, finde ich ihn.»

Selbstverständlich stimmte es. Der Fahrer des Commissaris schaffte es immer, einen Parkplatz bei oder genau an jener Stätte zu finden, zu der sein Chef wollte.

«Ja, ja», sagte de Gier. «Ich bin froh, daß du diesmal nicht eingeschlafen bist. Wie ich höre, hast du vor ein paar Wochen fast die ganze Seite des Wagens verkratzt. Die Mechaniker in der Polizeiwerkstatt haben es mir gesagt.»

«Ein unglücklicher Unfall», sagte der Polizist, «aber es war nicht meine Schuld. Der andere Wagen hätte nicht im Zickzack fahren dürfen. Die Versicherung des anderen Fahrers wird zahlen. Ich hab sie gestern gefragt. Ich gehe frei aus.»

«Ein verantwortungsvoller Fahrer hätte den Zusammenstoß vermieden», sagte de Gier. «Es geht darum, keine Risiken auf sich zu nehmen.»

«Ja, de Gier», sagte der Commissaris und legte dem Brigadier eine Hand auf die Schulter. Der Konstabel blickte nach vorn.

«Konstabel», sagte der Commissaris, «ich erwarte zwar keine Probleme, aber falls wir in Schwierigkeiten geraten, werden wir pfeifen. Wenn du die Pfeife hörst, kannst du über Funk Unterstützung anfordern. Und geh nicht selbst hinein, warte auf einen Streifenwagen.»

«Ja, sei vorsichtig», sagte de Gier und klopfte dem Fahrer auf die Schulter. «Und penn nicht ein», zischte er, als der Commissaris das Tor öffnete.

Der Konstabel war an diesem Abend nicht in Uniform, aber er sah mit seinem dunklen Anzug, dem weißen Hemd und der schwarzen Krawatte genauso ordentlich aus.

«Hast du deine Pistole?» fragte de Gier.

Der Konstabel klopfte auf seine Jacke. «Hier, Brigadier.»

«Benutze sie nicht», sagte de Gier, «was auch geschehen mag. Du hast einen orangen Judogürtel, nicht wahr?»

«Ja.»

«Dann kannst du einige Würfe üben.»

Der Konstabel holte tief Atem, als de Gier dem Commissaris durch das Tor folgte.

«Ein hübscher Laden», sagte der Commissaris, als sie die kurze Auffahrt hinaufgingen. «Eine richtige altmodische Villa. Dies Haus muß noch aus der Zeit stammen, als dieser Teil von Amsterdam noch flaches Land war. Die Kaufleute haben sich ihre Sommerhäuser hier gebaut. Es ist aus dem siebzehnten Jahrhundert, denke ich.»

«Seine Bestimmung hat sich auch noch nicht geändert», sagte de Gier. «Die Kaufleute des Goldenen Zeitalters feierten ihre Feste gern dort, wo sie nicht gestört wurden. Und diese Gegend ist immer noch ruhig, weit weg von den Grachten und dem Lärm der Stadt. Ich glaube nicht, daß unsere Freunde in der Prins Alexanderstraat auf unerwartete Bekannte stoßen werden. Hier sind nur Altersheime und Privatkrankenhäuser. Niemand kann es sich erlauben, heutzutage in solchen Palästen zu wohnen.»

«Ja», sagte der Commissaris. Er dachte an das Schreiben, das er heute vom Finanzamt erhalten hatte. Eine Nachzahlung, immer wieder Nachzahlungen. Das Finanzamt hatte noch nie etwas rückerstattet, jedenfalls nicht, solange er zurückdenken konnte.

«Nur in Norwegen zahlt man mehr Steuern als bei uns», sagte er zu de Gier. «Hast du das gewußt?»

«Ich möchte nicht nach Norwegen», sagte de Gier. «Ich möchte nach Neuguinea. Ich habe gestern eine Postkarte aus Neuguinea erhalten. Sie war auf der Insel Japen abgestempelt worden. Es stand nur ‹Grüße› darauf; sie trug keine Unterschrift.»

Der Commissaris kicherte. «War sie ans Präsidium adressiert, de Gier?»

«Ja, Mijnheer; er erinnert sich nicht an meine Privatadresse. Er ist einmal dort gewesen, hat aber vermutlich die Hausnummer vergessen.»

«Viel Glück für ihn», sagte der Commissaris. «So, weiter gehe ich nicht mit. Klingle und zeig deinen Ausweis. Ich gehe zum Wagen zurück. Grijpstras Plan war in Ordnung. Sag dem Pförtner, er soll seinen Chef zum Wagen schicken, und warte hier.»

De Gier klingelte. Es dauerte eine Weile, bis die Tür geöffnet wurde. An der Tür stand kein Name. Niemand, nicht einmal ein mißtrauischer und zynischer Polizist wie de Gier, würde in diesem Herrenhaus ein Bordell vermuten. Er hatte Zeit, sich umzusehen, die herrlichen Eichentüren zu bewundern, die frische Farbe auf den Fensterrahmen, den perfekt angelegten Garten. Es war sogar ein Teich dort, und er sah die verschwommenen Formen von Goldfischen, die zwischen den großen Blättern der Wasserlilien herumflitzten.

«Mijnheer?» fragte eine ruhige Stimme.

Er erkannte den Typ sofort. Ein Zuhälter, aber einer von der soliden Art. Ein großer, aber trotz seiner Jahre immer noch stattlicher Mann. Der Mann mußte fast sechzig sein, aber er ließ die Schultern kaum hängen. Er war die Art von Mann, die nie die Geduld verlieren würde und die eine schreiende Nutte ebenso wie einen lärmenden Kunden beruhigen und sich die Liebe der Hure und die Achtung des Freiers erhalten konnte. Es gibt alle Arten von Zuhältern. Die angeberischen jungen Zuhälter halten sich nicht lange. Sie saufen und werden in Schlägereien verwickelt, und ein paar Jahre des lustigen Lebens machen sie zu verkrüppelten Alkoholikern. Es gibt auch kriminelle Zuhälter, die im Gefängnis landen. Aber der ruhige, starke Zuhälter hält sich. Dies war ein ruhiger, starker Zuhälter.

De Gier mußte aufblicken, als er den Mann ansprach. Er zeigte seinen Ausweis; der Mann nahm ihn in die Hand und hielt ihn auf Armeslänge vor sich.

«Meine Augen sind nicht mehr so gut, Brigadier.» Er sprach sehr leise.

«Holen Sie Ihren Chef», flüsterte de Gier zurück. «Sagen Sie ihm, er soll nach draußen gehen. Am Straßenrand steht ein schwarzer Citroën; Ihr Chef wird meinen Chef darin finden. Sie werden ein kleines Gespräch miteinander führen.»

«Warten Sie hier, Brigadier; ich werde ihn holen.»

«Nein», sagte de Gier. «Ich gehe mit.»

Der Zuhälter lächelte. «Keine Angst, Brigadier, ich werde ihn anrufen. In der Diele ist ein Telefon.»

Es war eine große Diele mit einem Perserteppich auf den Marmorfliesen und mannshohen Statuen von griechischen Nymphen, deren steinerne Gewänder herabwallten. Das Telefon stand auf einem türkischen Tisch aus Messing neben einem verzierten Kasten aus geschnitztem Mahagoni.

«Was ist in dem Kasten?» fragte de Gier. Er hatte bemerkt, daß dieser verschlossen war.

Der Zuhälter-Pförtner klopfte sich auf den Bauch. «Ich habe hier einen passenden Schlüssel. Im Kasten sind Chips. Wir halten nichts davon, wenn das Geld im Haus herumfliegt. Wenn Sie etwas wollen, gebe ich Ihnen einen Chip.»

«Was gebe ich Ihnen?»

Der Pförtner lachte. «Geld, Brigadier. Sie geben mir Geld, ich gebe Ihnen Chips. Mit Chips können Sie sich in der ‹Villa Veenblik› amüsieren. Sie können trinken, mit den Damen nach oben gehen und sich am Glücksspiel beteiligen. Und wenn Sie eine Zigarre möchten, gebe ich Ihnen eine. Zigarren sind gratis.»

«Geben Sie mir eine», sagte de Gier.

Der Pförtner öffnete eine zwischen den kupfernen Girlanden des Tisches verborgene Schublade und nahm eine enorme Zigarrenkiste heraus. Er öffnete sie mit einem Schwenken. In der Kiste waren sehr dünne Zigarillos, mittelgroße Zigarren, kurze dicke Zigarren und sehr große Zigarren – groß genug für die breiten Krötenmäuler von Bankiers und Werftbesitzern.

«Eine große», sagte de Gier. «Eine von denen.»

«Aber gewiß, Mijnheer», sagte der Pförtner und zog an der dicken Goldkette, die sich über seinem Bauch spannte. Am Ende der Kette waren ein Schlüssel und ein Zigarrenabschneider befestigt. Er schnitt die Zigarre mit einer groben Drehung ab und gab sie de Gier, der sie mit den Zähnen festhielt. Der Pförtner griff in seine Westentasche und holte ein langes Streichholz heraus. Er stellte sich auf ein Bein und riß das Streichholz an der Sohle seines Schuhs an.

«Bitte sehr, Mijnheer.»

De Gier dankte ihm nicht. Er kam sich blöd vor. Der Pförtner hatte eine starke Persönlichkeit, und de Gier spürte, wie sie sich um ihn ausbreitete. Er war froh, daß er keine Frau war. Die Frauen würden in Ohnmacht fallen, wenn diese kleine Gottheit sich herabließ, sich zu verbeugen und ihnen seine Aufmerksamkeit zu schenken.

«Chef», sagte der Pförtner. «Großalarm, Chef. Die Polizei ist hier. Sie möchte, daß Sie auf der Stelle herunterkommen. In die Diele. Ein Wagen wartet auf Sie.»

Er legte den Hörer auf und grinste. «Der wird sich vor Angst in die Hosen machen, Brigadier. Den kann man leicht erschrecken, wissen Sie. Er wird in einer Minute die Treppe runterfallen.»

Der Pförtner legte die Hände auf dem Rücken zusammen und beobachtete die Treppe.

Auch de Gier beobachtete sie. Ein kleiner Mann, ein wenig über ein Meter fünfzig groß, kam in gestreiftem Anzug, gestreiftem Hemd und gestreifter Krawatte die Treppe heruntergerannt. Die Streifen paßten nicht zueinander.

«Was ist, Joop?» fragte der Mann mit lautem, erregtem Flüstern. «Polizei? Du machst dir doch nicht etwa wieder einen Spaß, wie?»

«Nein, Chef. Dies ist Brigadier de Gier, ein Kriminalbeamter. Er hat mir seinen Ausweis gezeigt; der Ausweis ist echt. Und er möchte, daß Sie nach draußen gehen. Am Tor parkt ein Citroën. Drinnen sitzt ein Offizier, der Sie sprechen möchte.»

«Nein», flüsterte der Chef, «nein, nein. Was soll das? Gewiß keine Schwierigkeiten! Hier hat es nie Schwierigkeiten gegeben. Ein Club nur für Mitglieder, Brigadier, und man kann die Mitgliedschaft nicht an der Tür kaufen. Wir wollen keine neuen Mitglieder; wir wollen, daß es hier hübsch und gemütlich ist. Und die Mädchen sind alle über einundzwanzig, die meisten verheiratet. Kein Rauschgift. Und das Glücksspiel ist nur so zum Spaß. Was ist los, Brigadier?»

De Gier machte eine einladende Bewegung in Richtung Tür.

«Du hast den Ausweis gesehen, Joop, wie?» Der Pförtner nickte, das Gesicht ausdruckslos, wie sehr ihn der Chef auch anstarrte. Keine Hilfe. Keine freundliche Beruhigung. «Ein Polizeiausweis, Joop, wie? Mit Privatdetektiven wollen wir hier nichts zu tun haben.»

«Ein Polizeiausweis, Chef. Der Herr ist Brigadier der Kriminalpolizei. Und der Offizier draußen wird Hoofdinspecteur sein.»

«Commissaris», sagte de Gier.

«Ach, Scheiße!» sagte der Chef. «Ein Commissaris. Warum, zum Teufel, will mich ein Commissaris sprechen?»

«Haben Sie ein schlechtes Gewissen?» fragte de Gier.

«Nein!» Der Chef stampfte mit dem Fuß auf. De Gier sah auf den Fuß. Er wurde geschützt durch einen orangefarbenen glänzenden Stiefel, geschlossen mit zwei Reißverschlüssen. Der Stiefel stampfte noch einmal auf den Marmorfußboden.

«Führen Sie keinen Steptanz auf», sagte de Gier. «Das macht mich nervös.»

«Nein», schrie der Mann beinahe. «Ich sage Ihnen, hier geschieht nichts, was nicht geschehen sollte. Wir haben nie Beschwerden.»

«Der Commissaris wartet», sagte de Gier.

Der Chef eilte zur Tür.

«Was gibt's für Schwierigkeiten?» fragte der Pförtner. «Mir können Sie es sagen, wissen Sie. Ich werde keinen Steptanz aufführen. Und jedenfalls hat er recht. Wir haben nie Beschwerden.»

De Gier zuckte die Achseln.

«Einen Drink», schlug der Pförtner vor. «Einen schönen Longdrink. Hinter der Bar steht ein Schwarzer aus Jamaika, der Drinks mixen kann, Longdrinks. Ein hohes Glas mit einem Schuß Rum, etwas Fruchtsaft und hübsch klingelnden Eiswürfeln. Man kann seine Mixturen den ganzen Abend lang trinken und hat immer ein angenehmes Gefühl. Morgens keine Kopfschmerzen. Keine plötzliche Schwäche, wenn man die Treppe hinaufstolpern sollte. Hier.»

De Gier spürte einen Chip in seiner Hand. Aus grünem Plastik, einen Quadratzoll groß. Aufgedruckt war die Zahl fünfundzwanzig, eine silberne fünfundzwanzig auf blaßgrünem Grund.

«Dafür gibt's fünf Hopplas», sagte der Pförtner, «und ich werde Ihnen noch einen geben, wenn die alle sind.»

«Fünf Gulden für einen Drink?» fragte de Gier.

«Drinks sind billig», erläuterte der Pförtner, «und die Mädchen animieren nicht zum Trinken. Man kann ihnen einen Drink spendieren, wenn man wirklich will, aber sie bitten nie darum. Sie erhalten an der Bar ihre Limonade oder Cola oder Soda gratis.»

«Und wenn Sie die Mädchen wollen?»

«Ich will die Mädchen nicht», korrigierte der Pförtner. «Sie wollen sie. Und wenn *Sie* wollen, kommen Sie zu mir und kaufen sich einen goldenen Chip. Ein goldener Chip bedeutet hundert. Hundert bedeutet ein Mädchen. Und wenn Sie wollen, daß ein Mädchen ihre Sonderwünsche erfüllt, bitten Sie mich um zwei goldene Chips. Für zwei befriedigt es Ihre ausgefallensten Wünsche, Ihre verrücktesten Träume. Und wenn Ihnen keine einfallen, weil Ihr Unterbewußtsein durch schwere Arbeit oder traurige Gedanken ganz blockiert ist, wird es etwas vorschlagen. Sie machen es Ihnen vor, und Sie werden nie darauf kommen, daß sie Ihnen etwas vormachen. Oh, Junge! Zwei Chips bringen Sie in den Himmel, und zwar nicht in jenen Teil, wo man auf Wolken Harfe spielt. Selbstverständlich gibt es auch Harfen und Wolken, aber das ist für die Gewöhnlichen. Dies Haus ist für die Ungewöhnlichen. Dies Haus ist für *Sie*, Brigadier.»

Der Pförtner hatte leise gesprochen und sich vorgebeugt, so daß sein Gesicht mit de Giers auf einer Höhe war. Es drückte tiefe Güte aus. Seine tiefe Stimme hallte in de Giers widerspenstigem Gehirn wider. Der Pförtner hatte die Arme ausgebreitet; seine riesigen Hände waren offen und etwa dreißig Zentimeter von den Schultern de Giers entfernt. De Gier spürte, daß ihn die Hände beschützten und gleichzeitig all seine Körpersäfte mit Lebenskraft erfüllten.

De Gier trat einen Schritt zurück und schüttelte sich. «Hören Sie auf», sagte er. Seine Stimme war heiser.

Der Pförtner lachte. «Das war nicht schlecht, wie? Es ist meine Masche bei den schüchternen Gästen. Ich hab sie schon hunderttausendmal abgezogen, aber sie wirkt immer noch. Die sagen, ich soll zum Theater gehen, aber da ist kein Geld zu machen.»

«Hier ist viel Geld zu machen!»

«Ja, Brigadier», sagte der Pförtner, «das stimmt. Aber was ist Geld? Ihr Burschen denkt immer, wir Zuhälter arbeiten für Geld. Aber nach einer Weile wird Geld zu Papier. Wieviel Mahlzeiten kann ich einnehmen? Wieviel Wagen kann ich fahren? Und wieviel Anzüge kann ich tragen?»

De Gier sah den Pförtner an. Er fühlte sich jetzt viel besser, nachdem er sich befreit hatte.

«Nein, ich arbeite nicht mehr wegen des Geldes. Vielleicht hab ich das nie getan.»

«Weswegen arbeiten Sie?»

Der Pförtner machte eine weitausholende Geste, ohne auf etwas Besonderes zu zeigen oder eine bestimmte Richtung anzudeuten. «Wer weiß? Vielleicht wegen dieses Hauses. Es ist ein großes Haus, und es gefällt mir hier. Dem Chef gehört das meiste davon; er hat Köpfchen – das Köpfchen eines Geschäftsmanns. Aber mir gehört auch ein Stückchen von der ‹Villa Veenblik›, und es steckt eine Menge von meinen Ideen drin. Ich weiß nicht, was besser ist: Köpfchen oder Ideen. Und ich hab Spaß daran, die Frauen anzuschleppen. Wir ziehen es vor, wenn sie verheiratet sind, Teilzeitbeschäftigung, wissen Sie. So haben sie mehr Spaß daran, und die Kunden kommen in den Genuß dieses Spaßes. Sie kommen her, um sich ein Taschengeld zu verdienen oder einen hübsch glänzenden kleinen Wagen oder einen Urlaub oder eine lederne Sitzgarnitur. Wir versuchen nie, sie festzuhalten, wenn sie genug haben. Es gibt immer andere.»

«Wie bekommen Sie Ihre Frauen?»

«Wir geben Anzeigen auf oder gaben Anzeigen auf. Wir suchten Hostessen. Das ist ein gutes Wort: ‹Hostess›.» Der Pförtner schmatzte mit den Lippen. «Das läßt sie glauben, sie seien Klasse. Hostessen für die Reichen, für die Berühmten. Und das sind sie selbstverständlich. Wir haben keine armen Kunden. Jetzt kommen sie von selbst. Irgendeine Freundin sagt es ihnen; sie trinken zusammen Tee in einem gemütlichen Lokal und schwatzen drauflos, und daraufhin kommen sie her. Ich öffne die Tür, und da steht ein dummes, plumpes Ding und stottert etwas. Ich nehme sie mit rein und bringe sie in ein hübsches Zimmer. Der Jamaikaner bringt einen kleinen Drink und wir plaudern. Gewöhnlich ist sie in Ordnung und braucht nur hier und da eine kleine Veränderung. Ein anderes Kleid, eine andere Art zu gehen, oder vielleicht sollte sie kein Kleid tragen, sondern Samtjeans oder weite fließende Hosen oder eine lange Robe oder etwas Kurzes mit Rüschen. Wir wollen nicht, daß sie nackt herumstolzieren.»

«Kein Striptease?» fragte de Gier und zog an seiner Zigarre.

«Aber sicher. Etwas Striptease muß sein. Sie strippen alle. Wir haben eine kleine Bühne. Auf der Bühne müssen sie sexy sein, alles zeigen, alle Bremsen lösen. Ich ermutige sie, übe sogar mit ihnen. Ich sitze in einem großen Sessel und gehe die Show mit ihnen durch, Stück für Stück. Ich hole andere Mädchen, die es ihnen zeigen. Und wenn sie es richtig machen, klatsche ich und rufe und küsse sie auf die Wangen oder gebe ihnen einen Klaps auf den Hintern – es hängt davon ab, was für eine Art von Mädchen es ist. Aber wenn die Show vorbei ist, müssen sie wieder zurückhaltend sein und herumgehen, reden und den Kunden zuhören. Zuhören ist sehr wichtig.»

«Informationen?» fragte de Gier. «Sie wollen Informationen.»

«Sie sind ein richtiger Polizist, nicht wahr?» fragte der Pförtner. «Nein, nein, wir wollen keine Informationen. Wofür halten Sie uns eigentlich? Für Erpresser? Wir wollen nur, daß sie ihren Kunden zuhören. Interesse zeigen, wissen Sie. Der Kunde kauft Chips, nicht wahr? Wunderschöne Plastikchips. Geben Sie Ihren Chip aus, Brigadier. Da ist Ihr Chef und meiner.»

Der Commissaris kam durch die Tür, die ihm der Chef offenhielt. Der kleine Mann war immer noch sehr nervös.

«Gewiß, Mijnheer», sagte er. «Kommen Sie nur herein, Mijnheer. Ich weiß jetzt, was Sie wollen. Sie hatten mich wirklich beunruhigt, wissen Sie. Ich bin so froh, daß ich jetzt weiß, was Sie wollen.»

«Was will der Commissaris, Chef?» fragte der Pförtner.

«Pst», sagte der kleine Mann. «Schließ die Tür ab; wir öffnen sowieso erst um halb zehn. Schließ ab und komm mit in mein Büro. Ich werde dir alles erklären.»

«Ich glaube, der Brigadier möchte einen Drink», sagte der Pförtner.

Der Commissaris sah de Gier an. «Möchtest du einen Drink, de Gier? Was ist das für eine Zigarre?»

«Nein, Mijnheer», sagte de Gier. «Ich möchte keinen Drink. Und die Zigarre ist sehr gut; der Pförtner hat sie mir gegeben.»

Der Pförtner bot dem Commissaris die Kiste an, der sich die kleinste Zigarre aussuchte, die er finden konnte. Der Pförtner stand wieder auf einem Bein und hielt ein langes Streichholz in der Hand.

«Da sind wir nun», sagte der kleine Mann. «Wir werden die ganze Angelegenheit noch einmal durchgehen. Wir müssen sicherstellen, daß kein Fehler passiert.»

Sie befanden sich in einem kleinen Büro. Es sah aus wie jedes andere Büro: ein grauer Aktenschrank, ein Schreibtisch, niedrige graue Stühle aus Plastik und Metall für Besucher, eine Schreibmaschine, eine elektronische Buchungsmaschine. Der kleine Mann saß hinter seinem Schreibtisch und sah jetzt etwas größer aus. Die Besucher versuchten, bequeme Sitzpositionen zu finden. Der Pförtner lehnte an der Wand. Er war zu groß, um in diese niedrigen Stühle zu passen.

«Es geht um Mijnheer Sharif, Joop», erläuterte der Chef. «Um Mijnheer Sharif und seine Freunde – oder sein Personal, sollte ich sagen. Du kennst sie, die vier Herren, die seine wichtigsten Geschäfte leiten.»

Er sah jetzt den Commissaris an. «Sie kommen einmal in der Woche, Commissaris. Wir haben oben ein Zimmer, wo die Leute miteinander reden können. In dem Zimmer werden viele Geschäfte abgewickelt. Ich weiß selbstverständlich nicht, was dabei vorgeht, aber manchmal hab ich so eine Ahnung. Nur eine Ahnung, wohlgemerkt. Da sind afrikanische Herren, die Armeen ausrüsten wollen – sie kaufen Panzer und Flugzeuge –, und da sind Geschäftsleute, die sich mit anderen Geschäftsleuten zusammentun möchten. Die Direktoren haben hier eine ruhige Unterhaltung und sondieren die gegenseitigen Vorschläge. Große Geschäfte. Sie reden, und wir schicken die Getränke hinauf. Wenn sie wegen der Mädchen herunterkommen, ist alles erledigt. Die Geschäfte, meine ich. Aber ich weiß nie genau, was da vor sich geht. Joop und ich sorgen für den Hintergrund, die Umgebung, die Atmosphäre.»

«Ich verstehe», sagte der Commissaris. «Und Mijnheer Sharif? Was tut er hier?»

Der Pförtner lachte. «Er vögelt», sagte er.

«Nein, nein, Joop», sagte der Chef. «Ich wollte, du könntest das Wort vergessen. «Er hat Geschlechtsverkehr, wenn du es schon beschreiben mußt. Nicht dieses häßliche Wort. Werde endlich erwachsen, Joop.»

«Die Pubertät steckt in uns allen», sagte der Pförtner.

«Ja, ja. Nicht in Mijnheer Sharif. Es überrascht mich übrigens, daß er in Schwierigkeiten ist. Er kommt seit vielen Jahren, und ich habe nie erlebt, daß er aus der Haut gefahren ist oder geflucht oder auch nur ein häßliches Wort gesagt hat. Er ist ein sehr würdiger und kultivierter Herr. Und ein bedeutender Geschäftsmann. Er trifft sich hier mit seinen Assistenten – wöchentlich einmal –, aber er hat uns auch andere Gäste gebracht. Ich habe die Fotos dieser anderen Gäste in der Zeitung gesehen. Selbstverständlich keine Namen. Ich werde keine Namen nennen. Aber Mijnheer Sharifs Gäste sind Leute mit Namen.»

«Gut», sagte der Commissaris. «Er wird um zehn kommen, nicht wahr?»

«Ja, Commissaris.»

«Und seine Assistenten werden ein wenig später oder früher eintreffen. Dann werden sie in ihr Zimmer gehen. Bleiben sie lange?»

«Höchstens eine Stunde.»

«Ich möchte in der Lage sein, sie zu hören und, falls möglich, auch zu sehen. Kann das arrangiert werden?»

Der Chef sah den Pförtner an.

«Ja», sagte der Pförtner. «Mein Zimmer liegt neben dem Konferenzraum. Ich hab eine gute Bohrmaschine, hab sie in der vergangenen Woche gekauft. Ich kann zwei Reihen Löcher bohren.»

«Gut, wir können sie also sehen. Wie steht's mit dem Hören?»

«Mir gefällt das nicht», sagte der Chef. «Wenn Mijnheer Sharif dahinterkommt, wird er nicht erfreut sein.»

«Überlassen Sie Mijnheer Sharif uns», sagte der Commissaris ruhig. De Gier hob überrascht den Blick. In der Stimme des Commissaris schwang eine Note tödlichen Hasses mit, und der kleine Körper des alten Mannes bebte unwahrnehmbar. De Gier hatte in den fünf Jahren, die er unter dem Commissaris gearbeitet hatte, diesen Teil seines Wesens nie bemerkt.

Der Pförtner hatte ebenfalls aufgeblickt. Mit seinen ruhigen großen Augen unter den dichten Brauen musterte er die kleine Gestalt in der Ecke des Raums.

«Sie können mit Mijnheer Sharif fertig werden, Commissaris?» fragte der Pförtner.

«Ja», sagte der Commissaris sehr leise, aber das Wort drang in jede Ecke des Raums.

«Ein Mikrophon», sagte der Chef. «Du bist geschickt in elektrischen Dingen. Kannst du helfen, Joop?»

«Die Combo hat unten ein Ersatzmikrophon», sagte der Pförtner.

«Und Litze ist auch genug da, aber wir wollen nicht, daß sie auffällt. Ich werde sehen, was ich tun kann. Wollen Sie ein Tonbandgerät anschließen?»

«Ja», sagte de Gier. «Wir werden uns den Raum zusammen ansehen. Ich glaube, ich kann helfen, und ich habe ein gutes Tonbandgerät im Wagen.»

«Es ist wohl besser, ihr beiden fangt an», sagte der Commissaris.

Der Chef sprang hinter seinem Schreibtisch auf. «Wir können in die Bar gehen, Commissaris. Es ist gemütlicher dort unten.»

«Nennen Sie mich nicht ‹Commissaris›.»

«Nein, Mijnheer, Verzeihung, Mijnheer. Ich werde Sie ‹Mijnheer› nennen.»

«Das wird besser sein.»

«Was ist mit Mijnheer Sharif und seinen Leuten, Mijnheer? Sie werden sie doch wohl nicht im Haus festnehmen, nicht wahr?»

«Nein», sagte der Commissaris. «Nicht, wenn wir es vermeiden können. Sie kennen weder den Brigadier noch mich. Wir wollen nur für eine Weile zuhören. Nachher können wir sie in der Bar beobachten, während sie sich amüsieren.»

Der Chef versuchte zu lachen. «Ja. Ich werde Ihnen ein paar Chips geben. Mit Geld wird im Haus nie bezahlt. Joop wird Ihnen soviel Chips geben, wie Sie wollen.»

«Wir werden die Chips kaufen», sagte der Commissaris.

«Sehr wohl, Mijnheer. Es wird also keine Schwierigkeiten für das Haus geben, nicht wahr, Mijnheer?»

«Tun Sie, was man Ihnen sagt», sagte der Commissaris.

«Ja, Mijnheer.»

15

«Meine Freunde», sagte Sharif, «ich heiße euch willkommen.»

Am Tisch murmelte man. Vier Männer in Anzug, weißem Hemd und Krawatte sahen ihn aufmerksam an. Sie sahen ordentlich genug aus, aber ihre Erscheinung stand in scharfem Kontrast zu der eleganten Gestalt am Kopf des Tisches. Der Araber trug einen hellen Anzug, tadellos maßgeschneidert. Sein hübsches Gesicht mit der Adlernase und den leicht schräggestellten dunkelbraunen Augen war gelassen. Das schwarze Haar, das er ziemlich lang trug, hatte einen natürlichen

Glanz. Seine langen braunen Hände lagen absolut bewegungslos auf dem Tisch, als seien sie kein Teil von ihm. Er sah die vier Männer an, einen nach dem andern.

«Gestattet mir, daß ich gleich zur Sache komme. Wir sind hier zur Arbeit und zum Vergnügen, und wir wollen das Vergnügen nicht zu lange warten lassen.»

Die vier Männer lächelten.

Auch Sharif lächelte, aber sein Gesicht zeigte keine Ungeduld. «Also dann. Es hat eine Störung gegeben. Eine unglückliche Störung. Unser wichtigster Lieferant von Waren zu annehmbaren Preisen ist aus dem Geschäft raus. Für immer, fürchte ich. Seine Organisation ist zerschlagen, was schade ist. Es war eine funktionierende Organisation, von der ich gehofft hatte, sie würde mit unserer fusionieren, wobei einer von euch ihr Direktor werden sollte. Wir hatten einige Fortschritte gemacht, und jetzt dies.»

Er machte eine Pause. «Ich habe euch persönlich ausgesucht, jeden einzelnen von euch. Ihr habt seit Jahren für unser Unternehmen gearbeitet. Jeder von euch hat einen Lebenslauf, der ihn für einen Platz in unserer Organisation qualifiziert. Ihr habt Verstand; ihr seid kaltblütig. Ihr müßt kaltblütig bleiben.»

Sharif neigte den Kopf. «Du, mein Freund, bist ein Kämpfer. Du hast im Fernen Osten gekämpft; du bist ein tapferer Mann, ein Krieger. Und du, mein Freund, hast in einem kleinen Boot ein Meer überquert, ein großes Abenteuer, das du zu einem erfolgreichen Ende geführt hast. Und du, mein Freund, bist viele Jahre in meinem Land gewesen. Du beherrschst meine Sprache. Wir können gegenseitig unsere Gedanken lesen. Und du, mein Freund, hast Verbindungen, die du nie mißbraucht hast und die uns nie im Stich gelassen haben. Wir müssen unsere Talente miteinander kombinieren und diesen kleinen Sturm überstehen. Jeder von euch leitet eine unserer Hauptfilialen. Kriminalbeamte haben eure Geschäfte aufgesucht. Haben sie Spuren von weggeschafften Waren gefunden?»

Zwei Männer verneinten die Frage. Zwei zögerten.

«Was ist passiert?» fragte Sharif.

Der Mann, den er ansah, steckte sich eine Zigarette an.

«Sie haben nichts gesagt, Sharif, aber sie könnten etwas gesehen haben. Mir gefiel die Art nicht, wie sie weggingen. Vielleicht haben sie mit einem der Angestellten gesprochen, die mir beim Wegschaffen der Waren geholfen haben. Ich mußte schnell handeln und konnte nicht alles allein auf den Lastwagen laden.»

«Und du? Was ist in deinem Geschäft geschehen?»

«In meinem Geschäft herrschte einige Verwirrung, Sharif», sagte der Mann zögernd. «Ein falsches Fernsehgerät blieb zurück; ein ordentlich verbuchtes wurde weggebracht. Die Kriminalbeamten haben die Nummern aller Geräte im Geschäft aufgeschrieben. Wenn sie deine Bücher im Hauptbüro prüfen, könnten sie über eine Unregelmäßigkeit stolpern.»

«Aha», sagte Sharif und faltete die Hände, «ich verstehe. Ich bin froh, daß du es mir gesagt hast. Fehler werden nun mal gemacht. Es ist eine Bedingung, die wir Menschen immer in Betracht ziehen müssen. Gegenwärtig gehen Kriminalbeamte unsere Bücher durch und vergleichen Rechnungen mit einer Liste von Nummern. Die Fernsehgeräte und die anderen Waren kamen aus Containern, die sich unser Lieferant gesichert hatte. Es muß eine Liste mit Nummern verschwundener Fernsehgeräte geben. Ja. Es ist schlimm. Aber vielleicht fällt es nicht auf. Ist sonst noch was schiefgegangen?»

Er sah seine Männer nacheinander an. Keiner sagte etwas.

«Der Kater», sagte schließlich einer.

«Er sitzt im Gefängnis. Ich glaube nicht, daß er dort bleiben wird. Seine Verbindung zu uns ist nie bewiesen worden. Der Kater ist ein schlaues Tier, stolz und frei. Er wird auf seiner Koje liegen und die Polizisten anlächeln, die versuchen, mit ihm zu reden.»

«Sein halber Schnurrbart ist ab.»

«Ja», sagte Sharif, «ich hab's gehört. Er wird etwas lächerlich aussehen, aber in Amsterdam ist ein halber Schnurrbart nicht so ungewöhnlich wie anderswo.» Er lachte, ein sanftes, kehliges Lachen.

«Am Deich ist jemand gestorben, wie ich höre», sagte einer der Männer.

«Das war geplant», sagte ein anderer und kicherte. «Der Flieger hat gut gearbeitet. Es gibt keine Spuren, nur eine Kugel.»

Sharif hob eine Hand. «Dies ist eine Sitzung, Herrschaften, eine geschäftliche. Wir müssen uns an die Regeln halten. Ich werde die Sitzung leiten und keinen außerhalb der Reihe reden lassen.»

Sharif schaute an die Decke. Als sich sein Blick wieder senkte, sahen die Männer starr geradeaus. «Am Deich hat es Tote gegeben», sagte Sharif. «Einen ungeplanten, stupiden Tod. Die Polizei hat einem Mann in den Magen geschossen, der jetzt tot im Krankenhaus liegt. Ein anderer Mann ist gestorben, aber der Schuß wurde gezielt und mit ruhiger Hand abgegeben; er kam aus dem Dunkel der Nacht, und ein Dämon ist geflohen und nie mehr gesehen worden. Der Dämon hat keinen Namen. Wenn man ihm einen gibt, wird eine Person erschaffen, und sie hat Gewohnheiten, hinterläßt Spuren und wohnt in einem Haus. Ihr kann die Polizei eine Hand auf die Schulter legen. Wir müssen dem Dämon gestatten, das zu bleiben, was er ist.

«Und was jetzt?» fragte ein Mann.

«Wir warten», sagte Sharif. «Der Kater wird eines Tages frei sein, aber wir dürfen nicht mehr mit ihm reden. Wir werden das Spiel des Katers selbst spielen. Unser Krieger wird einige Männer ausbilden, damit sie die notwendigen Tricks beherrschen. Die Männer werden zuverlässig sein. Es werden einige Araber und einige Männer aus der Gegend sein. Und vielleicht eine Frau – eine gute Frau –, die wir in diesem Haus hier finden werden. Aber zunächst werden wir abwarten. Wir werden vielleicht sechs Monate oder ein Jahr warten müssen, aber das können wir uns erlauben. Meine Freunde?» fragte Sharif.

Er sah einen nach dem anderen an, um Zustimmung zu finden. «Ausgezeichnet. Damit schließen wir die Sitzung. Ich sehe euch gleich unten. Ich danke euch, daß ihr gekommen seid.»

Die Männer standen auf, als Sharif hinausging.

Er sah königlich aus.

Ein Scheich, der majestätisch aus seinem Zelt schreitet, dachte de Gier. Draußen wird ein weißes Rennkamel warten, und bald wird er weit weg sein, verschlungen von der Wüste.

16

Der Pförtner begleitete de Gier zum Wagen, wo er dem Polizisten am Steuer das Tonbandgerät übergab. Weder der Pförtner oder de Gier noch der Polizist mit den müden Augen sahen den kleinen dunklen Mann, der seit einer Weile im Garten gegenüber gestanden hatte. Der Mann stand am dicken Stamm einer Lärche, verborgen durch die niedrigen Zweige des Baums.

De Gier und der Pförtner gingen wieder ins Haus. Der Commissaris war an der Bar und nippte an einem Drink, den der lächelnde dicke Barmann höchst professionell gemixt hatte. Er hantierte mit dem silbernen Shaker, als begrüße er eine königliche Persönlichkeit, die ein Recht auf ein extravagantes Zurschaustellen reiner Freude hat. Neben dem Commissaris saß eine junge Frau. De Gier wandte seinen bewundernden Blick ab. Sie trug ein langes schwarzes Kleid, hochgeschlossen bis zum kleinen Kinn, einen langen, schlanken Hals umschließend. Ihr Gesicht war die Unschuld selbst, und der kleine rote Mund schmollte. Ihr Bein auf der Seite zum Commissaris war nackt, sie bewegte es alle paar Sekunden. Der nackte Oberschenkel machte de Gier schwer atmen. Der Schlitz im Kleid schloß sich, als de Gier zum Commissaris trat.

«Guten Abend, Mijnheer», sagte de Gier. «Ich hatte nicht erwartet, Sie heute abend hier zu treffen. Ich dachte, Sie wären noch in Frankreich.»

«Hallo, Rinus», sagte der Commissaris und lächelte erfreut. «Ich habe gehofft, dich hier zu sehen. Wie stehen die Dinge im Büro? Ich darf dir unsere reizende Hostess vorstellen. Das ist Charlotte. Charlotte, das ist Rinus, meine rechte Hand in der Firma. Ihr paßt sehr gut zusammen, glaube ich.»

Das Mädchen hüpfte vom Hocker und verbeugte sich tief. Dann hob sie das Gesicht und bot ihren Mund an. De Gier küßte ihn flüchtig, während der Commissaris kicherte.

«Ausgezeichnet», sagte er. «Ihr paßt wirklich zusammen, wie ich sehe. Ich hatte recht.»

«Selbstverständlich», sagte das Mädchen.

«Möchtest du etwas trinken, Charlotte?» fragte de Gier.

«Nein, danke. Ich habe noch etwas im Glas, aber wir können tanzen, wenn du willst. Ich möchte euch beide mit Ella bekanntmachen. Wir können unseren Freund an der Bar nicht ganz alleinlassen, nicht wahr?»

«Wer ist Ella?» fragte der Commissaris.

Charlotte zeigte auf ein rothaariges Mädchen, das allein am anderen Ende der Bar saß.

«Sie ist schön», sagte der Commissaris, «aber ich hätte lieber die reizende Chinesin, die soeben gekommen ist. Wenn es dir nichts ausmacht, selbstverständlich. Das hat überhaupt nichts mit Tadel an deinem Geschmack zu tun; es ist nur, daß mich die Weisheit des Fernen Ostens verzaubert.»

«Du bist ein Schatz», sagte Charlotte und streichelte mit ihrem Haar die Wange des Commissaris. «Einen Moment, bitte.»

«Alles in Ordnung?» fragte der Commissaris.

«Ja, Mijnheer. Das Tonbandgerät ist im Wagen, und der Pförtner hat das Konferenzzimmer aufgeräumt.»

«Das ist Thsien-niu», sagte Charlotte. «Habe ich deinen Namen richtig ausgesprochen, Thsien-niu?»

Das Mädchen lächelte und verbeugte sich. Eine knappe Verbeugung, mit der sie kaum mehr als die Gegenwart der beiden Männer zur Kenntnis nahm.

Tricks, dachte de Gier. Tricks, die sie von dem bulligen Zuhälter lernen. Er sah den Pförtner Joop vor sich, wie sein großer Körper oben im Ausbildungszimmer auf einer Couch hingefläzt ist, während die Mädchen sich produzieren. Er inspiriert sie mit seiner warmen, tiefen Stimme, die lässig den Worten schmeichelt und die Mädchen vor Freude, Gehorsam und Demut erglühen läßt.

«Setz dich zu mir, Thsien-niu», sagte der Commissaris und bemühte sich, die fremden Laute richtig auszusprechen.

«Please», sagte das Mädchen, während es mit Leichtigkeit auf den hohen Hocker hüpfte.

«Thsien-niu spricht noch nicht Holländisch», sagte Charlotte, «aber sie lernt schnell, und ihr Englisch ist wunderbar. Sie kommt aus Hongkong. Sie ist hier sehr beliebt.»

De Gier befand sich auf der kleinen Tanzfläche, wo sich Charlottes verhüllter Körper eng an seinen preßte. Die Combo von drei jungen Männern – alle in dunklem Anzug mit enger Hose und weitem, offenen weißen Hemd mit blauem Halstuch – spielte einen langsamen Shuffle, dem man sich sehr leicht anpassen konnte. Sie hielten oft inne und ließen vier Takte aus. Die rechte Hand des Pianisten spielte eine einfache Kombination hoher Töne mit leichtem Anschlag. Die linke Hand sowie Schlagzeug und Baß fielen gemeinsam ein, betonten die Kombination und ließen diese de Giers Rückgrat hinauflaufen. Er hatte seine Hände auf den Schultern des Mädchens, und er zog es an seine Brust, aber es entwand sich ihm und begann allein zu tanzen, einen Meter von ihm entfernt. Charlotte blieb auf der Stellte, bewegte kaum die Füße, ließ aber ihren Körper erbeben. De Gier, geführt von den hohen Noten, improvisierte einen Kreis um sie herum, ohne es zu übertreiben. Seine Füße machten vorschriftsmäßige Schritte, an die er sich von der Tanzschule vor zwanzig Jahren erinnerte. Aber die alte Tanzlehrerin hatte ihm nie beigebracht, seine Schultern, Arme und Hände zu gebrauchen. Es war gut, daß die alte Dame ihn das nicht gelehrt hatte, denn jetzt konnte er tun, was ihm gefiel, und er machte sich ganz gut dabei. Der Commissaris, der ihn von der Bar aus beobachtete, nickte beifällig, und die Chinesin lächelte vage, als sie sah, wie der große athletische Mann zu einem kleinen Jungen wurde und dann zu seiner eigenen Stärke zurückfand. De Gier dachte an nichts, während er tanzte; er hatte einfach nur das Gefühl des Wohlbefindens. Er war ein Teil der Musik geworden.

«Ein schöner Mann», sagte die Chinesin zum Commissaris.

«Ja», sagte der Commissaris, «aber sag's ihm nicht; es gibt ihm ein blödes Gefühl.»

«Das ist gut», sagte das Mädchen. «Willst du auch tanzen?»

«Nein. Trinken wir.»

Der Barmann kam, ehe er gerufen wurde. Das zerstampfte Eis im silbernen Behälter bewegte sich im Rhythmus des Shuffle, und die Gläser des Commissaris und des Mädchens wurden gefüllt.

Sharif kam in die Bar, gefolgt von seinen vier Männern, die vor Erwartung fröhlich grinsten. In der Bar waren jetzt mehr Mädchen und etwa zwölf Männer. Andere Paare waren zu de Gier und Charlotte auf die Tanzfläche und zur Combo gegangen, in dem Gefühl, daß der Shuffle sie gefangen hatte und den Überschwang zuließ, sich der Musik hinzugeben. Die rechte Hand des Pianisten schlug jetzt ziemlich komplizierte Töne an und gab dem Bassisten eine Chance, sich abzumühen; der Baß war gut genug, allein gespielt zu werden. Der Pianist lehnte sich zurück und lächelte den Schlagzeuger an, der die Vibrationen der Riesengeige nur durch sanfte Schläge auf das Becken unterstrich.

Sharif trennte sich von seinen Begleitern und ging an die Bar. Der Commissaris lächelte ihm zu, Sharif blieb stehen.

«Jungfrauen schön wie Korallen und Rubine. Welchen der Segnungen des Herrn würdest du dich versagen?»

«In ein Haus wie dies würde ich kaum gehen, um mir irgend etwas zu versagen», sagte der Commissaris. «Darf ich Ihnen einen Drink anbieten?»

«Sie dürfen», sagte Sharif, «aber er sollte keinen Alkohol enthalten. Und ich habe im Augenblick nichts, womit ich mich revanchieren könnte, außer vielleicht mit meiner Gesellschaft.»

Der Barmann, der vom anderen Ende der Bar aus gesehen hatte, wie Sharif zum Commissaris ging, trieb sich bereits bei ihnen herum und schenkte eine fast schwarze Flüssigkeit in ein Glas.

«Schwarzer Johannisbeersaft», sagte Sharif und hob das Glas. «Eine vortreffliche Delikatesse, aber ich habe festgestellt, niemand mag sie hier. Ich sehe immer, daß der Inhalt der Flasche auf demselben Stand ist, wie ich ihn bei meinem vorangegangenen Besuch verlassen habe. Man kann den Saft gut mit Alkohol mixen, glaub ich, auch wenn ich es noch nie probiert habe.»

«Trinken Sie überhaupt keinen Alkohol?» fragte der Commissaris.

«Nein. Ich bin Araber.»

«Welchen der Segnungen des Herrn würdest du dich versagen?» fragte der Commissaris.

«Ah», sagte Sharif, «Sie haben es behalten. Ein Satz aus dem Koran, aus Noah, einer der ersten Suren. Vielleicht glauben Sie, ich hätte Gott gelästert?»

In Sharifs großen, dunklen Augen war nicht der Funke von Belustigung, als er das Gesicht des Commissaris erforschte.

«Nein», sagte der Commissaris. «Gott zu lästern ist kindisch, und Sie kommen mir nicht wie ein kindischer Mann vor. Aber trinken zu können, ist eine Segnung, und Sie haben mich gefragt, ob ich ihr entsagen würde.»

«Ich bezog mich auf andere Freuden», sagte Sharif. «Und ich bin nicht Ihrer Meinung, daß Alkohol eine Segnung ist. Als ich jünger und einfältiger war, habe ich Alkohol probiert. Und ich bin sehr betrunken gewesen. Es hat Wochen gedauert, die Dummheiten zu vergessen, die ich in jenen wenigen Stunden geäußert habe. Ich bin in einem großen Gebäude aufgewacht, in dem nachts Straßenbahnen abgestellt werden. Ich lag mit dem Kopf auf einer Schiene. Ich habe mich nie daran erinnern können, wie ich in das Gebäude gekommen bin, aber das Aufwachen war wie die Hölle. Und sogar jetzt noch habe ich Angst vor Straßenbahnen, vor allem nachts. Ich habe nie mehr getrunken.»

«Ich verstehe», sagte der Commissaris. «Ich möchte Ihnen meine Begleiterin vorstellen, Thsien-niu.»

«Wir kennen uns. Wie geht es dir heute abend, Vision des Himmels?»

Das Mädchen lächelte.

«Sie sind Geschäftsmann?» fragte Sharif und nippte an seinem schwarzen Johannisbeersaft.

Der Commissaris lachte und entschuldigte sich sofort. «Als Kind hatte ich Verstopfung», sagte er. «Meine Mutter kochte mir Haferbrei, einen Haferbrei aus grauem Zement mit Klumpen. Um ihm Aroma zu geben und den Geschmack von Olivenöl zu überdecken, das sie hinzufügte, wenn sie glaubte, ich sehe nicht hin, gab sie ein halbes Glas schwarzen Johannisbeersaft dazu.»

«Haha», sagte Sharif mit wirklich belustigtem Gesicht. Seine Augen standen schräger als sonst und zwischen seinen Zähnen blitzte es golden. «Vielleicht ist der Saft für Sie das, was die Straßenbahnen abends für mich sind. Jeder Mensch hat seine Ängste. Sind Sie Geschäftsmann?»

«In der Baubranche», sagte der Commissaris. «Und Sie?»

«Gebrauchte Kleidung», sagte Sharif. «Ein kleines, aber gewinnbringendes Gewerbe, und ein für meine Rasse reserviertes Geschäft. Die Juden sind meine Konkurrenten, aber wir sind alle aus der gleichen Familie, obwohl sie diese Wahrheit leugnen. Schade. Ein Akzeptieren dieser Wahrheit würde zu Harmonie führen und diese zu Wohlstand, der wiederum die Leute veranlassen würde, ihre Kleidung schneller abzulegen, wodurch sich mein Geschäft ausweitet.»

Der Commissaris lehnte sich an die Bar und streckte einen Arm aus. Thsien-niu kuschelte sich in den Arm, und die rechte Hand des Commissaris ruhte leicht auf ihrer Schulter. Sie hatte eine nicht brennende Zigarette zwischen den Lippen, und als Sharifs Hand nach vorn schoß, spuckte sein schweres goldenes Feuerzeug eine kleine Flamme aus.

«Die Baubranche ist ein großes Geschäft», sagte Sharif bescheiden. «Ich stelle mir vor, Ihre Firma ist verantwortlich für das Wachsen dieser Stadt und für die großen Gebäude, die sich im Süden erheben und die ich manchmal von meinem Fenster aus bewundere.»

«Die Baubranche ist ein großes Geschäft», stimmte der Commissaris zu, «aber nicht immer gewinnbringend. Man hat immer zu tun und läuft herum und . . .»

«Und redet», sagte Sharif. «Man redet viel. Hier an der Bar. Die reden miteinander und senken die Stimme, aber die Stichworte dringen durch. Murmeln, murmeln, murmeln – eine Million Gulden – murmeln, murmeln, murmeln, murmeln – hunderttausend Gulden.»

«Ist im Handel mit gebrauchter Kleidung kein Geld zu machen?» fragte der Commissaris.

Sharif lachte und machte eine Handbewegung, so daß der Barmann den Verschluß von seiner silbernen Flasche abschraubte und das Glas des Commissaris wieder füllte.

«Nein», sagte Sharif. «Über gebrauchte Kleidung spricht man am besten nicht.»

De Gier kam von der Tanzfläche zurück.

«Wo ist Charlotte?» fragte der Commissaris.

«Sie wird sich ausziehen», sagte de Gier und sah Sharif an. «Sie wird bald auf der Bühne sein.»

«Mehemed el Sharif», sagte Sharif.

«Scholle», sagte de Gier. «Rinus Scholle; freut mich, Ihre Bekanntschaft zu machen, Mijnheer.»

«Eine Scholle», sagte Sharif bedächtig. «Ein Fisch, wie ich glaube. Ein Plattfisch, der herumschwimmt und plötzlich, schneller als er selbst es weiß, mit dem Schwanz schlägt, taucht und sich in den Sand duckt. Und der Verfolger schwimmt weiter und sieht nichts.»

«Mein Assistent», sagte der Commissaris. «Meine rechte Hand im Büro. Scholle hat über das Baugeschäft in zehn Jahren mehr gelernt als ich in dreißig.»

«Der bescheidene Chef ist der kluge», sagte Sharif.

«Entschuldigen Sie, Mijnheer», sagte der Pförtner. «Da möchte Sie jemand sprechen; wollen Sie in die Diele gehen?»

Sharif ging zur Diele.

«Es gibt Schwierigkeiten», sagte der Pförtner zum Commissaris. «Passen Sie auf.»

Der Commissaris schaute auf. «Wieso?»

«Erste Tür links. Dann rechts, durch den Korridor und zur Gartentür hinaus. Laufen Sie zum Wagen. Sie haben einen Mann in Ihrem Wagen. Vielleicht weiß er, was los ist. Sharif spricht gerade in der Diele mit einem anderen Araber, seinem Fahrer. Sprechen Sie mit Ihrem Fahrer.»

De Gier rannte durch den Garten und schwang sich über die Mauer. Er stürzte sich auf den Rücksitz des schwarzen Citroën.

«Was hast du gesehen?» fragte er den Polizisten.

«Das ging aber schnell», sagte der Fahrer. «Ich hab dich kaum erkannt, als du über die Mauer gesprungen bist. Ich hab gedacht, du bist eine Fledermaus.»

«Soeben war ich ein Fisch. Was hast du gesehen?»

«Nachdem du mir das Tonbandgerät gegeben hast», sagte der Polizist, «und ihr gegangen seid – du und der Pförtner –, sah ich, wie sich drüben im Garten ein Mann bewegte. Ein kleiner Mann. Er muß schon eine Weile dort gewesen sein.»

«Das ist der Fahrer des Arabers – des Arabers, hinter dem wir her sind», sagte de Gier. «Er hat einen weißen Lincoln, der irgendwo in der Nähe stehen muß.»

«Hab ich nicht gesehen. Aber der Fahrer muß gesehen haben, wie du das Tonbandgerät in den Wagen gelegt hast. Er hat gewartet, und ich hab mich schlafend gestellt. Jetzt ist er im Haus.»

«Ich geh jetzt zurück», sagte de Gier.

«Wird es lange dauern?»

«Vielleicht. Drinnen zieht sich ein schönes Mädchen aus. Auf einer Bühne. Ich werde eine Zigarre rauchen, während ich zuschaue. Eine dicke Zigarre.»

«Pah», sagte der Polizist.

«Schlaf du nur weiter. Vielleicht siehst du noch einen Araber.»

De Gier flitzte zurück, so schnell wie er gekommen war. Er war in der Bar, als Sharif wiederkam.

Charlotte zog am Reißverschluß ihres Kleides. Ein Trompeter hatte die Combo verstärkt. Sein Instrument jaulte, als der Reißverschluß herunterkam, es kreischte, als das Weiß ihrer Brüste im matten Schein des Lichts auf der Bühne schimmerte, und es vibrierte, als das Kleid zu Boden fiel. Charlotte tanzte, und die gedämpfte Trompete wurde traurig. Die Combo nahm ihren Shuffle wieder auf; die Lichter gingen aus und an. Die Bühne war leer. Der Tanz war der gleiche wie zwanzig Minuten zuvor der mit de Gier gewesen, aber jetzt war sie allein gewesen, allein mit all den Männern in der Bar.

«Sehr gut», sagte Sharif und klatschte. «Sie ist wie eine Frau, die ich vor langer Zeit in Port Said gesehen habe. Ich sollte eigentlich nicht zuschauen, weil ich in der Küche arbeitete, aber ich schlich mich immer raus, wenn sie auf der Bühne war. Wo ist Scholle?»

«Dort», sagte der Commissaris und grinste. Vor der kleinen Bühne standen drei Ledersessel. De Gier saß im mittleren und rauchte den Stummel der dicken Zigarre, die der Pförtner ihm gegeben hatte. Er schaute immer noch auf die Bühne.

«Ihr Assistent weiß sich zu amüsieren. Er ist aufrichtig. Die anderen Männer stellen sich, als schauten sie nicht richtig hin. Die Sessel dort sind immer leer. Warum habe ich Sie hier noch nie gesehen?»

«Ich bin schon hier gewesen», sagte der Commissaris, «aber wir müssen einander verpaßt haben.»

«Möglich», sagte Sharif.

«Die vermuten etwas», sagte de Gier, als er neben dem Commissaris in der Toilette stand. «Sharifs Fahrer hat gesehen, wie ich das Tonbandgerät zum Wagen brachte. Vielleicht hat er nicht gesehen, daß es ein Tonbandgerät war, da es draußen dunkel ist und er uns von der anderen Straßenseite aus beobachtete. Ich hatte es unter meiner Jacke, aber er muß gesehen haben, daß ich dem Fahrer etwas gab. Und er hat darüber berichtet.»

«Ja», sagte der Commissaris. «Wir gehen wohl besser. Oder vielmehr, ich werde gehen. Es ist schade, daß sie uns mißtrauen, aber da kann man nichts machen. Wir könnten deshalb die Situation auch ausnutzen. Bleib hier, ich werde zwei Kriminalbeamte schicken. Die sollen den schwächsten unter Sharifs Helfern festnehmen. Ich hab sie in der Bar beobachtet. Da ist einer mit gestreifter Krawatte, dunkelblau und weiß. Ich glaube, er ist beunruhigt. Er trinkt viel und redet immerzu – er reißt Witze und lacht noch vor den anderen. Es ist der, der sagte, eins der falschen Fernsehgeräte sei im Laden geblieben. Die Kriminalbeamten können das ausnutzen. Ich glaub nicht, daß er gestehen wird, aber die Tatsache seiner Festnahme wird Sharif erschrecken. Ich werde denen sagen, sie sollen sich an die Bar setzen, bis du ihnen ein Zeichen gibst. Zeig mit deiner Zigarre auf den Mann, wenn Sharif nicht hinsieht.»

«Und dann, Mijnheer?»

«Nimm dir ein Taxi und komm zum Präsidium. Ich werde sehen, was ich über den Flieger herausfinden kann, von dem sie gesprochen haben. Der Schatten, der Tom Wernekink ermordet hat. Wir werden ihn schnell finden müssen, möglichst heute abend. Ich werde auch Grijpstra und Cardozo holen.»

Jemand kam in die Toilette. Der Commissaris ging zum Waschbekken und machte viel Getue mit dem Wasserhahn und drehte ihn so, daß das warme Wasser über seine Hände schäumte. Er trocknete sich flink die Hände.

Sharif war noch an der Bar, der Commissaris setzte sich neben ihn. Die Rothaarige war jetzt auf der Bühne, aber Sharif unterhielt sich mit Thsien-niu, die sofort von ihm abrückte, als sie den Commissaris sah, und sich wieder in dessen Arm kuschelte.

«Die Dame aus dem Fernen Osten mag Sie», sagte Sharif. «Es beweist ihren guten Geschmack.»

«Magst du mich?» fragte der Commissaris.

«Ja», sagte Thsien-niu. «Ich würde gern mit dir nach oben gehen.»

Sharif lächelte. «Eine Einladung, die man kaum ablehnen kann.»
«Ich bin ein alter Mann», sagte der Commissaris.
«Ich werde für dich singen.»
«Chinesisch?» fragte Sharif. Er beugte sich vor.
«Ich kann nur chinesisch singen», sagte das Mädchen, «und alle meine Lieder handeln vom Meer. Mein Vater sagte immer, er könne das Meer hören, wenn ich für ihn sang. Mein Land besteht aus Inseln; das Meer ist nahe.»
«Manchmal bin ich froh», sagte Sharif, «daß ich kein junger Mann mehr bin. Der Geist eines jungen Mannes ist wie die Porno-Magazine, die einen aus jedem sechsten Schaufenster anstarren. Die Gedanken eines jungen Mannes, der bei einer Frau ist, mit der er noch nicht geschlafen hat, lassen ihn Bilder von Garnelen sehen, die in einem Glas voller Mayonnaise wimmeln. Er ist so voll des Triebs, die Menschheit nicht aussterben zu lassen, daß er an nichts anderes denken kann als an das Verlangen, das Loch zu stopfen, das feuchte, geheimnisvolle Loch, das ihn aufsaugen und festhalten wird. Für eine Weile. Aber das Mädchen spricht vom Singen, und er hört es nicht. Jetzt, da ich alt bin, kann ich es hören.» Sharif nahm noch einen Schluck von seinem schwarzen Johannisbeersaft.

«Geben Sie her», sagte de Gier zum Pförtner.
Der Pförtner hielt ihm die Zigarrenkiste hin, de Gier grapschte.
«He, nicht grapschen», sagte der Pförtner.
«Noch mal auf ein Bein stellen», sagte de Gier.
Der Pförtner stellte sich auf ein Bein und riß ein Streichholz an.
«Danke. Es werden bald zwei Kriminalbeamte kommen und einen Ihrer Kunden festnehmen. Nicht Sharif, aber einen seiner Freunde. Sie werden sehr höflich sein und ihn abführen.»
«Dem Chef wird das nicht gefallen», sagte der Pförtner.
«Nein. Aber da ist nichts zu machen. Es ist wohl besser, Sie sorgen dafür, daß die Combo spielt und ein Mädchen auf der Bühne ist, wenn sie den Mann festnehmen.»
«Sie werden anschließend wegen dieses Ladens hier doch wohl keinen Stunk machen, nicht wahr, Brigadier?» sagte der Pförtner. «Wir sind seit langem im Geschäft und haben uns daran gewöhnt. Ich wüßte nicht, was ich tun sollte, wenn dies Haus geschlossen wird. Ich bin zu alt, um noch mal neu anzufangen.»
«Nein», sagte de Gier. «Zumindest nicht, wenn ich es verhindern

kann. Sie haben eine Art von Lizenz, nicht wahr?»

«Wir sind ein Club; wir haben eine Lizenz für Alkoholausschank und für Tanzen und so ...»

«Und so ...?»

Der Pförtner hatte die Hände auf dem Rücken und schwankte langsam vor und zurück.

«Ja, ja, da haben Sie den springenden Punkt», sagte der Pförtner. De Gier bewegte sich in Richtung Bar.

«Warten Sie», sagte der Pförtner. «Vielleicht möchten Sie Mitglied werden. Kommen Sie gelegentlich mal vorbei. Holen Sie sich ein paar Chips. Sie können sich in den Ledersessel vor der Bühne setzen und sich die Show ansehen. Die Mädchen haben es gern, wenn ihnen ein Mann mit einer gewissen Konzentration zuschaut.»

«Nein», sagte de Gier.

«Nein, Schatz», sagte der Commissaris. «Vielleicht ein andermal, aber heute abend muß ich früh gehen. Ich erwarte morgen ausländische Besucher und muß wach sein, wenn sie in mein Büro marschieren. Aber vielen Dank für die Einladung; ich weiß sie zu schätzen.»

«Gern geschehen», sagte Thsien-niu.

«Schade», sagte Sharif. «Ich habe mich über Ihre Gesellschaft gefreut. Vor allem gefiel mir die Geschichte mit dem Haferbrei, den Sie als Kind gegessen haben.»

De Gier kam aus der Diele herein, die Zigarre zwischen den Zähnen. Thsien-niu kicherte.

«Die Zigarre ist zu groß für dich, Rinus», sagte der Commissaris.

«Sie schmeckt sehr gut, Mijnheer», sagte de Gier und nahm die Zigarre aus dem Mund.

«Unterhalte dich mit Mijnheer Sharif und Thsien-niu», sagte der Commissaris. «Ich muß nach Hause. Bis morgen.»

«Mijnheer», sagte de Gier.

Zwanzig Minuten später kamen die Kriminalbeamten. Die Combo und die Trompete begannen mit einer Jam-Session. Der Körper des Pianisten war starr, sein Kopf bis auf die Tasten gebeugt. Schlagzeug und Trompete befanden sich in einer Klangorgie, und der Baß schlug drauflos, während eine große, schlanke Negerin wieder im heimischen Dschungel ihrer Ahnen war und sich auf der Bühne in einer Trance rhythmischer Wollust bewegte. Als de Giers Zigarre auf den

Mann mit der gestreiften Krawatte zeigte, stellten sich die beiden Kriminalbeamten neben ihn, berührten seinen Arm und zeigten ihren Ausweis. Sharifs Blick folgte den drei Männern, die in Richtung Diele gingen.

Draußen hatte ein nicht gekennzeichneter Polizeiwagen den weißen Lincoln gefunden. Sharif kam aus dem Haus und ging die Auffahrt hinunter. Der junge Araber öffnete die Wagentür. Der weiße Wagen bog um eine Ecke, das Polizeiauto folgte ihm.

De Gier telefonierte nach einem Taxi.

Innerhalb von zwanzig Minuten meldete er sich im Präsidium. Grijpstra telefonierte, Cardozo hörte zu.

«Wo ist der Commissaris?» fragte de Gier.

«Er kommt gleich zurück. Er spricht im Zellenblock mit dem Kater. Grijpstra redet mit den Computerleuten; die prüfen das Gedächtnis des Computers mit dem Wort ‹Flieger›.»

«Das ist alles, was wir wissen», sagte de Gier.

«Es könnte reichen», sagte Cardozo. «Zu viele Flieger kann es nicht geben.»

«Danke», sagte Grijpstra, «ich werde warten. Ruft im Präsidium an und verlangt Adjudant Grijpstra. Beeilt euch.»

Grijpstra drehte sich um. «Da bist du ja. Du warst im Puff.» Seine Stimme war vorwurfsvoll.

«Ja», sagte de Gier. «Es war sehr nett. Als ich ging, war eine nackte Negerin auf der Bühne und vor ihr andere Frauen. Mit einer habe ich getanzt. Sie tanzte sehr gut. Und ich habe zwei kubanische Zigarren geraucht und ein paar Drinks gehabt. Und die Musik! Oh, Grijpstra, die Musik hättest du hören sollen.»

«Was für Musik?»

«Trompete. Und das Piano! Blues, ein Blues, der nie aufhörte. Nicht zu langsam. Genau richtig. Nichts von diesem Herumgespiele. Alles paßte. Der Laden ist eine Villa namens Veenblik und wird von einem einsfünfundneunzig großen Pförtner geleitet. Er verströmt Charme und hat die Mädchen angelernt. Klasse. Wirklich Klasse.»

«Hast du Flöte gespielt?»

«Nein.»

«Warum nicht?»

«Ich war im Baugeschäft. Der Commissaris ebenfalls. Der Commissaris war soeben aus Frankreich gekommen; ich war seine rechte

Hand. Wir trafen uns zufällig. Er war einer der großen Bosse der Firma.»

«Und du?»

«Leitender Angestellter. Vielversprechendes Material.»

«So war es doch nicht, oder?» fragte Cardozo.

«Wie nicht?»

«Wie du es gesagt hast. Ich bin auch schon in Puffs gewesen. Schrecklich. Man kriegt süßen Sekt zu trinken; die Vorhänge sind alle aus rotem Samt. Überall sind Spiegel; die Frauen lungern auf Liegen herum. Und alles stinkt nach Parfum.»

«Ja», sagte Grijpstra, «und die Frauen nennen dich ‹Süßer› und ‹Kleiner› und reden über deinen Kopf hinweg miteinander, und sie zeigen Pornofilme in einem kleinen Raum, der nach Pisse riecht.»

«Nein, nein», sagte de Gier. «Wie ich sagte. Das Haus ist in Ordnung. Fragt den Commissaris.»

«Quatsch», sagte Cardozo.

«Klasse», sagte de Gier eigensinnig. «Du hättest die Negerin tanzen sehen sollen. Man konnte den Dschungel hinter ihr spüren. Den Mond. Palmen. Pochende Trommeln. Die runden Hütten des Dorfs hinter dir; die Krieger stehen im Halbkreis und rasseln mit den Muscheln an ihren Fußgelenken. Kurze Geräusche, weißt du. Und wenn sie mit den Muscheln rasseln, bewegt sich die Frau. Langsam. Und ihre Brüste glänzen, und sie wackelt mit den Hüften – nur ganz wenig. Ihre Arme sind ausgebreitet. Und der Mond geht auf, eine volle weiße Scheibe, die den Himmel ausfüllt.»

«Das hast du alles gesehen?» fragte Cardozo.

«Es war dort», sagte de Gier.

17

«Mein Anwalt schien ziemlich sicher, daß Sie mich heute laufenlassen müssen», sagte der Kater. Er saß auf seiner Koje und der Commissaris ihm gegenüber auf einem niedrigen Hocker.

«In diesen Zellen gibt es nicht viel zu tun», sagte der Kater. «Haben Sie einen Blick auf den Hocker geworfen, ehe Sie sich setzten?»

Der Commissaris stand auf und sah sich den Hocker an.

«Er sieht abgenutzt aus», sagte der Commissaris.

«Abgenutzt!» Der Kater stand auf und streckte sich. Seine Hände berührten die Decke. «Holzhocker nutzen sich nicht ab. Das kleine Möbelstück ist zerkratzt worden, zerkratzt von menschlichen Händen. Ich habe ihn mir genau angesehen. Er ist ein Vermögen wert, sage ich Ihnen. Er kann im Stedelijk Museum ausgestellt werden und wird viele Menschen anlocken. Er ist ein vollkommenes Kunstwerk. Eine Holzfläche, zerkratzt von zehntausend menschlichen Nägeln, geduldig, acht Stunden täglich. Es ist außerdem ein harmonisches Werk.»

«Ja», sagte der Commissaris. «Sehr interessant. Aber um ihn richtig würdigen zu können, müßte ich eine Weile in dieser Zelle zubringen.»

Der Kater kreuzte die Arme auf der Brust und verneigte sich. «Seien Sie mein Gast, Commissaris.»

«Es ist eine Erfahrung, die mir nicht ganz neu ist», sagte der Commissaris.

«Sie sind im Gefängnis gewesen?»

«Für etwas über ein Jahr.»

«Wie haben Sie das geschafft?»

«Ein Rätsel, das Sie lösen sollen», sagte der Commissaris. «Dann haben Sie morgen etwas zu tun.»

Der Kater runzelte die Stirn. «Ich hab's. Der Krieg! Sie waren beim Widerstand. Sie haben das richtige Alter.»

«Stimmt.»

«Sie müssen mir schon ein besseres Rätsel geben, Commissaris.»

«Warum sind wir hier?» fragte der Commissaris.

«Hier in diesem Gefängnis, meinen Sie? Warum wir zusammen hier sind, jetzt? In dieser Zelle?»

Der Commissaris lächelte. Der Kater lächelte ebenfalls. Der Commissaris sah sehr ordentlich aus. Er saß auf dem Hocker, als sei dieser speziell für ihn angefertigt worden. Seine dünnen Beine waren genau parallel und die Falten seiner Hose wie zwei Linien einer geometrischen Zeichnung. Die zugeknöpfte Weste, die dünne Uhrkette, die schmale Krawatte mit dem kleinen Knoten, das runzlige Gesicht mit den aufgeweckt fragenden, jedoch sanften Augen und das schüttere, sorgsam gekämmte Haar waren Details, die sich zu einem Bild zusammenfügten, das Vertrauen einflößte. Ein liebender Vater, ein Lehrer, ein Onkel, ein Freund der Familie.

«Nein», sagte der Commissaris, «das zweite Rätsel ist schwieriger.»

«Sie meinen, warum wir – Sie und ich – hier auf der Erde sind?»

Der Commissaris lächelte.

«Lesen Sie Science fiction, Commissaris?»

«Manchmal.»

«Ja», sagte der Kater, «erst als ich anfing, Science fiction zu lesen, habe ich etwas von dem Rätsel verstanden. Ich habe es selbstverständlich nicht gelöst, aber ich wußte dann, daß es ein Rätsel gibt. Was, zum Teufel, soll all dies Leben auf einem kleinen, runden Ball, der im Weltraum schwebt? Sie und ich und die Wachen, die mir zu essen geben, und Tom Wernekink und die Narren am Deich.»

«Und Sharif», sagte der Commissaris.

«Und Sharif.»

«Hören Sie», sagte der Commissaris. «Setzen Sie sich mal auf die Koje und hören Sie mir zu. Sie müssen mir helfen. Ich muß Wernekinks Mörder erwischen.»

Der Kater nahm das Kissen von der Koje, klopfte es in Form, setzte sich und steckte es hinter seinen Rücken.

«Ja, Commissaris, ich verabscheue Gewalt. Tom Wernekink wollte sterben, wie Sie vermutlich wissen, aber ich bin dagegen, daß sich ein Mann in seinen Garten schleicht, sich versteckt, abwartet und eine Pistole abfeuert. Nein, das hätte er nicht tun sollen.»

«Sie sind verdächtig, Kater, und alles, was Sie sagen, kann gegen Sie verwendet werden. Dennoch möchte ich, daß Sie mir sagen, was Sie wissen.»

Der Kater lachte und erfüllte mit seiner Fröhlichkeit die kleine Zelle.

«Das mußten Sie mir gerade jetzt sagen, nicht wahr?»

«So ist das neue Gesetz.»

«Kein schlechtes Gesetz. Die Einfaltspinsel sollten gewarnt werden. Das ist ihr gutes Recht. Aber ich werde nichts sagen, was ich in diesem Stadium nicht sagen sollte. Bis jetzt können Sie mir wenig vorwerfen, bis auf den halben Schnurrbart, den Sie mich nicht abrasieren lassen, und bis auf die Tatsache, daß Ihre Kriminalbeamten mich fingen, als ich in meinem eigenen Garten herumlief.»

«Jetzt haben wir mehr», sagte der Commissaris. «Deshalb konnte ich Sie für weitere zwei Tage in dieser Zelle festhalten. Wir haben Sharifs Läden überprüft und dort einige nervöse Leute angetroffen. Sie hatten die gestohlenen Waren weggeschafft, aber einer von ihnen hat sich versehen und in Sharifs Geschäft ein Fernsehgerät zurückgelassen, das von Ihren Leuten am Deich gekommen ist. Wir überprüfen gegenwärtig die Listen, und schließlich wird die Registriernummer des Fernsehgeräts damit übereinstimmen. Wir haben den Ladenleiter festgenommen, der jetzt verhört wird. Irgendwann wird er gestehen und uns sagen, wo wir den Rest der Waren finden. Und neun von Ihren Leuten sitzen ebenfalls in der Zelle. Eine Menge Finger zeigen auf Sie, Kater, und zusammen werden sie die Hand bilden, die Sie ergreifen wird. Man wird Sie wegen Hehlerei verurteilen. Es ist Ihr erstes Verbrechen, deshalb werden Sie nicht lange im Gefängnis bleiben, aber wir werden den Fall gewinnen.»

«Sie werden», sagte der Kater, «aber noch haben Sie nicht gewonnen, und warum sollte ich es Ihnen einfach machen?»

«Dafür gibt's keinen Grund. Spielen Sie Ihr Spiel, so gut Sie können, wir spielen unsers. Aber der Mörder ist ein anderes Spiel; da stehen wir auf derselben Seite. Was wissen Sie über den Flieger?»

«Flieger», sagte der Kater. «Sie haben einen Namen. Das ist doch schon was.»

«Es ist der Name eines Schattens. Wir brauchen den wirklichen Namen.»

«Also gut», sagte der Kater. «Mir scheint jetzt, daß ich eines Nachts eine Vision hatte, als ich halbwach in Ursulas Armen lag. Es war nach einem Abendessen, Schnecken mit Toast und Oliven. Wollen Sie diese Vision hören?»

«Ja, bitte.»

«Mir scheint», sagte der Kater müde, «ein gewisser Mann mit einem katzenartigen Namen – ein Mann, der vielleicht wie ich aussieht – war über einen gewissen arabischen Herrn verärgert. Er machte Geschäfte mit dem Araber, und der wollte immer mehr. Also begann der Mann, den Araber zu studieren, und schickte einige Spione aus, kleine Mäuse, die um den Araber herumrannten. Und die Mäuse hörten, daß der Araber ein gefährliches Werkzeug – ein menschliches Werkzeug – besaß, eine wandelnde automatische Pistole, die nie vorbeischießt. Es war ein seltsames Werkzeug, denn es konnte auch fliegen, auf leisen Schwingen wie eine Motte.»

«Sie meinen, es konnte segeln», sagte der Commissaris.

«Ja, segeln.»

«Ein Segelflieger», sagte der Commissaris. «Und wo hat dieses Werkzeug seine Schwingen?»

«In Middelburg», sagte der Kater.

«Hat die Erscheinung keinen Namen?»

«Das Werkzeug wird einen Namen haben, aber ich kenne ihn nicht. Es wird dreimal täglich essen und in einem Haus wohnen. Es wird auch krank sein, denn ein für Geld mordendes Werkzeug kann nicht richtig zusammengebaut sein. Es wird gefährlich sein.»

«Als Sie in jener Nacht diese Vision hatten», sagte der Commissaris, «nach den Schnecken und Oliven, haben Sie da nicht daran gedacht zu versuchen, diese tödliche Motte zu fangen?»

«Nein, Mijnheer», sagte der Kater. «Ich glaube an Klugheit, nicht an Gewalt. Gewalt fliegt in engen Kreisen und verbrennt sich die Flügel.»

«Das passiert der Klugheit vielleicht auch», sagte der Commissaris. «Ist die Vision jetzt ganz geschildert?»

«Mehr habe ich nicht gesehen.»

Der Commissaris stand auf. «Kann ich noch etwas für Sie tun, Kater?»

«Ich habe drei Wünsche», sagte der Kater und stand ebenfalls auf.

«Schießen Sie los.»

«Erstens möchte ich, daß Sie Ihre Zigarrendose und eine Schachtel Streichhölzer hierlassen.»

Der Commissaris klopfte sich auf die Taschen, holte die Zigarrendose und die Streichhölzer heraus und legte sie auf die Koje des Katers.

«Zweitens hätte ich gern das dunkelblaue Buch, das zu Hause neben meinem Bett auf dem Fußboden liegt.»

«Ich werde einen von meinen Männern bitten, es morgen zu holen und Ihnen zu geben.»

«Danke. Und drittens möchte ich, daß Sie Ursulas Vater in Australien ein Telegramm schicken. Sie ist seelisch krank. Sie ist zwar eine Weile behandelt worden und soweit wieder in Ordnung, aber da ich eingesperrt bin, wird sie allein sein und vielleicht alle möglichen psychischen Störungen bekommen. Ich möchte, daß ihr Vater hierher fliegt und sie abholt. Sie sollte zu Hause bei ihrer Familie sein. Ihr Vater ist reich und liebt sie. Er wird kommen, wenn Sie ihm telegrafieren. Ich werde Ihnen die Adresse geben, wenn Sie mir Ihren Kugelschreiber leihen.»

Der Commissaris nahm seinen Kugelschreiber heraus. «Gut, ich werde das Telegramm gleich absenden.»

«Danke. Gute Jagd.»

Der Commissaris klopfte an die Zellentür; sie hörten in dem engen Korridor draußen die schlurfenden Schritte des Wärters.

«Wir haben etwas, Mijnheer», sagte Grijpstra, als der Commissaris wieder in sein Büro kam.

«Erzähl.»

«Der Computer kennt den Flieger. Ein Berufskiller, der Anfang letzten Jahres bei dem Fall der Schwarzbrenner im Süden angeheuert war. Die Polizei hatte die Schwarzbrennereien entdeckt, weil einer der Besitzer im Wald mit einer Kugel zwischen den Augen gefunden worden war. Der Mörder wurde nie genannt, aber sein Spitzname war: der Flieger. Man hatte die Theorie, daß der eine Schwarzbrenner versucht hat, den anderen auszukaufen, und der Mann abgelehnt hat und deshalb erschossen wurde. Aber es wurde nichts bewiesen; einige Männer sitzen jetzt, aber sie wurden nur wegen der Herstellung von Alkohol ohne Lizenz angeklagt. Ich habe den Namen des Hoofdinspecteurs, der den Fall bearbeitet hat, aber er ist jetzt pensioniert und lebt in Frankreich. Eine Telefonnummer gibt es nicht. Die Akten werden morgen früh zur Verfügung stehen. Ich habe mit dem Archiv telefoniert, aber der einzige Mann, der sich dort auskennt, ist weder im Dienst noch zu Hause. Es scheint, die sind dort unterbesetzt. Wir werden bis morgen warten müssen.»

«Nein», sagte der Commissaris, «der Flieger ist Pilot eines Segelflugzeugs, der in Middelburg wohnt. Ich will jetzt hinfahren. Was ist mit Sharif? Hat sich der Wagen gemeldet, der ihn verfolgt?»

«Ja, Mijnheer», sagte de Gier. «Sharif ist heimgefahren. Das Polizeiauto ist weggefahren, aber jetzt ist ein anderer Wagen dort – einer von unserer Beschattungsabteilung – mit einem Brigadier und einem weiblichen Konstabel. Falls Sharif wieder abfährt, werden sie ihm folgen und sich beim Präsidium melden, wenn etwas passiert.»

Der Commissaris grinste. «Gut. Das ist sehr schön. Wie bist du an den Beschattungswagen gekommen?»

«Ich hab mit deren Chef gesprochen. Er hatte einen Wagen in der Stadt, der nichts Spezielles zu tun hatte. Übrigens ein sehr hübscher Wagen, ein neuer Porsche.»

Das Telefon klingelte, de Gier nahm ab. «Funkraum», sagte die Stimme. «Wir hatten eine Meldung vom Porsche. Euer Verdächtiger ist von seinem Haus in einem grauen Jaguar abgefahren, der die Stadt jetzt in Richtung Süden verläßt. Der Porsche ist hinter ihm. Euer

Verdächtiger wird von einem anderen Mann begleitet, von einem kleinen dunkelhäutigen Mann, der den Wagen fährt. Wollt ihr, daß ich dem Porsche eine Nachricht übermittle?»

«Ja», sagte de Gier. «Sag ihnen, sie sollen sich weiter melden und die Nachrichten an Konstabel Cardozo richten, der in diesem Büro sein wird.»

«De Gier», sagte der Commissaris.

«Mijnheer?»

«Laß ihnen sagen, sie sollen es nicht mit Sharif aufnehmen. Nur verfolgen und melden.»

De Gier gab die Botschaft weiter und legte auf.

«Bleib hier, Cardozo», sagte der Commissaris. «Wir werden mit dir telefonieren. Das Funkgerät im Wagen kann keine großen Entfernungen überwinden. Der Porsche wird ebenfalls telefonieren. Du mußt heute abend das Kommunikationszentrum sein.»

«Ja, Mijnheer.»

«Hol den Wagen, de Gier; er steht auf dem Hof. Mein Fahrer wird mitkommen. Falls er zu müde wird, kannst du oder Grijpstra für ihn übernehmen. Wir fahren nach Middelburg.»

«Mijnheer», sagte de Gier.

18

«Guten Abend», sagte der Commissaris zum wachhabenden Brigadier in dem kleinen Polizeirevier von Middelburg. «Wir sind von der Amsterdamer Städtischen Polizei.» Er zeigte seinen Ausweis.

«Commissaris», sagte der Brigadier mit ehrfurchtsvoller Stimme. «Kommen Sie bitte herein, Mijnheer. Darf ich Ihnen Kaffee anbieten? Es ist eine frische Kanne da. Ich koche mir immer um vier Uhr morgens einen; er hält mich wach. Es wird für drei Tassen langen.»

«Danke, Brigadier. Können Sie einen Offizier finden? Wir haben hier einige Arbeit, und es wäre gut, wenn wir sie sofort erledigen könnten.»

«Ich werde den Inspecteur anrufen, der Bereitschaft hat.»

«Bitte.»

Der Commissaris nahm das andere Telefon und wählte die Nummer der Telegrammaufnahme. Er diktierte das Telegramm an Ursulas

Vater, buchstabierte jedes Wort und sagte dem Mädchen, die Amsterdamer Polizei mit den Kosten zu belasten. Dann rief er sein Büro an.

«Gibt's was Neues, Cardozo?»

«Ja, Mijnheer. Wo sind Sie, Mijnheer?»

«Polizeirevier Middelburg.»

«Gut. Sharif sollte in Ihrer Nähe sein. Der Porsche ist ihm bis zur Zeelandbrücke gefolgt, aber er hat ihn direkt hinter der Brücke verloren. Die beiden sind jetzt in Goes bei einem Telefon und warten. Sie wollen weitere Instruktionen.»

«Sag, sie sollen heimfahren, und danke ihnen. Hast du die Zulassungsnummer von dem Jaguar?»

«Ja, Mijnheer. Ich sag sie Ihnen durch, und geben Sie mir bitte Ihre Telefonnummer dort.»

«Bleib beim Telefon, Cardozo», sagte der Commissaris, ehe er auflegte. «Es wird langweilig sein, aber wir brauchen dich vielleicht noch, wenn es auch unwahrscheinlich ist. Du kannst schlafen, wenn du willst, solange du nur beim Telefon bleibst.»

«Ja, Mijnheer. Ich werde hier sein.»

«Armer Cardozo», sagte de Gier.

«Das ist das halbe Leben eines Polizisten», sagte Grijpstra, «herumlungern und warten.»

«Und ein weiteres Viertel besteht aus dem Verfolgen falscher Spuren.»

«Vielleicht tun wir jetzt genau das.»

«Nein», sagte der Commissaris. «Wir sind auf der richtigen Spur. Aber wo ist Sharif? Er ist so nahe, daß ich ihn spüren kann. Guten Abend, Inspecteur.»

Der Mann, den der Commissaris begrüßte, war jung – noch keine dreißig. Ein schmalschultriger, langer Mann mit kurzem blonden Haar sowie dichtem Bart und Schnurrbart, die ineinander wuchsen. Ein sehr energischer Mann, der nicht ruhig sein konnte und immerzu mit seinen langen Armen herumwedelte.

Der Commissaris erklärte ihm den Fall.

«Ein Segelflieger», sagte der Inspecteur, «ja, ja. Wir haben einen kleinen Flugplatz in der Nähe, wo Segelflugzeuge sind. Wissen Sie sonst noch etwas über ihn?»

«Nichts, nur daß er ein ausgezeichneter Schütze ist.»

«Das ist schon mal was», sagte der Inspecteur. «Wir haben hier außerdem einen Schützenclub. Ich bin noch nicht lange in Middelburg. Ich wurde vor sechs Monaten von Den Haag nach hier versetzt, aber mein Kollege wird es wissen. Ich rufe ihn an.»

Das Gespräch dauerte lange, aber der Inspecteur sah erfreut aus, als er auflegte. «Ich glaube, ich kann den Mann identifizieren, Mijnheer, und ich habe außerdem eine Menge Einzelheiten über ihn erfahren. Sein Name ist Heins, Jan Heins. Er wurde in Middelburg geboren und hat die meiste Zeit seines Lebens hier gewohnt. Er muß fast fünfzig Jahre alt sein. Keine Polizeiakte über ihn. Er hat als Freiwilliger im Korea-Krieg gedient. Er ist Meister des örtlichen Schützenclubs.»

«Wovon lebt er?»

«Er handelt mit antiken Möbeln und Waffen. Ich kenne seinen Laden. Ich interessiere mich selbst für antike Waffen und bin schon in dem Laden gewesen, aber mir sind die Preise zu hoch. Er hat eine herrliche Sammlung von Duellpistolen.»

«Wenn er mit Antiquitäten handelt, muß er ja auch reisen.»

«Ja, Mijnheer, er ist oft unterwegs. Sein Geschäft ist geschlossen, wenn er nicht hier ist.»

«Hat er ein Segelflugzeug?»

«Ja, Mijnheer. Wenn das Wetter geeignet ist, fliegt er es fast täglich.»

«Wie ist er?»

«Sehr ruhig, Mijnheer. Er sagt kein Wort, wenn er nicht muß.»

«Wir müssen ihn sofort festnehmen», sagte der Commissaris. «Er wird schlafen. Haben Sie einige Männer, die uns helfen?»

«Ich muß sie anrufen. Nur wenige Konstabel sind jetzt im Dienst – nur zwei in einem Streifenwagen. Die andern sind zu Haus.»

«Können Sie die Männer erreichen, die im Dienst sind?»

«Ja, Mijnheer, über Funk.»

«Gut. Rufen Sie vier Männer zusammen, die uns bei der Festnahme helfen, und sagen Sie den beiden im Streifenwagen, sie sollen herumfahren und nach einem grauen Jaguar suchen. Ich habe die Zulassungsnummer hier. In dem Wagen sind zwei Araber, aber die Polizisten sollen sich nicht mit denen anlegen, wenn es nicht erforderlich ist. Sagen Sie ihnen, sie sollen vorsichtig sein; es würde mich nicht wundern, wenn unsere Freunde bewaffnet wären.»

Der Inspecteur begann zu telefonieren, der wachhabende Brigadier sprach in das Mikrophon auf seinem Schreibtisch. Innerhalb einer halben Stunde hatten sich vier uniformierte Konstabel am Schreibtisch gemeldet.

«Nun», sagte der Commissaris, «was ist mit dem Haus, in dem der Flieger wohnt? Wissen Sie, wo er schläft?»

«Mein Kollege hat es mir gesagt, Mijnheer», sagte der Inspecteur. «Er ist mal in dem Haus gewesen. Jan Heins schläft über seinem Laden, in der ersten Etage. Wir können das Fenster von der Straße aus mit einer Leiter erreichen, aber es wäre unangenehm, eine Leiter zu schleppen. Ich hole unseren Feuerwehrwagen.»

«Haben Sie irgendwelche Vorschläge, Inspecteur?»

Der Inspecteur kratzte sich in seinem kurzen Haar, zog an seinem Bart und wedelte mit den Armen. «Wenn er der Mörder ist, wie Sie annehmen, wird er eine Pistole neben seinem Bett haben. Wenn wir an der Tür klingeln, wird er die Waffe in der Hand haben. Vermutlich wird sein Schlafzimmerfenster geöffnet sein, aber die Öffnung wird nicht groß genug sein, um einen Mann einzulassen. Können wir nicht bis morgen warten, Mijnheer? Ich könnte mich als Postbote verkleiden und vorgeben, ich müsse ein Telegramm abliefern. Dann könnte ich die Pistole ziehen, und er würde ruhig mitkommen müssen. Jetzt in diesem Augenblick wird es sehr knifflig sein. Wir müssen vielleicht durch eins der Schlafzimmerfenster springen.»

«Nein», sagte der Commissaris, «wir können nicht warten. Sharif ist in der Nähe, er will den Flieger ebenfalls. Ich weiß nicht, was Sharif plant. Ich glaube, er vermutet, daß wir den Mörder kennen oder dessen Namen jeden Augenblick erfahren könnten. Deshalb ist er hierher gerast. Wenn wir Ihren Mijnheer Heins schnappen, werden wir auch Sharif erwischen, denn Heins wird singen. Also muß Sharif den Mörder aus dem Weg räumen. Er könnte ihm Geld anbieten und sagen, er soll verschwinden, aber wahrscheinlicher ist, daß er ihn beseitigt. Und er ist in der Nähe, Inspecteur. Er ist hier, glaube ich, irgendwo in Ihrer Stadt.»

«Ja, ja, ja, ja», sagte der Inspecteur und riß sich wütend am Bart, «aber Ihr Araber wird auf hinterlistige Art und Weise töten, nicht, indem er mitten in der Nacht in das Haus von Heins einbricht. Vielleicht hat er vor, morgen in sein Geschäft zu gehen und ein Messer zu benutzen. Ich bin sicher, Sharif erwartet nicht, daß Sie bereits hier sind. Sie haben sehr schnelle Arbeit geleistet.»

«Ich meine, wir sollten ihn überraschen», sagte de Gier. «Sie sagten, sein Schlafzimmer ist in der ersten Etage?»

«Ja. Und er schläft allein; er hat nie geheiratet.»

«Wir können Ihren Feuerwehrwagen in die Straße fahren; ich

werde oben drauf sein, wenn er am Haus ankommt. Wenn Sie mir Handschuhe, einen Kopfschutz und eine dicke Jacke leihen, werde ich durchs Fenster springen. Meine Pistole wird an seinen Kopf sein, ehe er überhaupt wach ist. Inzwischen kann Grijpstra unten die Tür aufbrechen und durch den Laden nach oben rennen. Die Polizisten von hier sollten im Garten oder Hof hinter dem Haus und auf der Straße stehen. Innerhalb einer Minute sollte alles vorbei sein.»

«Geht das in Ordnung, Inspecteur?» fragte der Commissaris.

«Ja, Mijnheer», sagte der Inspecteur. «Der Feuerwehrwagen steht draußen. Wir können gehen, wenn Sie bereit sind.»

Der Feuerwehrwagen war modern. Statt einer Leiter hatte er einen riesigen Metallkorb an einem langen Arm. De Gier und der Inspecteur stiegen in den Korb, der dann in die richtige Höhe für die Aufgabe gebracht wurde. Als der Wagen auf das Haus zufuhr, wies der Inspecteur die Feuerwehrleute unten mit Handzeichen ein. Grijpstra wartete an der Ladentür. Der Citroën des Commissaris parkte vor dem nächsten Haus; auf der Straße waren zwei örtliche Polizisten postiert. Der Commissaris und sein Fahrer warteten beim Citroën. Der Fahrer sah sehr beunruhigt aus.

«Jetzt», flüsterte der Inspecteur, woraufhin de Gier sich durch die Scheibe des Fensters stürzte, das ihm der Inspecteur gezeigt hatte. Er hielt seinen Kopf gesenkt, und das Glas zersplitterte um den Stahlhelm, den er sich vom wachhabenden Brigadier geliehen hatte. Er wollte sich über den Kopf abrollen lassen und in der Nähe des Betts vom Flieger auf den Füßen landen, aber ein kleiner Tisch mit Büchern vereitelte seinen Sprung, so daß er auf die Schulter fiel. Sein Fuß war unter einer schweren Lampe eingeklemmt, die mit dem Tisch umgefallen war. Die Gestalt im Bett war hoch, ehe de Gier sich befreien konnte. Die Pistole des Fliegers war schon fast in Position, als der Inspecteur hereingestürzt kam. Der Inspecteur hatte mehr Glück. Er landete auf den Füßen, und die Gewalt seines Sprungs trug ihn bis an das andere Ende des Zimmers. Der Flieger wurde auf das Bett zurückgestoßen, seine Pistole ging zwar los, aber der Schuß traf den Fußboden. De Gier, der sich endlich von Tisch, Büchern, Lampe und Kabel befreit hatte, ergriff den Arm des Fliegers, entwand ihm die Pistole und hielt dessen Hände so, daß der Inspecteur die Handschellen anlegen konnte.

«So», sagte de Gier.

Grijpstra und der Commissaris waren jetzt ebenfalls im Zimmer.

«Sie sind festgenommen, Mijnheer Heins», sagte der Commissaris.

Der Mann im Schlafanzug nickte.

«Commissaris!» rief die Stimme des Konstabels mit den müden Augen von der Straße herauf.

Der Commissaris steckte den Kopf durch das zerbrochene Fenster.

«Sie werden am Funkgerät verlangt, Mijnheer, dringend. Es ist der Brigadier vom hiesigen Revier.»

Der Commissaris rannte die Treppe runter.

«Ja?»

«Unser Wagen hat den grauen Jaguar gefunden, Mijnheer. Am Flugplatz. Zwei Männer wurden beobachtet, wie sie am Segelflugzeug von Mijnheer Heins auf dem Platz herumpfuschten. Meine Beamten versuchten, sie festzunehmen, aber sie entkamen. Sie verfolgen den Wagen jetzt und bitten um Unterstützung. Ich habe die Reichspolizei alarmiert. Meine Beamten meinen, daß die Verdächtigen wieder in Richtung Zeelandbrücke fahren. Ende.»

«Danke, Brigadier. Wir fahren ebenfalls in die Richtung. Ihre Leute werden Mijnheer Heins einliefern. Sperren Sie ihn ein, bis wir zurückkommen. Wir werden ihn im Laufe des Tages nach Amsterdam bringen. Halten Sie uns über den Jaguar auf dem laufenden. Ende.»

Der schwarze Citroen schoß davon. Der Inspecteur saß neben dem Konstabel am Steuer; der Commissaris und de Gier hielten sich an Grijpstra fest, der auf dem Rücksitz in der Mitte saß und sich vorbeugte, um sehen zu können, wohin der Wagen fuhr. Der Inspecteur lotste den Fahrer durch die engen Straßen von Middelburg. Scheinbar endlose Reihen kleiner Giebelhäuser flitzten vorbei. Dann eine Kirche, der großartige Komplex des Rathauses und eine Marktstraße. «Sirene», rief der Commissaris, woraufhin ihre Fahrt von einem gespenstischen Heulen begleitet wurde. De Gier hatte ein blitzendes Blaulicht auf das Dach geschoben, wo es an einem Haken festsaß. Sie wollten nicht den Milchmann oder die Bäckergesellen anfahren, die sich jetzt auf dem Weg zur Arbeit befinden würden. Es war nach sechs Uhr morgens.

De Gier dachte immer noch an das bleiche Gesicht des Fliegers. Er hatte einigermaßen gefaßt ausgesehen, als hätte er erwartet, daß behelmte Kriminalbeamte mitten in der Nacht durch sein Fenster fliegen.

Das Funkgerät erwachte wieder zum Leben. «Er ist auf der Brücke, Mijnheer», sagte die Stimme des Brigadiers. «Ich habe die Reichspolizei alarmiert, die einen Wagen am anderen Ende der Brücke hat, was er jedoch nicht weiß. Er kann den Wagen nicht sehen; die Brücke ist über siebzehn Kilometer lang. Meine Polizisten blockieren seinen Rückweg. Er wird niemals entkommen.»

«Wie weit ist es noch bis zur Brücke, Inspecteur?» fragte der Commissaris.

«Bei diesem Tempo werden wir in wenigen Minuten dort sein, Mijnheer. Heiliger Bimbam, Mann, du fährst ja mit hundertneunzig.»

«Ja, Mijnheer», sagte der Konstabel. Er hatte den Fuß fast unten, die Maschine des Citroën knurrte. Der Wagen konnte noch etwas Tempo zulegen, aber er mußte wegen einer ziemlich scharfen Kurve abbremsen. Dem Citroën machten die Kurven nichts aus. Sein Vorderradantrieb ließ die Reifen jedesmal in die geteerte Oberfläche der Autobahn beißen, wenn der Konstabel das Steuer drehte.

«Die Brücke», rief der Inspecteur, «langsamer. Der Polizeiwagen und der Jaguar werden ganz nahe sein.» Eine Minute später sahen sie das Wrack. Sharifs Fahrer hatte gebremst, als er vorn das blaue Blitzen des Autos der Reichspolizei sah. Er war vermutlich zu schnell gefahren oder zu nervös gewesen, um den Wagen unter Kontrolle zu halten, denn dieser war an die Absperrung rechts geraten, abgeprallt und gegen das linke Stahlgitter aufgetroffen. Laut Reichspolizei war der Wagen vom rechten Gitter an das linke und wieder an das rechte geprallt, wie eine Kugel in einem Flipperautomaten. Als er schließlich stand, war Sharifs Körper bereits zerschmettert gewesen.

Der Commissaris beugte sich über den sterbenden Araber. «Sharif», sagte er.

Sharifs Augen waren geöffnet, aber ausdruckslos.

Der Commissaris schaute auf. Die Brücke war leer. Die beiden Polizeiautos, die die Brücke an beiden Enden blockiert und sie zu einer Falle gemacht hatten, waren so weit entfernt, daß sie kaum zu sehen waren; nur die blitzenden Blaulichter zeigten sich. Dicke Wolken filterten das Licht des frühen Morgens, und das endlose graue Stahlgitter wurde in beiden Richtungen zum Horizont hin immer kleiner. Um sie herum war die dunkle Weite des Meeres, metallisch im geisterhaften Licht.

Der Jaguar hatte sich in das Gitter gezwängt, es durchbrochen, so daß seine Nase in die Luft ragte. Grijpstra, de Gier und der Konstabel mit den müden Augen standen eng zusammengedrängt bei den offenen Türen des Citroën. De Giers Hand lag auf der Schulter des arabischen Fahrers. Der junge Araber war unverletzt. Sein Blick ruhte auf Sharifs Leiche. Er sagte etwas.

«Im Namen Allahs», sagte der junge Araber leise, «des Mitleidsvollen, des Gnädigen.»

Sjöwall / Wahlöö

«Man konnte zwar schon 1963 die zunehmende Versumpfung der schwedischen Sozialdemokratie voraussehen, aber andere Dinge waren völlig unvorhersehbar: die Entwicklung der Polizei in Richtung auf eine paramilitärische Organisation, ihr verstärkter Schußwaffengebrauch, ihre groß angelegten und zentral gesteuerten Operationen und Manöver... Auch den Verbrechertyp mußten wir ändern, da die Gesellschaft und damit die Kriminalität sich geändert hatten: Sie waren brutaler und schneller geworden.»
Maj Sjöwall

Maj Sjöwall / Per Wahlöö
Die Tote im Götakanal
(rororo 22951)
Nackte tragen keine Papiere. Niemand kannte die Tote, niemand vermißte sie. Schweden hatte seine Sensation...

Der Mann, der sich in Luft auflöste
(rororo 22952)

Der Mann auf dem Balkon
(rororo 22953)
Die Stockholmer Polizei jagt ein Phantom: einen Sexualverbrecher, von dem sie nur weiß, daß er ein Mann ist...

Endstation für neun
(rororo 22954)

Alarm in Sköldgatan
(rororo 22955)
Eine Explosion, ein Brand – und dann entdeckt die Polizei einen Zeitzünder...

rororo

Und die Großen läßt man laufen
(rororo 22956)

Das Ekel aus Säffle
(rororo 22957)
Ein Polizistenschinder bekommt die Quittung...

Verschlossen und verriegelt
(rororo 22958)

Der Polizistenmörder
(rororo 22959)

Die Terroristen
(rororo 22960)

Die zehn Romane mit Kommissar Martin Beck
10 Bände in einer Kassette
(thriller 43177)

Maj Sjöwall / Tomas Ross
Eine Frau wie Greta Garbo
(rororo 43018)

«**Sjöwall/Wahlöös** Romane gehören zu den stärksten Werken des Genres seit Raymond Chandler.»
Zürcher Tagesanzeiger